槍ヶ岳開山

新田次郎

文藝春秋

槍ヶ岳開山　目次

槍ヶ岳開山

単行本　一九六八年六月　文藝春秋刊
本書は、一九七七年に刊行された
文春文庫を底本とした新装版です。

序章

播隆上人《ばんりゆうしようにん》の鋭い眼は槍ヶ岳の穂を睨《にら》んでいた。その眼力によって、岩峰にまつわりついている霧を追い払おうとしているようであった。播隆は僧兵のように肩をいからし、草鞋《わらじ》で岩を踏みしめ、錫杖《しやくじよう》を岩頭に立てていた。猟師風の着衣が霧に濡れていた。

播隆は霧をとおして霧の奥のものを見ようとした。見ようと念ずれば必ず見えるような気がした。が、霧は容易に霽《は》れそうもないばかりか、播隆と中田又重郎の二人をその中に包みこもうとした。

播隆は錫杖を岩に立てかけ、槍ヶ岳の穂に向って合掌した。故郷の越中の八尾《やつお》を追われるように出て来てから十五年間の苦難の道が霧を通して見えるような気がした。岩頭にたたずんで祈り、岩窟《いわや》にこもって瞑想《めいそう》し、子供たちに乞食坊主と罵《ののし》られ、石を投げつけられながら諸国を行脚《あんぎや》した修行僧のころが思い出された。そして五年前、飛騨の笠ヶ岳を再興して、その頂《いただき》で望見した未踏の岩峰槍ヶ岳はいま眼の前にあった。

その頂に立てば、この十五年間求めつづけていたものが与えられるという保証はなかったが、そこには、彼の閉ざされた心を開くなにかがあるに違いない。

「このごろはいつもこんなに霧が深いのか」

播隆は彼と並んで立って岩峰を見つめている案内人の中田又重郎に訊《き》いた。

「いつもっちゅうことはねえが、夏は霧にかくれて見えねえときの方が多いずら」

「待って見よう」

「風が出ると霧は霽れる、だが……」

「風はきっと出る」

播隆は足元から槍の穂の根元までの距離をはかった。せいぜい歩いて百歩ほどのところだったがそこまでは岩石が重なり合っていた。播隆は足元に眼を戻して、周囲を見た。霧でなにも見えなかった。ずっと下の、二人が泊っている洞窟も霧の中だった。風が播隆の頰を打った。播隆は眼をふたたび、槍の穂へ向けた。

「霧が霽れるようだな」

又重郎がひとりごとのように云った。それまで動かなかった霧が動き出した。霧の間から、黒い岩壁が見えはじめて来ると、槍の穂の輪廓がどうやら分るまでになっていったが、そこで霧はそのままの濃淡さで岩峰にまつわりついた。播隆は溜息をついた。又重郎は舌打ちをした。

「風が出たようだが」

なぜ霧が霽れないのかという播隆のひとりごとに、

「霧が霽れるにはもっともっと強い風が……だが風が強くなると、こんどは寒くて、岩に取りつくわけにはいかねえ」

播隆は足元に眼をおとした。岩と岩の間にひとつかみほどの植物の群があった。五輪の花が、そのあたりの霧を黄色に染めていた。花を見ると夏を思わせたが、肌に感ずる冷気は秋の末のものだった。

播隆は眼をふたたび槍ヶ岳の穂にやった。霧の幕をとおして岩峰が影絵のように見えた。その岩峰は高さ数十間ばかりに見え、次の瞬間、数百間にも見えることがあった。霧は人の眼をたぶらかし、その遠近感覚を奪い去ったうえで岩峰との奔放なたわむれに耽溺《たんでき》しようとしていた。

「槍の穂に霧がかかるとなかなか霽れるものではありませぬ」

鷹のような鋭い眼付をして、熊のようにたくましい身体をした中田又重郎がいった。そのことばの裏には、岩峰登攀《とうはん》はあきらめて引返そうという意味が含まれていた。

「風が出ると霽れるといったではないか、風は前よりたしかに強くなった」

播隆は中田又重郎の顔をふりかえって見た。眉毛に霧つぶをつけている中田又重郎のうしろの方がいくらか明るくなって来たように見えた。そしてすぐ、雲海の上に穂高連峰の頂が見えた。

「やはり霧は霽れるぞ」

播隆は穂高連峰より更に遠くに八ヶ岳の頂を望見した。雪をいただいている山はなく、どの山の頂も明るく輝いて見えた。

風とともに霧はふたたび播隆の視界をさえぎった。

「ここまで来たのだ、どっちみち、これ以上天気が悪くなるということはあるまい」

播隆は中田又重郎にそういうと、錫杖を取って、槍ヶ岳の穂に向って歩き出した。槍ヶ岳の根元で霧が渦を巻いていた。

渦はゆっくり廻りながら、岩峰の肌をこすり上げるようにしながら、頂へ近づいていった。播隆はその霧の渦の行方を追った。渦の眼の中の岩肌のなめらかさを追うように、次第次第に上方へ眼をやっていった。槍の穂の頂上は僅かな平らを持っているように見えた。文政十一年(一八二八年)七月二十八日、太陽は傾きつつあった。

「上人様、やはりやめたほうがいいではねえずらか、この槍の穂へは未だに誰も登った者はねえ、生きものは、たとえ鳥でさえも、この尖《とが》った岩の頭に止まったのを見た者はござらぬ、これから上は天のものだ。われわれが登るべきではねえ」

中田又重郎が云った。

「天のもの」

播隆は又重郎のことば尻をつかまえたが敢て追求することはなく、

「もう一度身をととのえよう。ひとつの油断があってもならぬ」

播隆はそういって、自らの草鞋の紐を結び直し、山ばかま、脚絆《きゃはん》、股引をも改めた。

最後に播隆が、頭巾をかぶり直したとき、又重郎は、あきらめた顔でいった。

「では上人様、登れるところまで登るずらか」

又重郎は仏像の入った背負袋《ねこだ》とその上にくくりつけた綱の束の重みをたしかめるようにゆすぶってから岩峰の基部へ向って踏み出した。二人が踏みころがす岩の音がしばらく霧の中で聞えていた。

二人が岩峰の基部に近づくと、それまで岩峰に執拗にまつわりついていた霧が、もはや岩壁とのたわむれに飽き飽きしたように離れていった。といっても、全体的には槍の穂は未だに霧の支配下にあった。霧が幾分うすくなったというていどであったが、基部から首が痛くなるほどふり仰ぐと槍の頂上まではどうやら見とおすことができた。

「又重郎さん、あの岩溝《いわみぞ》に沿って登っていこう、登りつめたところに大きな岩のこぶがある、あそこから右によけるのだ……」

又重郎にもそこまでは分っていた。さて、それから上を上人はどのように登ろうというのか、岩壁を見つめたままでつぎの言葉を待っていた。

「そこから上はここでは分らない。非常に困難だということだけははっきりしている」

播隆はそういうと又重郎と顔を見合わせて、二人の観察が同様であることを認め合うようにうなずいた。

更に霧は薄くなった。霧が霽れていくと同時に一番厄介な風がやんでいってくれたらと願うのだが風は相変らず吹いていた。

播隆は肩幅が広く、巌《いわお》のような身体つきをしていた。多年の間、念仏修行僧としてきたえ上げた身体だった。足を八の字に踏み開いて錫杖を岩に立てて、槍の穂を見上げている姿勢は一種の威力さえ持っていた。播隆は錫杖を岩の根元に横たえて、その手をそのまま岩肌に持っていって触れた。岩肌はつめたく濡れていた。そうしていると、岩のつめたさが、そのまま身体の中へ入りこんでいってやがて全身が凍えてしまいそうだった。

「そこまで登って見ずか」

又重郎はもともと頂上まで登れるとは思っていなかった。できることなら、こんな危険な登攀はやめにしたかったが、なんの理由もなく、止めにしたとなったら、播隆上人としても引っこみがつかなくなるだろうから、適当なところまで登ったところで不可能だと云えるきっかけを摑もうと思っていた。

又重郎は播隆が指示した岩溝を目ざして登っていった。下から見ると岩溝のように見えたが近づいて見ると、溝のように、身体をはめこむのに具合がよくなってはいなかった。そこだけが、いくぶん、岩峰の面より落ち窪んでいるというだけのことであった。

「上人様、私がいいと云うまで動かないでいてくだっせい。落石があるかも知れねえで、いつでもよけられるように、足場をよく見て置いておくんなせい」

中田又重郎は父に鷹取りを教わっていた。鷹の巣の多くは高い木の上にあったが、岩壁の洞穴の中に巣をかけることも稀ではなかった。彼はそういう岩に鷹の子を取りに父とともに何度か登ったことがあった。

又重郎は一歩一歩を慎重に踏んだ。そして或る程度登ると、そこに踏み止まって播隆の登って来るのを待った。播隆は岩にへばりつくような登り方をしていた。岩を登るのには、それがもっとも危険な姿勢だった。

「上人様、それじゃあいけねえ、こういう具合に、岩を突き放すようにしねえとかえって滑る」

又重郎は両手で岩を突き放すようにして胸を張って見せた。

「こうするのだな」

播隆は又重郎のいうとおりにしてみたが、やはり、岩と身体の間隔が開くと不安になって、すぐまた岩にすがりつく恰好になった。又重郎は綱を播隆の腰に結びつけて、その端を自分の身体に巻きつけた。岩壁の鷹の子を獲りにいくとき、父と子はこのように綱で、つながれたことがあった。播隆の身体はやや安定し、ゆっくりだったが、登攀高度をかせいでいった。

二人は岩溝の上限まではどうやら登った。しかしそれから上は傾斜が急で、一寸身体を引き上げるのも容易ではなかった。それに、ところどころにおおいかぶさるような岩があって、それを乗り越えることはできないから登攀方向を変えねばならなかった。

一時霽れた霧がまたおし寄せて来た。それまでは岩峰にたわむれかかるような霧であったが、今度は横なぐりの強風が運んで来た始末に負えない霧だった。霧の微粒子は播隆の耳目を襲い、着衣を濡らし、そして、急速に彼の体温を奪い去っていった。

「これはひでえ、とても登れたものじゃねえ」

又重郎は登攀を中止しようとした。凍えた手をふところに入れて暖めた。風と雨だけでなく二人の前にはそれまでにない難所が待っていた。どっちへどう方向をかえても、そこから更に上への登攀の路筋が発見されなかった。

結局、厄介な一枚岩をなんとかしてよじ登らないかぎり頂上へ達しられないことがはっきりしたところで又重郎はこの登攀をあきらめた。登れない、ときめてしまうと意外に気持は軽くなった。又重郎は、その時はもうおりることの方を考えていた。

「だめだ。この一枚岩が越せねえかぎり、頂上は無理だ」

しかし播隆はその言葉を聞こうともせず一枚岩の割れ目に両手を延ばして、ゆび先を突込んだ。右手の三本のゆびは割れ目にかかったが、左手は二本のゆびがやっとひっかかっただけだった。播隆は、右足を上げて、あるかなしかの岩の出っぱりにかけて、身体をずり上げようとした。二度やって、二度とも滑り落ちた。播隆の口元から南無阿弥陀仏の六文字の名号が洩《も》れた。播隆はその名号と共に三度目のこころみをしたがやはり身体をそれ以上せり上げることはできなかった。播隆の額に汗が光った。彼が身体中に力を入れて、気張ると、汗は急激にぼうちょうして、朝露のように光る玉になった。汗が眼に入り、更に口に伝わっていった。播隆はあきらめなかった。成算を胸に描いてのこころみのようであった。無駄な努力を繰り返しているだけではなく、そうやっているうちに、少しずつ岩になれ、岩のどこかに、奇蹟の足掛りでもつかもうとしているようであった。

又重郎は播隆の身体の動きを見ていた。四度やって四度失敗したけれど、少しずつ身体の安定を保つことがうまくなっていくように見えた。播隆は岩に向って叩きつけるような大きな声で名号を叫ぶと次の試みをやった。播隆は右足を小さな岩の出っ張りにかけると、両手のゆびに全身の重量を託して、濡れた岩壁をずるずると、身体を持ち上げていったが、そこでこらえて、更に左足を新しい足場まで移動していくことはできなかった。

「ちょっと待っておくんなせい」

又重郎はとうとう我慢できなくなって声を掛けた。播隆が登攀を止めるつもりがないことをはっきりと見て取ったからであった。又重郎は、播隆の背におぶさりかかるようにして、せまい足場に立つと、平衡を崩さないように、徐々に身体を屈《かが》めていって、播隆のわらじ履きの左足を、左肩に受け止めた。

「いいか」

又重郎の押しつぶしたような声が播隆の足元で聞えた。又重郎は少しずつ身体を延ばしていった。途中で、播隆の右足が又重郎の右肩にかかった。又重郎は播隆の全体重を両肩に受けたところで腰を延ばしきった。播隆の身体が又重郎の上で前後にゆれた。播隆は又重郎の肩の上で手懸りがつかめないで困っているらしかった。一生懸命手を延ばしているが、もう少しのところで、きわまっているように感じられた。

「上人様、私の頭を踏んで下さい」

又重郎は怒鳴った。播隆の身体を両肩に受けている状態だったからはっきりした言葉にはならなかった。播隆がなにかいった。すまないと云ったのか、念仏をとなえているのか分からなかった。播隆の草鞋が又重郎の頭上にかかった。背筋をつらぬくような重さを又重郎は感じた。それで、手懸りがつかめればよし、そうでなければ、その恰好は非常に危険であった。播隆がもし、彼の頭上で平衡を失って転落したら、岩壁に沿ってどこまでも滑り落ちていくことは確かだった。その播隆と彼とは綱で結ばれていた。

又重郎は歯をくいしばってこらえた。意識が遠のくほどつらい瞬間の後に、突然頭上から重さが去った。

一枚岩を越えたとき又重郎の心は決まった。その岩峰から退散することはもう考えなかった。登るかそうでなければ、播隆とともに岩峰の露と消えるかその何れかを選ぼうと心の中で力んでいた。播隆の名号をとなえる声がつづいていた。又重郎が先に立って岩壁の登攀が始められた。又重郎の頭の中から危険感や恐怖感が少しずつ取り去られていった。やれるという自信が、湧《わ》いて来たからだった。播隆が見せた気魄《きはく》が、又重郎を動かしたのは確かだった。

頂上に近づきつつあることは分っていたがその登攀進度はおそかった。浮き石がところどころにあった。又重郎が踏み落した落石が落石を誘って、やがて大雪崩が起ったような轟音《ごうおん》となって、麓《ふもと》の沢から反響して来た。

露出した石は総て安心できなかった。垂直に近い傾斜岩壁にひっかかっている石だから、ちょっとした力を加えると落石となるおそれがあった。岩に密着したものかどうかを確かめるまでには、汗の出る思いがした。

その小児の頭ほどの石は又重郎が踏み落したものではなく、又重郎の頭上を越えて自然に落下して来たものであった。

「あぶねえぞっ」

と又重郎が叫んだが遅かった。石は弧を描いて落下していって播隆の右足に当った。よける時間はあったが、足を置きかえる場がなかったのである。播隆の顔に苦悶のかげが走った。だがすぐ播隆はもとの顔にもどって、又重郎に登攀をつづけるようにいった。播隆の右足の白い脚絆は、吹き出した血で真赤に染まった。

「登れ、登るのだ」

播隆の叱声《しっせい》に追われて又重郎は登り出した。頂上はもうすぐそこだったが、最後の岩場はそり返って見えるほど傾斜が急で、しかも、頂上のすぐ下には、ゆび一本触れれば動き出しそうに見える、大きな岩が累積していた。

又重郎は、少しずつ登っては、播隆を引き揚げた。播隆の右足の負傷は登攀速度をいちじるしくおそくした。

気まぐれな霧がまたうるさく岩峰にからまりついて岩を濡らした。だが、もう頂上はすぐそこだった。

霧がかかっても頂上の輪廓はほのかに見えた。

播隆の名号をとなえる声が一段と高くなった。霧の中に二人の影がもつれるようになって少しずつ岩壁を這《は》い登っていった。播隆は、又重郎の介添えなくしては、あと数間の岩壁も登ることは困難のようであった。年齢の差であった。その時播隆は四十六歳であった。

又重郎は播隆をそこにとどめて置いて最後の困難な登攀を始めた。右に行ったり、左によけたり、一間ほど登ってから又もとのところへ引きかえしたりした。頂上はすぐそこだが、そこに到着する道が発見できなかった。そこまで登って来ると、岩峰の先端の丸みと広さの見当がつきそうになった。又重郎は横に這いずって行って向う側に出ようかとも思った。そこに登攀路が発見できるかもしれないと思った。又重郎はまず左側へ廻りこもうとしたが、岩がしゃくれていて駄目だった。右側へ廻りこんでいくと、そっちは、断崖だった。結局二人には、今まで登って来た延長方向へ登る以外に道はなかった。

又重郎はその偵察でひどく疲労した。咽喉《のど》が渇いた。彼は、岩壁で行きづまったときには水を飲んでゆっくり考えろ、と父に教えられたことを思い出した。いよいよ、鷹の巣の直ぐ下まで来たが、最後の一間か二間が登れないときには、父は身を安全な場所に置いて、竹筒の水を飲んだ。心を落ちつけるためだった。

又重郎は播隆の方を見た。頂上を見つめて播隆は名号をとなえつづけていた。声はまだしっかりしていた。又重郎は、腰の竹筒の水を飲んでから、飲むかと身ぶりで播隆に訊くと、播隆は首を横にふった。播隆も咽喉が渇いていたが、修行僧としてたたき上げた彼の経験がそれをはねつけた。

水を飲むと又重郎の気持は前より楽になった。霧に濡れた岩から露が流れ落ちていた。又重郎は眼を頭上の岩のつけ根にやった。岩は岩峰についている岩ではなく、いつの世にか岩峰と分離している岩であった。岩峰と岩の間に割れ目があった。

又重郎は立ったまま手を背負袋に廻して予備のために持って来た綱を取り出すと、その先に石を結びつけて、岩峰に乗っかっている岩の割れ目に沿って投げ上げた。割れ目はずっと上の、そこからは見えない岩蔭までつづいているに違いないと彼は思った。彼は注意深く綱を引張った。綱に手答えがあった。綱の先に結びつけた石が岩のかげのなにかにうまく引懸った感じだった。

又重郎は綱に全重量をかけて引いてみた。二、三度それをやってから綱につかまって、岩壁を登っていった。又重郎は新しい方法で稼ぎ取った岩場に適当な足場を見つけると、播隆に登って来るように声を掛けた。播隆と又重郎とを結んでいる綱がぴんと張った。

「よいしょ、よいしょ」

という又重郎の懸け声に混じって、播隆の南無阿弥陀仏をとなえる声が聞えた。

そこから頂上まで、又重郎は、投げ綱を三度使った。三度目は使うほどのところではなかったが、安全のために使った。

両手をいっぱいにひろげて抱きつくような大きな岩を乗り越えたところが頂上だった。

信濃国安曇《あずみ》郡小倉村中田又重郎がまず槍ヶ岳の頂上を踏み、つづいて、山城国一念寺の僧、播隆が頂上を踏んだ。文政十一年（一八二八年）七月二十八日申《さる》の刻（午後四時）であった。

ふたりは手を取り合ったまま、しばらくは口が利けなかった。播隆の大きな眼に露が光っていた。又重郎は怒ったような顔で、しきりに鼻をすすり上げていた。

槍ヶ岳の頂上は下で想像したとおり、大小無数の岩が累積している五坪ばかりのゆるやかな高まりになっていた。平面ではないが、尖《とが》ってもいなかった。安曇地方でよく使う平《ひら》に近かった。石を取り片づければさらに平らにすることは可能のように思われた。

登攀行動を停止すると、風が身にしみてつめたく感じられた。汗で水をあびたように濡れていた身体が急速に冷やされていった。

中田又重郎が背負っていた荷物の中から半纏《はんてん》を出して播隆に着せ、その上に茶色の僧衣を着せた。槍ヶ岳山頂に仏を安置する儀式のための僧衣であった。

二人が頂上に達したころから霧は薄れていった。薄れるというよりも、岩峰にまつわりついていた霧が、夕暮れ近くの気温低下のために、その上昇と下降の対流現象が緩慢になっただけのことであったが、見掛け上、霧は薄れていくように見えた。槍ヶ岳の穂にまつわりついている霧は薄れていったが、雲海は全体的に高度を増したように思われた。南に穂高連峰、乗鞍岳、北に立山連峰、うしろ立山連峰、そして、まさしく太陽の沈む方向に笠ヶ岳の頂が雲海の上に浮んでいた。風がひとしきりはげしく吹いた。

「霧ははれるぜ」

又重郎は頂上の平《ひら》を更に平らにしようと働いていた。動いていないと寒かったし、黙って立っているのが不安だった。播隆も手伝った。平らにして、そこに石の台を設けて仏像を安置するのが、ふたりのさしせまった仕事であり、それが済んだら、この岩峰をおりなければならなかった。時間の余裕はなかった。

風がひとしきりはげしく吹くと、明るさが増していくようだった。霧は岩峰の東側におしやられて、太陽の沈む方の側が急激に見とおしがよくなっていった。自由奔放な運動をしていた雲は、すべて、夕暮れとともに平面的に整理されようとしていた。岩峰にしつっこくまつわりついていた霧が消えると、眼下にひろびろとした雲海が落日を支えていた。

雲海の上を一条の黄金色の光の道が槍の穂に向って続いていた。

ふたりは時折手を休めて、眼を落日と雲海の方へやり、また足もとの石の取片づけにせい出した。太陽の沈む方の側が、きれいに整頓されていくのに、槍の穂の東側にはお山霧が、ほとんど定着しそうに見えるほどの頑固さで居すわっているのは、いかにも、槍の穂によって、天上の雲が二様の集団に突き分けられたように見えた。

「もうすぐ日が暮れるで」

又重郎はそういいながら、平《ひら》にした槍の穂の頂上に、その平よりやや高い、祠《ほこら》のための台座場を作りはじめた。二尺ほどの高さの台座場ができると、又重郎は、その上に仏像の入った厨子《ずし》を置き、そのまわりを比較的小さな石で固め、さらにその周囲に大きな石を積んだ。

もはやいかなることがあろうとも、仏像は、そこから動かないことを確かめてから、又重郎は厨子の扉を開こうとした。

「風が止んだようだ」

と播隆がなにげなくつぶやいた。又重郎は厨子の扉に手をかけたまま、西の雲海に沈もうとする太陽に眼をやった。播隆は落日を背にして厨子の方へ眼をやった。又重郎の視線と播隆の視線が空中で交差し、反対側にそれていった。

播隆の口元が動いた。発しかけた声を飲みこんだようだった。顔中が驚愕して言葉を失った顔でもあった。又重郎はあたりが急に明るくなったような気がした。静かな空間のどこかに、なにかの異変が起ったように感じた。

又重郎は播隆の視線を追ってふりかえった。そしてそこに驚くべきものを見たのであった。

五色に彩《いろど》られた虹《にじ》の環《わ》が霧の壁の中にあった。五色の環の中心をなす赤色光は血のように鮮明だった。たぐいなきその光の配色の虹の環の中に又重郎は影を見た。立影《りつえい》にも、坐影にも見えた。背光を負った仏の姿にも見えた。現実の世のものとは思えぬ、あざやかなその光と影に、又重郎は頭の下がる思いをした。

一瞬彼は、その異常なるものこそ、阿弥陀如来の来迎《らいごう》というものではないかと思った。背筋にそって、つめたいものが流れた。ありがたいとは感じなかった。おそろしい神秘的な物に感じた。その美しい物が突然、大きな禍《わざわい》を投げかけて来るのではないかというふうに感じた。見てはならないものを見たと思った。この世で、誰も見られない、仏とも神とも、或はそれ以上に人間とかけ離れたものが、そこに現われたのだと思った。又重郎はそこに坐りこんだ。ごく自然に彼は合掌した。彼はふるえながら、その美しい虹《こう》環《かん》の内部にいる、明らかに人間の形をした者が、なにをするかをじっと見詰めていた。播隆は虹環の中に如来を見た。現実にこの眼で、誰にも見ることのできないものを見たと思った。

彼は合掌し、名号をとなえようとした。霧の中の如来の姿が動いた。身をよじったようにに見えた。なにかをさけようとして身を引いたようにも見えた。そう思ったとき、如来の顔の輪廓が、亡き妻のおはまに似ているなと思った。いくらか下ぶくれしたおはまの顔がそこに浮んだ。あくまでもそれは影であったが、影には厚みがあった。濃淡もあった。つまり、虹環の中に現われたおはまは、表情を持っていた。

播隆はそこで名号をとなえるべきだったかもしれないが、播隆の口から出たものは、おはまという呼びかけであった。おはまがそのままの姿でそうしていたならば、播隆は、つづけておはまに語りかけたに違いないけれど、そのときおはまの影は更に大きく横に揺れた。

十五年前越中八尾《やつお》で起った百姓一揆のどよめきの声が聞える。鉄砲足軽に向って槍を突き出そうとしていた時の自分の姿が見える。おはまが槍の前に立った。播隆ははっきりおはまの眼を見た。それはあの時播隆が突き出した槍の穂先に自らの身を投げ出したおはまが、流血の中で播隆を睨んだあの憎悪の眼であった。影には眼つきはなかったが、身を投げ出すような影の動きから、播隆は、おはまの眼つきを感じ取ったのである。虹環が薄らいだ。消えかかって、ぱっと一度明るくなり、そして消えた。そこには白い霧の壁だけがあった。

播隆は気の狂ったように名号をとなえた。だが、虹環は二度と現われなかった。

出郷

1

岡田屋嘉兵衛の店の前にはばんどり（農作業用の蓑の一種）を着て菅笠をかぶった、二十人あまりの農民が立っていた。

岩松はいやな胸騒ぎがした。よくないことが起りそうな気がした。それがどういうかたちで起るかは分らないけれど、起ることは間違いないことのような気がした。八尾から富山までの四里の道を歩きながらずっと考えつづけて来たことだった。一揆が起るかも知れないという噂は数日前からあった。農民たちの不満が藩と富商を対象として、爆発するとすれば、いまのような気がしてならなかった。米問屋玉生屋久左衛門の手代岩松としての直観ではなしに、農民出身としての勘であった。十四歳のとき村を出て、越中八尾の玉生屋の丁稚となって十七年、番頭さんと人に云われるようになっても、農民の子として生れた岩松の血の中には、そういうことを敏感に感じ取る嗅覚があった。

「へい、よってくりゃしやせい」

岩松はそういいながら、立っている農民たちをおし分けて中に入った。五人の農民が岡田屋の手代新右衛門を相手に口々に怒鳴り立てていた。

「おらっちゃ、おかみに御収納米の減免をおたのみに来た帰りじゃ。腹が減ってしようがねえから、やきめし（にぎり飯）をふるまってくれといっているだけのことじゃ。この家の米倉にゃあ、塩野新田《しおのしんでん》で穫れた米がくさるほどある。あの新田を汗水たらして開墾したおらっちゃ百姓にそのぐれえのことをしてくれたって悪くねえはずじゃ」

代表の男がいうと、番頭の新右衛門は、

「なんどいったって同じことだ、やきめしを出すことはできん、そんな余計の米はない」

「なに余計な米やって、なにが余計じゃ。その米はおまえ達商人がおらっちゃ百姓をただ使いして穫った米じゃあないか」

農民は云いかえした。

文化十年（一八一三年）の九月に入ると、富山藩の神通川、常願寺川の流域の米の不作は明瞭なものとなった。ひどいところは平年作の半分、いい方でも八分作と見られていた。各村の農民達は、連日富山藩に出頭して年貢の減免を歎願したが、藩は今年は減免してやるほどの凶作ではないと云い張って、農民の訴願を取り上げなかった。そのころ富山藩の財政は窮乏していたから、減免どころか、もっと取り立てたいところであった。

農民の不満は日が経つとともに高まっていった。高木村の農民たちが、藩に減免願いに行った帰りに、富山の岡田屋嘉兵衛のところに立寄ってやきめしを強要したのも、直接の導因としては彼等の正当な訴願が藩に受け入れられなかった鬱憤《うっぷん》のやり場を藩の御用商人岡田屋嘉兵衛のところへ持っていったのであるが、実は、その根はずっと深いところにあった。

富山藩は十三年前の寛政十二年（一八〇〇年）から藩の財政建て直し政策の一環として塩野を開墾して新田作りを始めた。塩野は飛騨街道の笹津の近くにあった。東西一里、南北二里の小松原であった。富山平野のはずれで、そこから飛騨にかけてずっと山つづきであった。耕作地としては不適当なところだった。水の便は悪いし、土質も悪く、畑にも田にもならない不毛地であった。

富山藩はこの塩野開田に当って、富山、八尾に在住する富商たち十数人を動員することに成功した。開田のあかつきはその田を与えるという条件で富商たちに出資させ、婦負《ねい》、新川両郡の農民を、ほとんどただに近い労賃で酷使して、一応塩野開田に成功したのである。

金を出資した町人は田を貰い、藩はその田から年貢を徴収できるけれど、ただ働きをした農民はなんの得ることもなかった。その十三年間の農民の血と汗の代償はなにひとつとしてないばかりか、従来の農作物の生産が労働力不足によって低下したのに対しても、藩は何等の手も打とうとしなかった。丁度二年前の文化八年に隣国の越後岩船、北蒲原両郡に似たような問題が起きて、百姓が大挙して地主、富豪を襲った。この事件が刺戟となっているところへもって来て、この年は凶年性の冷夏であった。農民たちの怒りが、藩と、藩を背景にして甘い汁を吸おうとしている富商たちに向けられたのは当然ななり行きであった。

2

「ちょっとお待ちになってくださらぬか、私は八尾の玉生屋の手代岩松と申しますが……」

そう云いながら、岩松が新右衛門と、農民代表との間に割って入ろうとすると、

「なんやって、八尾の玉生屋じゃと、そんなら、この岡田屋と同じ穴の貉《むじな》じゃあないか、おかみと金の威光で、おらっちゃをただ使いした仲間じゃあないか」

農民の代表は、岩松に向って云った。

「そうでございます、塩野開田にかかわりのある玉生屋の手代でございますが、私はもともと新川郡河内村の百姓のせがれじゃから、百姓のつらさは、少しばかり心得ておりますじゃ」

岩松は頭を何度かつづけざまにさげた。岩松が百姓のせがれと名乗ったとおり、彼は百姓出身らしい骨格をしていた。肩幅が広く、いくらかいかり肩で、大きな手をしていた。だが腰をかがめて、もみ手をしている岩松の恰好は百姓ではなく、濃い眉の上の広い額には三十一歳にしてはやや深すぎると思われるほどの苦労皺がよっていた。やはり玉生屋の手代であった。

岩松は落ちつけ落ちつけと自分にいい聞かせた。十七年苦労してやっと築き上げた米問屋玉生屋の一番番頭の地位を捨てたくはなかった。女房のおはまを不幸にさせたくもなかった。百姓一揆が起るという噂があるが心配だといっていたおはまの顔を思い出すと、この騒ぎを一揆騒動にしたくはなかった。

岩松は玉生屋の手代弥三郎のことを思い出した。弥三郎は、岩松より六つ年下の二十五歳であった。長いこと薬の行商人をやっていた経験から万事に抜け目がなかった。今日も岩松が玉生屋を出るとき、後から追いかけて来て耳打ちをした。

「一揆が起るか、起らないかは、きっかけを作らせるかどうかにかかっていると思います。やきめしぐらいのことならやった方がいいじゃあないですか、あなたの留守中に百姓共がもしうちへやって来たら、私が旦那にそう申します、だから岩松さんも岡田屋さんにそう伝えた方がいい、と思いますがねえ」

ねえと、のっぺりした顔にうす笑いを浮べていった弥三郎のことばが耳の底にまだ残っていた。

「ここのところは、ぜひひとつ負けてやってはいただけませぬか」

岩松は岡田屋の番頭新右衛門にそういうと、そばによって、耳元に口をつけてやきめしを出してやったほうがいいだろうといった。なんとかして、この難場を通り抜けることができさえしたらと思った。番頭だからといって、たくさんの給料が貰えることはなかったし、のれんを分けて貰えるかどうかも分らなかったが、岩松はいまのままで満足していた。このまま一生終っても悔いはなかった。兎に角岩松は恋女房のおはまと平和に毎日を過ごして行けさえしたらそれでよかった。それ以上に大きなのぞみはなかった。

岩松は十四歳までは新川郡河内村の家にいた。山を駈け歩いて遊んだこともあり、農事の手伝いをさせられたこともあった。百姓仕事は嫌いだった。十四歳の暮に玉生屋へ奉公に出されたときはなにかほっとした。岩松は長い間、小僧と呼ばれてこき使われていた。ぶんなぐられたこともあった。蹴とばされたこともあった。意地の悪い下女にこげ飯ばかり食わされたこともあったが、彼はそこを動かずに働いていた。そこがどんなにつらくても、百姓よりはましだと思った。十六歳になってから、玉生屋は岩松に手習いに行く時間を与えた。おそまきながら岩松は読み書きができるようになった。二十八歳まで身を粉にして働いて、岩松はおはまを嫁に貰い、一軒与えられた。それからの岩松は人生の絶頂にいた。その絶頂は今もつづいていた。死ぬまでつづけていきたい安穏岩松は岡right屋の番頭新右衛門の方へすり寄って行って、ここのところは、負けてやって下さい、ともう一度云った。

「ばかなことを」

新右衛門は吐き出すように云った。

「そんなことをして見ろ、明日はこの三十人が三百人になり、明後日は三百人が三千人になって、腹が減った飯を食わせろといってやって来る」

そして新右衛門はそこにいる百姓の代表たちに向って云った。

「お前ら、お役人にひっくくられて牢屋へぶちこまれたいのか、悪いことは云わないから早いところ帰った方がいいぞ、さっき小僧を走らせたから、もうそろそろ馬の蹄の音が聞えるころじゃ」

「なんじゃと、小僧を走らせた。やい番頭それはほんとか」

「ほんとだとも、嘘だと思うならもう少し待って見るこっちゃ」

その新右衛門のひとことは、農民たちを激昂させた。

このくそ番頭めと、ひとりが新右衛門の頭を殴った。新右衛門はかっとなって立上がると、店の隅に置いてあった心張棒を持って農民たちに打ちかかった。新右衛門は町人でありながら武術が好きで、町の道場に通っていた。いささかでも武術に心得があるものに殴られると、無防備の農民達はたちまち崩れた。ひとりは鼻血を出してようやく外へ這い出した。ひとりは土間に打ちふせられたまま動けなくなった。あとの三人は向う臑《ずね》をたたかれそこにうずくまった。鼻血を出した若い者は外へ這い出して叫んだ。

「八兵衛が殺《や》られたぞ」

外で待っていた二十名ほどの農民は鼻血を出して這い出して来た男と、死んだように動かない八兵衛を見ていきり立った。彼等は武器となるべきものを探した。味方を呼び集めに走っていく者もいた。

文化十年（一八一三年）十月十六日富山一揆の火の手はここに上がった。

狂暴化した農民たち二百名は手に手に棒を持ち、鎌をふりかざして岡田屋に乱入した。番頭の新右衛門は寄ってたかって叩かれ、踏んづけられた上、頭から小便をかけられた。岡田屋嘉兵衛は家人とともにかろうじて脱出した。

無人となった岡田屋は暴徒の蹂躪《じゅうりん》にまかされた。戸障子、家具、調度品のいっさいは道に放り出されて破壊された。

役人が三人ほど来たが、そのときにはもはや手のつけられない状態にあった。たとえ相手が役人であっても下手に口を出せば、撲殺されそうな勢いだった。

岩松は恐怖の眼で岡田屋の打ち毀しを眺めていた。これでなにもかも終りになったような気がした。この暴動が八尾までひろがっていって、彼のそれまでに築いた物が根こそぎ打ち毀されるのではないかと思った。

打ち毀しは最終段階にせまっていた。暴徒のひとりがどこからか斧《おの》を探し出して、次々と柱に切り込みを入れていった。柱に綱がかけられて、家から出て来た男たちが、わっしょ、わっしょと綱を引張った。岡田屋の家は大きく揺れ動き、やがて大音響とともに倒れた。黒い塵煙が、秋の空に真直ぐ立昇っていった。

「これだけじゃあ、まだ腹の虫がおさまらんぞ、火をつけてもやしてしまえ」

誰かが叫んだ。そうだもやしてしまえとはやし立てる者がいた。

「火をつけるなあ——。大火事になったら、岡田屋だけではない、町中が迷惑する。そればかりじゃなあい、火をつけた者は磔《はりつけ》になるぞ」

高木村の徳市郎が大声で怒鳴って止めた。火を付けた者は磔になるぞと叫ぶ徳市郎の声が、暴徒の熱し切った頭に水をかけた。暴徒はやがて引き上げていった。

岩松は高木村の徳市郎をよく知っていた。徳市郎は農閑期を利用して八尾の手習塾に通っていた。そこで岩松と知り合ったのである。

「えらいことになったなあ徳市郎さん」

岩松が泣き出しそうな声を出したが、徳市郎はそれには答えず、宙に上がったままいつまでもそこに浮遊している黒い塵煙を見上げていた。おそろしいように、つきつめた眼をしていた。

3

一揆はその翌日になると組織的な行動に移った。この日約七百名の農民は数隊に分れて富山に入り、塩野新田の出資元である豪商河原町屋宗五郎の家を打ちこわした。役人と農民との争いで、三人の農民が死んだ。

一日置いて、十月十九日の朝日が昇ったころ、千人あまりの農民が八尾に向ったという情報が藩に届いた。藩は安井守衛に武力鎮圧を命じた。安井守衛は完全武装した二百六十名の足軽を引きつれて八尾に向った。

岩松はこの日のことを察知していたから、主人の玉生屋久左衛門に、家財道具を分散し、店を閉めて、しばらくどこかに退避するようにすすめた。

「ばかな、一揆がこわくて、商売ができるか、一揆の力で、一軒や二軒つぶすことができても、この八尾には、塩野開田に金を出した商人は十一人もいる。十一人が力をあわせれば、一揆だって防ぐことはできる。それに藩だって黙って見ているわけにはいかないだろう。いざというときにはおかみが助けて下さることにちゃんと手筈がととのっている」

玉生屋久左衛門は、岡田屋嘉兵衛が強がりをいったのと同じように強がって見せた。

玉生屋が、かり集めたならず者二十人ほどが、恰好だけは勇しく、向う鉢巻姿に竹槍を持って家のまわりをうろついていた。

一揆は安井守衛の足軽たちによってはばまれた。安井守衛は、菅笠にばんどり姿で町へ入ろうとする者は、武器となる物を所持しているいないにかかわらず敵と見なして、突き殺せと命令した。農民たちの機先を制するためだった。

だが、この強硬策は、かえって農民達の反感を買った。一度は引いた農民は数隊に分れて、八尾の町の周囲を取りかこみ、鬨《とき》の声を上げて、町へ侵入し、まず玉生屋久左衛門宅を取り囲んだ。

岩松は大声を上げて走り廻った。乱暴なことは止めて下さい、話せば分ることですといった。農民たちは、その岩松を相手にしなかった。気違いがひとり、緊迫した空気の中をうろついているとしか見ないようであった。農民はすぐには打ち毀しに掛らなかった。人数が揃うまでのしばらくの間、玉生屋が集めたならず者たちと睨み合いをつづけていた。

馬上の侍が槍を持った二十人ほどの足軽をつれて到着した。足軽は玉生屋の前に一列横隊に並んだ。

「百姓どもをひとりも生かして帰すな」

馬上の侍が足軽どもに下知を与えた。玉生屋を背にして槍をかまえた足軽は、馬上の侍の命令を待っていた。

「かかれ」

馬上の侍が命令を下した。足軽たちはいっせいに行動を起して、それぞれ、一人ずつ目標を見つけると、それに向って突き進んでいった。農民と完全武装兵とでは勝負にならなかった。農民たちは浮足だった。

背の高い足軽は逃げようとする男の背中を、ばんどりの上から突いたけれども、槍の穂が抜けないので、倒れた男の肩のあたりに片足かけて、わけのわからぬことを叫びながら引き抜こうとあせっていた。その隣りでは突き出された槍の穂先をうまくかわした男が、その槍の千段巻のあたりをつかんで足軽と争っていた。用水桶のところでは腿《もも》の辺りを突かれて動けなくなった男の胸板を目がけて髯面の足軽が二の槍を突き出そうとしていた。

「やめてくれやっしゃい、むごいことはやめてくれやっしゃい」

岩松は、その足軽の手元にとびこんでいって、槍をおさえた。

「きさまも、一揆のはしくれか」

足軽は岩松に取られた槍をふり離そうとしてあばれた。そうなれば、いよいよ岩松はその槍を放せなくなった。血迷った足軽は、その槍で岩松を突くにきまりきっていた。岩松は渾身《こんしん》の力をこめて、その槍をもぎ取ろうとした。岩松の四角な顔が真赤になった。眼玉が飛び出すほど力んでいた。ふたりがもつれ合って足軽が転んだ。そのはずみに足軽は手から槍を放した。

岩松はその槍を拾ってかまえた。足軽が恐怖の眼を岩松に向けた。

「くそっ！」

という声が傍でした。横から光るものが延びて来たなと思ったとき、岩松は無意識に槍を振った。彼の持っている槍が、光るものをはね上げた。次の瞬間、彼は自分が持っている槍になにかが突き当ったのを感じた。

きゃっという悲鳴が横から槍を突き出して来た足軽の口から洩れた。岩松が無意識にふった槍が、相手の高腿を刺したのである。

「油断をするな、こいつ槍を使えるぞ」

足軽たちがそう叫ぶ声が岩松に聞えた。それからの岩松はもう夢中だった。

光るものが彼を襲って来たとき、そっちの方へ向って遮二無二槍を突き出すと、手応えがあった。

敵は足軽どもだと岩松は考えた。百姓の敵はあいつたちだという怒りが彼を支配していた。そのとき彼は玉生屋の手代の岩松ではなく、百姓のせがれ岩松になっていた。

「岩松、うしろがあぶない」

高いところから聞えて来た声に岩松ははっとして背を低めた。と同時に銃声がした。

弾丸はそれたが岩松はその相手が憎かった。殺しても飽きたらない男に思えた。足軽は鉄砲を小脇にかかえて逃げた。次の弾丸をつめるすきもなかった。岩松はその足軽を土蔵の前に追いつめた。憎しみ以外になにもなかった。岩松は槍をかまえた。

「岩松さん、あんたは、あんたは……」

岩松の女房のおはまが、逃げ場を失って、ふるえている鉄砲足軽をかばうように立った。

「どけ、そいつは許せない奴じゃ。百姓の敵じゃ。おれたちの敵なのじゃ」

岩松は叫んだ。

「岩松さん——」

おはまが叫んだのと、足軽がおはまの背後から逃げ出したのとほとんど同時だった。岩松は逃げる足軽に向って槍をつき出した。おはまの身体がその槍の穂先に倒れかかるようによろめいた。槍はおはまの胸を突いた。

おはまは一瞬とがめるような眼を岩松に投げかけると、そのまま槍の穂を抱くように倒れ伏した。

4

八尾の打ち毀しは一日中つづいた。安井守衛の強硬策を以てしても怒り狂う農民を鎮圧することはできなかった。打ち毀しにあった商人は九名、高利貸が一名、鍛冶屋が一名であった。ほとんどが塩野開田に関係した商人であった。

岩松はおはまの死体の傍に坐ったままだった。時々彼は声を上げて激しく泣き叫んだ。

泣けるだけ泣くと流れる涙を拭おうともせずそのまま考えこんだ。

足軽の槍をもぎ取って、狂ったようにあばれ廻っていた岩松の、あの仁王に似た顔はそこにはなかった。岩松は思いつめた眼をしていた。泪《なみだ》を浮べた大きな眼はおはまの行った遠いところを見ているようだった。古井戸のように、うつろに見開いている眼であった。

一揆の打ち毀しが終って暴徒が八尾から去っても、玉生屋の家のものは再度の来襲をおそれてすぐには引き返しては来なかった。八尾の商人で打ち毀しにあった家のほとんどは岡田屋と同じ運命にあった。玉生屋は、家財、調度品はこわされたが家は無事だった。そのかわり米蔵があけられて多量の米が暴徒に奪われた。

米蔵を開けて、持てるだけ持っていくがいいといったのは弥三郎だった。

「責任はこの弥三郎がかぶりますちゃ、どんどん持ち出してくれっしゃい。そのかわり、家を引き倒すことは勘弁してくれっしゃい」

弥三郎は機転の利く男だった。彼はいかにも商人らしく打ち毀しの最中に暴徒と取引をしたのであった。家を引き倒されるよりも、米をやったほうが増しだと考えたのである。米をやると云えば、相手はその米を作った百姓だから、米を運び出すことに気を取られて、打ち毀しの方の被害は少なくなるだろうと思った。こうすることが手代として当然なことであり、主人の久左衛門にも讃められるだろうと思った。

一揆にも規律があった。農民を苦しめた富商をこらしめるために打ち毀しをやるが、物を盗ったり人を殺したりしてはいけない。放火もしない。塩野開田についての農民の不満をお上《かみ》が取り上げてくれるための示威運動である。飢えのための一揆ではなく、藩の施政を正すための打ち毀しだという態度を堅持した。

弥三郎の米の放出はこの農民たちの取決めにいささか水をさした結果になった。

（玉生屋が米をくれた）

と聞くと、暴徒たちは他の米問屋の蔵をも襲った。農民たちから搾取《さくしゅ》した米は、その農民たちの手によって、かなり多量にその日のうちに運び去られた。弥三郎の処置は玉生屋に取っては効き目があったが全体的には暴動の緩和策にはならなかった。

「岩松さん、こうしていてもおはまさんが生きかえって来るものではない。とにかく仏の始末をつけねばならない、それに岩松さん、こんなところにいると、お役人につれていかれるかもしれないからな」

弥三郎は近所の人をたのんで、おはまの死体を岩松の家へ運んだ。岩松の家は、玉生屋から大声で叫べば聞えるほどのところにあった。

二間続きの家だが、いかにも若夫婦の世帯らしくつつましく整理されていた。

おはまが棺桶に入れられた。通夜の用意ができても、岩松は放心した顔で坐っていた。なにも云わないし、なにを聞かれても返事をしなかった。こわい眼をしてあらぬところを睨んでいる様子は気が狂ったとしか思えなかった。役人が岩松をつかまえにやって来た。弥三郎が出ていって葬式が済むまでこのままにしてやってくれとたのんだ。

「岩松さんは逃げるような人ではけっしてござらん」

弥三郎が岩松をかばうと、役人はそれではお前が来いと岩松の身がわりに弥三郎を引張っていった。

岩松はおはまの遺体のあとにどこまでもついていった。丸く盛り上げられた土饅頭に一本の卒塔婆《そとば》と一枝の菊の花が供えられた。

「さあ岩松さん、帰ろうちゃ」

と生前おはまと親しかった近所のかみさんが岩松をさそったが、彼は立とうとしなかった。

「無理はない、ほんとうに仲がいい夫婦《めおと》じゃったから、一緒になって四年たっても、おはまさんは、いまだに岩松さんなんて呼んでいたがに……」

隣家のおかみさんはそういい残して立去った。岩松は、その墓の前に坐ったきりで日没を迎えた。

岩松は背後に人の気配を感じた。誰かがそっと来てうしろに立っているなと思った。誰が来ようが、来てなにを云おうがかまわなかった。役人が逮捕に来ても少しもおそれることはなかった。そう思っていても、黙ってうしろに立っていられるとやはり気にはなった。

岩松はふりかえった。弥三郎が茫然《ぼうぜん》とした顔で立っていた。なにか考えごとをしている顔だった。岩松はこれまで弥三郎のそんな姿を見たことはなかった。岩松の知っている弥三郎は腰が低くて、お世辞がうまく、のっぺりとひらべったい顔につねに微笑をたたえて、相手と調子を合わせていながら、時折、細い瞼《まぶた》の奥でねずみのような狡猾な眼を輝かせる男であった。しかし、いまそこで思案に迷ったように突立って考えこんでいる弥三郎の顔にはずるそうなところはなく、憂愁に走った顔だった。

「弥三郎さん、どうしたのじゃ」

岩松が呼びかけると、

「岩松さんこそこんなところで、なんしているのじゃ、愚図愚図していると一揆の仲間として、おれもお前さんも召し取られるぞ、うちの旦那がおれたち二人を訴えたのじゃ」

そこにはいつもの弥三郎のよく動く眼があった。

岩松の身がわりとして、役人と一緒に出ていった弥三郎が丸一日経って帰って来て最初にいうべきことばとしてはなんとなくへんだった。だが、岩松は、ふとそう感じただけでくわしいことは訊かなかった。

「玉生屋久左衛門は、おれの苦労をみとめてはくれず、弥三郎は一揆と通謀して、米蔵を開けわたし、岩松は一揆と一緒になってお役人に立ち向ったと訴えたのじゃ。早く逃げないと、つかまえられてお仕置《しおき》を受けることになる。下手をすると打ち首ということになるかもしれないぞ、おい岩松さん、おれたちは磔《はりつけ》にされるかもしれないのだよ」

「おれは死んだほうがいい」

岩松は、ひどくつめたい雨がふっているなと思った。その雨が、いつごろから降り出したのか覚えていなかった。

「死にたい気持は分るが、なにも、磔に会って死ぬことはあるまい、死ぬのなら自分で好きなように死んだほうがいい、な岩松さん、人間って死に場所が大事だ。おはまさんだって、お前さんが、磔に会って死ぬことなんぞ、喜ぶものか、さあ逃げるのじゃぞ」

弥三郎は岩松を無理矢理おはまの墓場から引きはなすと、八尾の町を出た。

「どこへ行くのだ」

「高木村の徳市郎さんのところへでも行ってかくまって貰うことにするじゃ」

「徳市郎……」

岩松は、あの乱闘の最中に、うしろから鉄砲で狙撃されようとしたとき、どこか高いところから、岩松、うしろがあぶないと叫んだ声が徳市郎の声だったことをそのときになってやっと思い出した。あの時、徳市郎は屋根の上にいたのかもしれない。なぜ徳市郎が屋根の上にいたかは考えなかった。徳市郎の声で岩松は生き残り、そのかわりおはまが死んでしまったのだ。おはまを殺すぐらいなら、あのまま鉄砲にうたれて死んだ方がましだった。岩松は、いまさらどうにもならないことをまた思いかえした。ふたりは暗い雨の中を高木村さして歩いていた。

5

越中平野は富山湾に向ってそそぎこむ五大河川によって形成されている。五本の河は東から黒部川、片貝川、常願寺川、神通川、そして庄川である。越中平野のほぼ中央を流れる神通川をその河口から、南に向ってさかのぼっていくと、やがて国境を越え更に飛驒の奥深く延びていく。その全長は約二十里ある。神通川には幾つかの支流があり、富山の市の南方で神通川に合する熊野川は支流の中でも大きなほうである。熊野川の上流は黒川となり、その源泉は越中と飛驒の国境山脈である。

岩松と徳市郎の一子徳助はこの黒川の上流に向って、南へ南へとさかのぼっていった。ふたりは人に顔を見られないように、深々と笠をかぶっていた。徳助は十三歳にしては背丈の大きい方であったから、僧衣はよく似合った。時々二人が人目をはばかりながら笠を取って汗をふくときの坊主頭は親子のようによく似ていた。親子で出家した修行僧のようであった。

岩松はここ二十日ばかりのあわただしい時の移りかわりを夢のように思い出しながら歩いていた。

弥三郎とともに高木村の徳市郎のところへ来て間もなく、八尾の打ち毀しより更に大規模な一揆が起った。村民たちは、富商の次に狙うべき相手として十村《とむら》（大庄屋）、大地主、村役人を選んだのである。

岩松はその打ち毀しの先頭に立った。死ぬつもりで彼はあばれ廻った。人も傷つけ、家にも火をつけた。その場で役人に殺されるか、捕えられて殺されるか、どっちかだと思った。いくら死のうとしても岩松は死ねなかった。死にもの狂いの彼の働きに相手が彼を避けたのである。

富山藩の徹底的武力弾圧が始まった。その時機を待っていたように捕吏が村々に現われて片っぱしから農民を連れていった。

高木村の徳市郎は捕吏が来る前に、一子の徳助を他国に逃そうとした。彼は寺の和尚から僧衣を二着ゆずり受けて、その一着を徳助に着せ、一着は岩松の前に出して云った。

「おれたち夫婦が磔《はりつけ》になっても、この子が生きていると思えば、あきらめがつくじゃで、どうかこの子を連れて逃げてくれ」

岩松はそれまで一揆に荷担《かたん》した者として、自首して出るつもりでいたが、徳市郎に徳助のことを頼まれると、

「おれはいつ死んでもいい身体だ。徳助さんをどこか安全なところへあずけてから、引き返して来て自首したところで、死に遅れるということにはなるまい」

岩松はそういって、頭を丸めて僧衣を着た。徳助をつれて高木村を出たのは深夜であった。

徳市郎夫妻が徳助の名を呼びつづける声が村はずれまで聞えていた。

だが、岩松は徳助をつれて逃亡の一歩を踏み出したときから、追手をおそれるようになった。それが徳助のためではなく、自分自身のためだと分って来ると、岩松はその自分を棄ててしまいたいほどなさけなくなった。

徳助のために逃げてやろうと自分をいつわって、真実、自分の命がおしかったのだと気がついたときは、もう国境近くまで来ていた。

道で会った村人が彼の顔を覗きこもうとすると岩松はいよいよ深く首を垂れた。

追手につかまりたくない、死にたくないという気持だけがつよく、なぜ生きねばならないかという理屈はなかった。おはまの死が、寸刻も彼の頭からはなれなかった。

結局は命がおしくなった卑怯者なのだと岩松は自分を叱りつづけていた。

一度降った雪が解けて道がぬかった。二人は泥だらけになった足をひきずって国境へ向って登りつめていった。木の枝の下を通ると枝につもっている雪が音を立てて笠の上にも落ちかかって来ることがあった。そんなとき岩松は杖をかまえた。石淵村のはずれまで来て、乾飯《ほしい》に水をそそいで食べていると、下から風呂敷包みを背負った行商人らしい男がせっせと登って来た。ふたりの方を気にしているようだった。岩松は、徳助に気をつけるように云った。男は警戒している二人の方を目がけて登って来ると、被っていた笠をさっと取った。弥三郎だった。

「足には自信があったが、追いつくのにひと苦労したよ」

弥三郎はどっこいしょと荷物をそこにおろして、額の汗を拭いた。誰が見ても、越中の薬売りの恰好だった。

岩松は弥三郎の背後のものをおそれた。誰か後から従いては来ないかと眼を配った。弥三郎が追手のひとりであるような気がしてならなかった。弥三郎は十村打ち毀しのその朝まで徳市郎の家に岩松と共にいた。おれは町人だが、一揆とともに戦うのだといっていた弥三郎が、その朝になって姿をくらました。弥三郎が一揆を裏切ったのではないかと思っている者は岩松ひとりではなかった。いまになって考えて見ると、岩松がおはまの墓の前にしゃがみこんでいるとき、影のようにうしろに現われたあの弥三郎の挙動が腑に落ちなかった。岩松の身がわりに役所へつれていかれてから一日間の彼の行動にも疑念が持たれた。

「なにしに来たのだ」

岩松は詮索の眼を向けた。ふたりのあとを追って来る理由が考えられなかった。

「なにしに来たのだとは、ご挨拶だね岩松さん、私はあなた方の道案内に立つつもりなんですよ」

「お前さんに道案内して貰わないでも、峠は越せるつもりだ」

「ところがどっこい、そうはいきませんぜ、いつもなら、この裏街道の関所は、通行鑑札がなくても通れるが、今度はちゃんと、関所という関所にはお布令が廻っている」

まあ、こういうところは私にまかせなさいと弥三郎は云った。

「私は玉生屋さんに雇われるようになった一昨年の暮まで、ずっと薬の行商をやってました。かれこれ六、七年もやりました。だから越中と飛驒との往来のことは隅から隅までよく知っている」

弥三郎は富山から発した飛驒街道が猪谷《いのたに》で東と西に分れて飛驒に入っていくことや、山手では東から大多和峠、長棟峠、茂住峠の他に杣道《そまみち》同様な間道が六本もあることなどを手に取るようにしゃべった。

「ずいぶん道のことはくわしいけれど、なんだって、おれたちのあとを追って来たのだね」

岩松は、弥三郎のずるそうな眼を見ながら弥三郎が居なくなった朝、高木村の徳市郎がいったことを思い出した。

(あの人のことだから、充分気をつけてはいたが、やっぱりね……岩松さん、私はあの八尾の打ち毀しのときのことは、なにもかも屋根の上から見ていたのじゃ)

(なにもかも？　いったい、あの日、弥三郎さんはなにを……)

しかし徳市郎は、なぜかそれには答えず、

（もうすんだことじゃで）

といった。

「疑っているのだね岩松さん」

弥三郎は、こまったなあと頭を掻きながら、

「実は、あの朝、いよいよ打ち毀しにでかけるとなると、急におっかなくなりましてね、途中からずらかってしまったのさ。さあそうなるといまさら徳市郎さんのところへ帰るわけにもいかず、しようがないから、富山の、昔一緒に薬を売り歩いた知り合いのところにころがりこんで様子を探ると、徳市郎さん夫婦はお召取り、そのほか数十人が牢屋へ入れられたということでしょう、もうじっとしてはおられませんわい、そのつぎはこっちの番だと思って、薬の箱を背負って逃げ出して来たっていうわけなんでさあ。あなたがたふたりのあとを追って来たのじゃねえ、偶然でも、なんでも道連れになった以上は私が御案内申しましょうといっているだけのことなんです」

弥三郎はもっともらしい嘘をついた。弥三郎には岩松が信用しようがしまいが、その嘘を一方的におしつけようとする強引さがあった。岩松と徳助の姿を見かけてそのあとを追いはじめたときから、その嘘の筋書きを考えていて、ふたりに会ったら、こうも云おう、ああも話そうと、頭の中でこね廻した嘘だから、あとは、弥三郎の話し方と、岩

松の受け方次第で嘘とも本当ともなる嘘であった。

弥三郎が眼を輝かせていう嘘は、しかし、岩松にも、徳助にも、ほんとうには思われなかった。弥三郎の能弁はかえって疑惑を増した。

富山藩の安井守衛が弥三郎に対して疑念を持ったのは、彼ののっぺりとひらべったい顔ではなくねずみのようによく動く眼であった。安井守衛は弥三郎が意外なほど簡単に密偵を引受けたとき、危険な人物であることを見抜いていた。密偵としても働かせても、あとで恩賞をやるつもりはなかった。使うだけ使ったら、引捕えて処分するつもりでいた。弥三郎を密偵に入れたということが農民に分ったならば、こんどの一揆に関係のない農民たちまで藩の卑劣なやり方に憎悪を抱き、それが、もっと大きな一揆の原因になりかねないと考えたのである。

安井守衛は一揆首謀者の名簿を提出した弥三郎をそのまま役宅に止め置いて、一歩も外へ出さなかった。すぐ殺さなかったのはまだ利用価値があったからである。

弥三郎は監視つきになったとき、安井守衛のおおよその腹を読んだ。けちな役人はやはりけちだと思った。

昼のうちに脱出口の下見をしていた。便所の窓の桟をこじあけて逃げるのがもっとも有効だった。彼は昼のうちに、便所箒を梃子《てこ》に使って、窓の桟をこじ開けて置いた。夜は物音がするから、昼の間にそうして置いたのである。庭下駄のあり場所もちゃんと見当をつけて置いた。弥三郎は宵のうちに、便所を抜け出ると、裏木戸へ廻った。

そのころ裏木戸がまだ開いていることをちゃんと知っていた。役宅を抜け出した足で弥三郎は富山の顔見知りの薬行商人のところへころがりこんだ。

役宅を逃げ出した以上、追手が来ることは分っていた。弥三郎は飛騨へ逃げることにした。

弥三郎は飛騨への裏街道の行く先に、岩松と徳助を見かけたとき、一度は道をよけて通ろうかと思った。二人と一緒に行くことは面倒でもあり危険でもあった。

だが弥三郎は、しばらくためらったあとで岩松たちのあとを追ったのである。

「どうしたのだ、急に考えこんで」

岩松がいった。

急に考えこんだ弥三郎の表情は、おはまの墓前にうずくまっていた岩松のうしろに立っていた時の弥三郎によく似ているなと思った。

「なあに、この越中という国に愛想が尽きた原因をあれこれと考えていたところでさあ、なにも越中だけが住むところじゃねえ、どこへ行ったってちゃんと飯は食える」

弥三郎が先に立って歩き出した。ふたりの草鞋が切れると、どこからか新しい草鞋を買って来るし、その夜の泊り場所など、探すのも上手だった。岩松は弥三郎から眼は放さなかったが、彼が傍にいると便利だからそのままにしていた。弥三郎が追手と通じてはいないことは確からしかったが、なぜ、ふたりに親切にするのか分らなかった。

「一揆の片割れが逃げて来たらかくまってはならぬというお布令は出ているようだが、いちいち名指しではなさそうだ。それにおれたちが百姓でないことは顔や手を見れば一目で分る。誰も一揆の片割れだなどと思っちゃあいませんよ」

弥三郎がおれたちといったときに、そこに三人旅の一行ができ上がっていた。

黒川を登りつめて檜峠を越えるとき、岩松は山一つ越えて向うにある彼の生れ故郷河内村の方に向って手を合わせた。距離にして二里とはへだたっていない。そこから行こうとすれば道がないでもなかった。だが岩松は故郷へ帰って、父母や兄に迷惑を掛けたくはなかった。

「なかなかよく似合いますね」

弥三郎がいったように、剃髪した岩松の頭は前よりずっと大きく見え、その広い額の前にさし出すように上げた合掌の手から両腕の肘の突張り具合は、かなり修行をつんだ僧のように見えた。そう云われて岩松ははじめて自分が合掌していたことに気がついた。無意識に両手が合わさったのである。僧衣を着ている環境がそのようにさせたのかもしれないと思った。岩松は大きな眼で弥三郎を睨んだ。

国境の関所に近くなると三人は緊張した。弥三郎は飛驒から国境を越えて来た旅人を上手につかまえて関所の情報を得た。

侍が一人と足軽三人で守っていて、通行鑑札のないものはいっさい通さないということであった。

「そんなことだと思ったよ」

弥三郎は旅人の去ったあとで、そうつぶやくと、荷物をそこに置き、二人をそこに待たせて、森の中へ入っていった。

弥三郎が森へ入ってしまってから岩松は、ひょっとすると、弥三郎が役人を連れて来るのではないかと思った。そう思うとじっとしてはおられなくなった。岩松は徳助に、もしかの場合は、あの黒い山の頂を目掛けてひとりで登り、山の頂の木に登って、飛騨への道をたしかめておりるように教えた。岩松は、彼の背負っている包みの中から、乾飯を出して徳助に全部渡すと、徳助をそこからはなれたところの木の繁みにかくした。

やぶの中を人の動く気配がした。岩松は、ふところにかくしていた短刀に手をかけた。これで死ぬことのできるはっきりした理由ができると思った。

やぶをくぐって、弥三郎が樵《きこり》をつれて出て来た。樵は身体中おがくずをかぶっていた。

三人はまた一緒になって樵の案内で森の中へ入っていった。

木蔭に雪があった。樵の後をついて道のないところを、藪をくぐっていくと、けもの道に出た。身体をななめにして通るような細い道だったが、道は道だった。藪に獣の毛が引かかっていた。けもの道を抜けると杣道になった。一刻ほど経つと、それまでの登り道が下り坂になった。

三人は崖の上に出た。下に道が見えた。その道が飛騨への裏街道だった。

弥三郎はそこまで案内して来てくれた樵に幾許《いくばく》かの金を与えようとした。

「銭《ぜに》は要らん、ここによく効く薬をくれ」

樵は胸のあたりをたたいていった。

「咳が出るのかね」

弥三郎が訊いた。

樵は、女房が春からずっと軽い咳をしていて困るといった。弥三郎は背負っている箱の中から、紙袋に入った薬を出して樵に与えた。

「無理しちゃあいけねえ、その病気はうまい物を食べさせて寝かして置けば治る」

樵はそういう弥三郎をとがめるように睨みつけたが、なにも云わず藪の中へ消えていった。

「労咳《ろうがい》ですよ、死ぬと分っている病人に飲ませる薬ほど高くつくものはない」

岩松には弥三郎という男が考えていた以上に非情な男に思われた。その男がなぜ岩松と徳助のあとを執拗につきまとって来るのか分らなかった。

道幅が段々広くなっていってやがてはるか下の方に人家が見えて来ると、

「もう大丈夫だよ徳助さん、ここは越中ではない、飛騨の国だ」

弥三郎は徳助に言葉をかけたが、徳助は、ほとんど表情を変えなかった。徳助もやはり弥三郎には心を許していなかった。

「これからどこへ行くのだ」

岩松はそのことばを弥三郎に投げたのではなく、自分自身に云った。どこへ行ってどうしたらいいか、なにひとつとして岩松の心の中で決まっているものはなかった。

「どこへ行くのだって？　これはあきれた、行先はちゃんと決まっているじゃあないか、岩松さんはもともと商人にはむかない人だ。そうかといって今から百姓になれる身体ではない。にせ浪人ってがらでもないしね、大工や、建具屋になるほど器用でもない。要するに岩松さんは能のないお人ですな、なんの能もないが、字を読んだり書いたりすることが好きだ。誤って殺した女房のために死のうと考えたり、たのまれた厄介者のために、犠牲になってやろうという人だ、そういう人にできることといったら坊さんしかないだろうね。私はこれから、岩松さんを私がよく知っているお寺へつれていってあげようと思ってるところだ」

弥三郎は肩の荷をゆすり上げると、木の間がくれに遠くに見える川をゆびさして、

「あれは高原川といって神通川の上流の川だ」

「神通川の上流やって？」

徳助はそんなことがあるもんか、こんな遠くまで歩いて来ても、まだあれだけ川幅が

広いなんて、おかしいじゃあないかというような疑問を利潑な眼のあたりにただよわせて、それでも、初めて見る飛騨の大きな河の流れが、彼の故郷の神通川の上流であったことに満足したような顔をしていた。

「岩松さんは坊主になるとして、徳助さんはどうする。徳助さんなら、いまから仕込めば立派な商人になれる。どうだその衣を脱いでおれと一緒に従《つ》いて来ないか」

すると徳助は、持っていた杖をしっかりと大地に立てて、

「だれが商人なんかになるもんか、商人は百姓に喰いついているヒルじゃ」

ヒルだといったとき舌を出しそうな顔をした。

「じゃあなにになる。飛騨の百姓の小作になるか、それとも、その衣を着たまま、岩松さんのあとを従いていくか」

しかし少年はいささかもためらわずに云い放った。

「おれは岩松さんにつんだって（従いて）いく」

徳助は岩松に同意を求めるように視線を送った。

6

越中平野の中央を流れる神通川をさかのぼっていくと、飛騨との国境で河は二つに分れる。高山の方に南上していく宮川と、乗鞍火山脈のふところ深く遡行《そこう》していく高原川

である。

高原川はもともと中部山岳地帯に源を発する川である。焼岳、穂高連峰、槍ヶ岳、双六岳、黒部五郎、笠ヶ岳、錫杖岳等に降った雨水を集めて流れる源流にはじまり、やがて高原川に合一される。川筋は、だいたい東西に走り、神岡あたりから南北に向きをかえて、越中と飛騨との国境で宮川と合して神通川になるのである。

高原川の峡谷は東西に長く、その水量は豊富である。

高原川は澄んでいた。河原の中央をつつましく流れ去っていくその水はもう冬の色をしていた。岸の両側から白い氷が延びていって、その川にふたをする時期が近づいているようだった。そうなっても、氷の下を水はながれるだろうと岩松は思った。それは丁度彼の故郷を流れる熊野川がそうであるように、川の性《さが》なのだと思うと、そこで見る高原川の景色が故郷の文珠橋に立って眺めた熊野川にあまりにもよく似て見えるのであった。

三人は高原川の上流に向って、川沿いの道を歩いていった。両側に山がせまっていた。川の両側のわずかばかりの田畑と、その耕地を見おろすような高地に、山を背にして散在する部落のあり方も、家々の造りも故郷と同じだった。違っているものとすれば、村人の話すことばであったが、それも、少々違うな、と思うていどのものであった。谷間は日溜りになっていた。一度降った雪が解けて、春がよみがえったような暖かさであったが、遠くの山は白かったし、杉林の間から日蔭の雪が、間もなくやって来る冬のきびしさを覗かせていた。

飛驒に入ると徳助は物珍らしそうにあたりに眼をやった。初めて他国の土を踏んだことの感慨が父母と別れた淋しさを一時的に忘れさせているようであった。

徳助が大きな声で山が見えると叫んだ。

「きれいな山だ」

徳助は足を止めていった。高原川のずっと上流に真白く雪におおわれた山が見えた。幾重にも襞《ひだ》取ってつづく、黒い山々のずっと奥にひときわ高く、白く、輝いているその山は、奇麗というひとことにつきていた。

「なんという山じゃね」

徳助は弥三郎に聞いた。弥三郎と口をききたくはなかったが、三人のうちでその山の名を知っているものは弥三郎しかいないから彼に聞いたのである。

「さあなんという山かね」

弥三郎は山には興味はないようだったが、やはり気になると見えて通りがかりの人に訊いた。

「あれかいな、笠ヶ岳ですぜな」

山の形はたしかに笠によく似ていた。かなり遠くに見えたが、寄りつけないほどの距離ではなく、山の形も、決して険峻ではなかった。

登って登れない山ではないと岩松は、編笠に手をかけたまま笠ヶ岳を見上げていた。登山を基礎にしたそういう眺め方は、岩松がずっと前、立山に登って以来のことであった。

岩松の生れた村では、男が十四歳になった夏、先達《せんだつ》につれられて立山登山をすることになっていた。熊野川に沿った、幾つかの村から、その年十四になった少年が集められた。

岩松はその人数が十二人だったことを覚えていた。

「気をつけて行っておいでや、無事に行って来ると、お前は一人前になれるじゃでな」

母がそう云って送り出してくれた。半纏、股引、脚絆、草鞋履きに、雨具の用意もして、弁当を背に、金剛杖をついて村を出た。途中室堂《むろどう》で一泊して、翌日は立山の頂上に達して、その日のうちに村へ帰った。岩松の母は赤飯を炊いて彼の帰還を祝ってくれた。

「岩松もいよいよ一人前になってくれた」

父は眼を細めて岩松を迎えた。

それは、宗教登山をかねた一種の成年式の行事のようなものであった。立山登山から帰って来て、一人前だと他人《ひと》に云われると岩松はそうかと思った。その年の暮、岩松は、八尾の玉生屋へ奉公に出たのである。

岩松の登った山のうちでもっとも高い山は立山であったけれど、もともと、山の奥に育った彼は、小さいときから、近所の山へはあっちこっち登った。だから岩松には、山に対する理解がある程度はできていた。登れる山か、そうでない山かは見るだけで区別できた。

笠ヶ岳を見て、登れる山だと思うと、岩松は、なんとなく、その山に親近感が湧いた。岩松は飽かず笠ヶ岳を眺めていた。

「さてもう一息だぞ」

弥三郎は笠ヶ岳よりずっと手前の、丘をゆびさしていった。近くの山が、高原川に向ってなだれ落ちて来て、河原を埋め、そこに丘陵を形成したような、その川筋には異様に見えるほどの広い面積を持った台地の上に人家が散在していた。

その台地の上限点、つまり、山と台地との境に、その辺に不似合いなほど大きい寺があった。鐘楼の屋根の赤い瓦が夕陽を受けて輝いていた。

寺は高い石垣の上に建てられ、山という自然の庭の中に、樹齢数百年とも思われる大《おお》公孫樹《いちょう》があった。葉は散りつくしていた。

鐘楼の下に立って見上げていると、弓なりにそりを持たして積みあげられた石垣の壁面を松の枯葉がさらさらと音を立ててすべり落ちて来た。鐘楼と背丈を競うほどの赤松の老樹が高原川から吹いて来る風の呼吸に合わせて大様に枝をゆすぶっていた。

弥三郎は二人をそこに待たして奥へ入っていった。小鳥のさえずる声が聞えた。

「よい天気じゃのう」

という声で岩松がふりかえると、石段を小柄な僧が登って来るところだった。年齢のほどがさっぱり見当つかないのは、その奇妙な顔のせいかもしれない。僧は才槌《さいづち》頭で、出歯で出目金で、そして小男だった。

岩松が丁寧に頭をさげると、徳助もまたそれにならった。

「親子かな」

「いえそうではありません」

「すると兄弟か、なんぞわしに用があって参られたのかな」

僧はそのときじろりと岩松の頭から足の先まで凝視した。

「用があったからこそ来られたのに、用があって参られたのかという質問は、おかしなものだな、私は椿宗《ちんじゅ》といってこの寺の和尚だ。ちんはつばき、じゅは宗派の宗と書くのだが、珍らしい珍《ちん》にこびとの孺《じゅ》と書いて珍孺などと悪口をたたく奴がおる。しかし、私はつばきの椿宗より珍らしい珍孺のほうが好きでな、好んでそっちの方を使わせて貰っている。さあさあ、そんなところに立っておらずに裏に廻って井戸で足を洗って来なされ、どうせ今夜は当寺へ泊るのだろう」

和尚はひとりでしゃべると、木戸を開けて二人を裏庭の井戸端まで案内すると、

「私の予感は奇妙に当る。今日は誰かが来るぞと思ったときはきっと来る」

ふたりが足を洗って、そこにあった庭下駄に足をつっかけていると、庫裡《くり》の方で弥三

郎と和尚が大声で話す声が聞えた。

岩松は救われたような気がした。少なくとも生命の危険からは逃れることができたのだと思った。

「出家したいそうだな」

改まって挨拶する岩松に和尚がいった。岩松は顔を上げて、和尚と並んで坐っている弥三郎を見た。弥三郎がでまかせを云ったのだなと思ったが、その場ですぐ弥三郎の云ったことは嘘でございますとは云えなかった。岩松は自分のことをすべて和尚に話すことのできるまで黙っていようと思った。岩松は再び頭を垂れた。

「ほんものの僧になるのはむずかしいことだ。やめた方がいい。だが僧と名のるだけのことなら、あなたはもう立派な僧になっている。ちゃんと頭を丸めて僧衣を身にまとっている。出家とはそんなものだ」

和尚は大きな声で笑うと、少々耳の遠い寺男に命じて、客は腹が減っているだろうから、今日は特別にもう一度粥《かゆ》を作るようにいった。

夕食の時刻にはまだ早かったのに特別に夕食を作れという和尚のことばに徳助が不審そうに眼を輝かせるのを見て、和尚はすぐそれを説明した。

「僧侶には戒律というものがある。殺生をしない。盗みをしない。淫らなことをしない。嘘をつかない。酒を飲まない。午後に食事をしない。見世物を見ない。身を飾り立てない。ぜいたくなふとんに寝ない。金銀を受けとらない。これを十戒というがこのほか種々の戒律があって全部数え上げると二百五十戒となる」

「和尚様はその二百五十戒を全部守っているのですか」

徳助が聞いた。

「全部というわけにはいかないだろうな、戒律ばかり気にしていると、僧としての本分がおろそかになる。しかし少なくともいま云った十戒だけは守らねばならない。午後に食事は取らないという戒律ひとつ守るのもたいへんなことだ」

徳助は考えこんだ。

「ところで出家したいというくらいだから宗派に望みがあるのだろうな」

椿宗和尚は話題をかえて岩松に聞いた。

「私の家が代々一向宗の道場でしたので、僧になるとすれば、浄土真宗の僧になりたいと思っておりました」

僧になるとすればというひとことをさし挟むことによって、岩松は、いまの彼の立場を和尚に分らせようとした。だが和尚は岩松の配慮には気がつかないようだった。

「浄土真宗はだめだな、あの宗派では僧籍は血脈相承《けちみゃくそうじょう》、つまり世襲になっているから、外部からもぐりこむことは非常にむずかしい。そういうことなら同じ浄土教の浄土宗がいいだろう、浄土宗ならば努力次第で大和尚、上人といわれるようになれる。この寺は臨済宗だから、浄土宗のことは知らぬが、浄土宗の僧侶になるには上方へ上って浄土宗派の適当な寺へ身を寄せることだな、いつか摂津の国からやって来てこの寺に泊った念仏行者が、たしか天王寺の宝泉寺に僧籍があるといっていた。なかなかいい寺で、そこの和尚の見仏上人という人はまれに見る大智識《だいちしき》だと讃めていた。その念仏行者も人に教えられてその寺へ尋ねて行って得度したということだった」

7

その翌朝、岩松が起きたときには、椿宗和尚は寺にいなかった。寺男は和尚様は新田《しんでん》開発のことで出掛けたといった。午後おそくになって和尚は野良着姿で帰って来て、

「どうも馴れない仕事は骨が折れていけない」

といって腰をさすっていた。和尚の発案によって一町歩ほどの新田開発を近くの農民にやらせていたのである。

「できた新田は寺のものになるのですか」

岩松は新田開発と聞いて、塩野開田を反射的に思い出したのであった。

「ばかをいうものではない。新田は開いた者に与えられるというのが、昔から幕府の方針だ。私はただ百姓どもが仲良くこの共同事業をすすめるように間を取りもってやっているだけのことだ」

和尚は露骨なほど不快な顔をして岩松を叱ったが、すぐまたもとのとぼけた顔になって、百姓仕事を手伝いながら、一日一食では身体が持たないなどと冗談を云った。

弥三郎はその日のうちに上方へ発っていった。

「岩松さんの行く先は摂津天王寺の宝泉寺ですね、そのうち落ちついたら、たずねていきますよ」

弥三郎は、幾許《いくばく》かの銭を賽銭箱の前にひとつひとつ並べるように置いて、寺を出ていった。

「弥三郎さんと和尚さんとはだいぶ以前からお知り合いだったのですか」

岩松はその夜徳助が寝てから和尚に訊いた。

「それが妙な知り合いでな、あの男がこの寺へ置いて行った薬を腹痛で苦しむ寺男に飲ませたがさっぱり効かない。どうもおかしいから調べて見たら、それがたいへんな薬でな」

椿宗和尚はなかなかの博識家で、薬の良否を見分ける術もちゃんと心得ていた。

「効かない筈だ。苦味とにおいは薬らしいが実は麦粉とそば粉をねり合わせてにおいと色と味をつけたものだ。ずるい男だから、そういう悪い方法を考え出したのだな。このつぎ来たら引つかまえて代官所へ突き出してやろうと思ったが気が変った」

和尚は弥三郎が来るのを待っていて、有無を云わさず、新田開墾事業の手伝いをさせたのだ。

「にせ薬を売ったということは伏せてやった。そんなことが知れると、他の真面目な越中の薬売りの薬も効き目がなくなる」

「ひどい奴だ」

「ひどい男だが、あの男はあれでいいところもある。自分の非を認めると、迷わずにそのつぐないをやった。しかし、あの男は、それで真正直者になれる男ではない。あの男は迷いつづけるだろう、そしてそのつぐないをすることにおいては決して迷わない男だ」

「つぐないですか」

「そうだよ、あなた方ふたりをここへつれて来たのも、あなた方になにか迷惑を掛けたつぐないだろう——そうではないかな」

岩松は、それで弥三郎の心がいくらか読めたような気がした。弥三郎はなにかやらかしたのだ。徳市郎や村人たちが疑っていたように、一揆の農民たちを裏切ったのかも知れない。

「ところで岩松さんにひとつだけ聞かねばならぬことがある。云いたくなければ云わなくてもいいが、いったいあなたはなぜ出家するつもりになったのだね」

岩松はいつかはほんとうのことを云わねばならないと思っていた。云うのはいやではなかったが、その機会がなかった。云うときは、和尚とふたりだけのときであって欲しかった。

「私はこの手で妻のおはまを殺しました」

岩松は塩野開田にからまった一揆騒動のことを話した。全部話すのに半刻ほどもかかった。

「なるほどね、自分の妻を誤って殺したから仏門に入って弔ってやろうというのですか。それも、出家するひとつの理由だ。しかしそれだけの理由で僧侶になるのなら止めなさい。死んだ人の菩提を弔うぐらいのことは僧にたのめばたやすくできる。この私にも今すぐできることだ。なにもあなた自身が僧にならずともよいだろう。あなたがおはまさんを殺したのも、殺す意志があってのことではないから、それほど罪の意識にとらわれることはない。僧の道はつらいものだ。乞食坊主ということばを知っているだろう。見たこともあるだろう。坊主と下に二字ついているだけで、まったくの乞食だ。それで求道の成果が上がればいい。救われればいいが、まず十人のうち八人は迷ったままで死んでいく。僧になるのが悪いとは云わないが、なぜ僧になるか、当分の間考えて見ることだな、考えに考えた末、ほんとうに僧になりたいというなら、わしは止めはしない」

岩松はまだ僧になるとはっきり意志表示したのではないが、椿宗和尚は弥三郎の話と、岩松の話を聞いて、岩松が僧になりたいものと思いこんでいるようだった。そして岩松はまた椿宗和尚に、僧になるのはよせと云われると、かえって、僧にならねばならない必然性をなんとかして見つけ出さねばならないような気持にかられた。日が経つにしたがって、彼の頭の中のものが、ひとつずつ整理されていって、おはまの死だけがそこに残った。彼の将来は、おはまの死ということの背景なしでは考えられなかった。

おはまの背後にかくれこんだ鉄砲足軽の頭がおはまのうしろからひょいと出た。頭が先に出て、つんのめるように胴体が横に動いた。逃げるなと岩松は思って、胴体の出て来るあたりを狙って槍をつき出した。その槍におはまは身を投げ掛けた。そうすれば死ぬことが分っていたのになぜおはまは自ら身体を投げ出してまで足軽を助けようとしたのだろうか、縁もゆかりもない足軽を助けなければならない義務はない。偶然だろうか、あれこそもののはずみということだろうか、そうではない。足軽、おはま、岩松の三人の体勢は、あのときはあそこでしばらく固定していたのだ。ひとことふたこと、おはまと話す余裕さえあったのだ。おはまは全身で足軽をかばって立っていた。不安定な姿勢ではなかった。もしかりに、おはまに向って槍を突き出したら、立派によけられそうにも思えるほど、おはまの姿勢は確かだった。よろめいたのではない。

「おはまはまるで、おれの槍に刺されて死ぬのを望んでいたような身の投げ出し方だった」

ばかな、と岩松はそれを打ち消す。他人もうらやむようなあれほど仲のいい夫婦の間柄だったのになぜおはまが自殺的行為をしなければならないのか。おはまが槍に身を投げ出したのは、岩松に人殺しの罪を負わせたくないという一念だけだったのかもしれない。しかし、咄嗟《とっさ》の間にそんな理屈がおはまの頭に浮ぶはずがなかった。

おはまは誤って傷ついて死んだのだと他人は云うし、それを疑う者はなかったが、岩松にはそうは考えられなかった。胸に槍の穂先を受けたときおはまは、岩松に憎悪の眼を向けた。つれ添ってから一度も向けたことのない眼つきだった。その眼は岩松を決して許す眼ではなかった。過失として認めてはいなくて、岩松の槍の穂先を殺意の槍と判断した眼であった。おはまは最期の瞬間岩松へ憎悪をたたきつけて死んでいったのである。

おそらく岩松の生命のあるかぎりおはまの眼は彼を責めつづけるだろう。

8

岩松は、なぜ僧になるかについて考えつづけた。僧でなくて、ほかのものになるとすれば、いったいなんになったらいいのかも考えた。

「どうだな、なぜ僧になるか、その理由づけができたかな」

十日目に椿宗に云われた。

「まだできません」

「できるまで考えるがいい」

岩松は暗い本堂に坐ったまま考えつづけた。この寺へ来てから十五日経った。

「考えがまとまったかな」

椿宗がいった。

「いっこうまとまりません。ただいくら考えても、私には、適当な仕事がみつからないのです。商人は二度とするつもりはありません。百姓をしたくとも、土地はありません、あれこれと考えて見たあげく私が生きて行くには、いや食べていく道は、僧しかないように思われます。弥三郎さんがここまで来る途中で、岩松さんは坊主以外にはなれないと云ったことが、ほんとうのことに思えてならないのです。そして、そういう気持に私を追いこむ根本のものは、おはまの死です。どっちみち一生涯、おはまのことを考えつづけるとしたら、僧という環境がもっともふさわしいように思われます」

「それで徳助は」

「徳助はどこまでも私のあとについて来ると云って聞きません。私は、徳助をつれて上方へのぼりたいと思います。宝泉寺の見仏上人というお方を訪ねて見たいと思います」

岩松には、僧というものは、よく分らないけれど、僧になろうと考えるとなにか将来に光を見ることができるような気がした。僧になることが宿命であるようにも考えられた。僧でない彼を、越中から飛驒へ無事逃避させた黒衣に、別れがたい執着が出て来たことも事実であった。

「よろしい。僧になりなさい。なれるかどうか、やって見なければわからないことだ。

乞食坊主になるか、上人様と云われるような智識になるか、それは本人の修行次第だ」

その日から椿宗和尚の岩松と徳助に対する態度は変った。和尚は二人を僧を志す者として処遇した。これから遠い旅路を上方へのぼるにしても、おおよその僧としての作法を身につけて置く必要があった。椿宗はふたりに托鉢僧としての常識を教えた。午前中に一度しか食事をしないという戒律を守ることはふたりには無理だから、一日二食に馴れるようにさせた。経の読み方も教えた。

或る日、椿宗和尚は、ふたりを寺に置いて、代官所へ行って、それとなく富山一揆の様子を調べて来た。

「一揆の関係者は五百人近くも捕えられて、牢に入れられたそうだ」

椿宗和尚はいつになく、沈んだ顔で云った。一揆後、富山藩は国境を厳重にして、一揆関係者の逃亡を防いでいるが、一揆に関係した逃亡者があったら、捕えて、引き渡してくれという、公式依頼はなく、最近、他領へ無断で出奔する者があるから、よろしくお改め願いたい、もし当藩の者で、往来一札を持っていない者があれば、引き渡してくれという通知が来ていた。富山藩は一揆のことが他国に知れることをおそれている様子だった。

椿宗和尚はふたりが上方に発つに当って、道中に必要な往来一札の他、途中の寺々への紹介状まで用意した。ごく僅かながら路銀さえも与えた。

岩松と徳助が本覚寺を出たのはこの寺へ足を留めてからほぼひと月経ってからであった。

「飛騨国高原本郷村本覚寺を忘れるなよ、困ったことがあったら、いつでも帰って来るがよい」

山門まで送って来た椿宗和尚は岩松と徳助に念をおすように云った。寒い風が吹いていた。

門を出て坂をおりて来る途中で笠ヶ岳が真正面に見えた。雪をいただいた笠ヶ岳は他の山々より一段と高いところにあった。美しい山であった。去りがたいほど気を牽《ひ》く高貴な白銀の肌を持った山であった。

岩松は、ふと、その山へ登って見たいと思った。登れるか登れないかと吟味することもなく彼は単純にその清浄な山の静けさの中に浸りたいと思った。

岩松が立止まると徳助も、岩松と同じように、笠ヶ岳に眼をやっていた。徳助はその山が故郷の立山にどこか似ていると思って眺めていた。

ふたりは笠ヶ岳から眼を離して、そろって足下を見てから、高原川沿いの道を更に上流へ向って歩いていった。

ふたりは椿宗和尚から貰った鉄鉢と錫杖を持っていた。鉄鉢も錫杖も徳助の年齢には厄介な持ち物に見えたが、徳助はそれを手から放さなかった。

岩松さんの行くところへはどこまでも一緒に行くのだと、自らの運命を断言した十三歳の少年の眼は澄んでいた。岩松のように僧侶になると口では云っていながら、尚心の底に世俗への執着を完全には捨て切れないでいるのとは違っていた。

ふたりは飛驒の高山へ抜ける峠の入口の鼠餅《ねずもち》から谷間の道を南に向って登った。村はまばらにしかなかった。峠を越す手前の炭焼小屋で夜を迎えた。

岩松は枯枝を集めて火を焚いた。徳助はすぐ横になって眼をつぶった。つぶった眼から涙があふれ出ていた。岩松は火を守って起きていた。僧になるための一歩を踏み出したことの昂奮が、岩松を眠らせなかった。岩松はふところにしまってある、椿宗和尚のくれた往来一札を出して、焚火の明りで読んだ。

往来一札の事

此者達拙僧《このものたちせっそう》と縁有之《ゆかりこれある》、仏門徒紛無之御座候《ぶつもんのとにまぎれこれなくござそうろう》、此度有心願《このたびしんがんあって》、諸国順拝回国出《しょこくじゅんぱいかいこくにいで》候《そうろう》、国々御関所無相違御通可被下候《くにぐにおせきしょそういなくおとおしくださるべくそうろう》、若又行暮候時宿等仰付被下候《もしまたゆきくれそうろうときはやどとうおおせつけくだされそうろう》、万一相煩《まんいちあいわずらい》病死等致候時《びょうしとういたしそうろうときは》、其所之御作法通相取埋可被下候《そこのごさほうどおりあいとりうずめくださるべくそうろう》、其節此方江御届不及《そのせつこのほうへおんとどけにおよばず》、以幸便《こうびんをもって》御知可被下候《おしらせくださるべくそうろう》、後日為往来一札仍而如件《ごじつのためおうらいいっさつよってくだんのごとし》

文化十年十一月二十五日

飛驒高原郷　本覚寺

椿　宗　印

御関所御役人衆中

村々川々山々

9

高山から美濃への道はどっちを見ても山ばかりだった。高い山ばかりで、杉や檜が多かった。

高山を出て一日も歩くと、益田川のほとりに出る。その川は神通川とは関係なく、やがては木曾川と名前が変るのだと聞くと、徳助はなにかほっとしたような顔をした。山峡の道も、やがて美濃へ出ると、そこにはいままでふたりが見たこともないようなひろびろとした平野が待っていた。

ふたりは高山を出てから四日目に美濃太田の祐泉寺についた。祐泉寺の海音和尚は、椿宗和尚からの手紙を読むと、

「まあゆっくりするがいい」

といった。椿宗和尚は小男だったが、海音和尚は大男だった。歩くとぎしぎし床が鳴った。

寺は木曾川を見おろす台地の上にあった。台地の上に建つ寺を支えるように木曾川よりの傾斜地に椋《むく》の大木が並び立っていた。葉をおとした枝の間から小波を立てて流れる

木曾川が見えた。

「生家が先祖代々一向宗の道場をやっているから、浄土真宗の僧になりたい。しかし真宗は血脈相承で僧になれない。だから真宗に近い浄土宗の僧になるというのは実に単純な理屈だ。それでいい。どの宗派の僧になるのが一番いいかと聞かれてもおそらく誰も答えられないだろう。理由はなんであっても、そう決めたら迷わぬことだ」

海音和尚はそういった。

「ところでお前さんたちがこれから行こうという摂津天王寺の宝泉寺の見仏上人には、五年ほど前にわしも一度会ったことがある。自分にも厳しいし、他人にもきびしい人だ。修行がきびしいので、弟子たちが居つかないことでも有名である。大人ならともかく、子供には無理ではないかな」

海音和尚は徳助をこの寺へ置いていったらどうかといった。だが、徳助はあくまで岩松と行動を共にするといって聞かなかった。ふたりは祐泉寺に数日滞在してから海音和尚の見仏上人あての紹介状を持って摂津へ旅立った。

美濃太田から中仙道に入ると、それまでふたりが歩いて来た道とは違って、人の往来もはげしく、岩松と徳助に、親子かと声を掛けてくる人もいないかわりに、托鉢の貰いも少なかった。

美濃の平野を通り過ぎて垂井《たるい》あたりから、山道にかかって、近江へ出ると、人々の話すことばがひどくちがって来たように思われた。京都には多くの寺があったが、その寺々を廻って見るだけの心の余裕のない岩松と徳助は一路大坂（現在の大阪）に向って南下していった。

遠く天王寺の塔が見えるようになってからは急に人家が建てこんで来た。天王寺に入ると寺はたくさんあった。通りすがりの寺に入って宝泉寺の所在地を聞くとすぐ分った。

宝泉寺は白い土塀をめぐらせていた。境内は広く、静まりかえっていた。花の芽をふくらませた辛夷《こぶし》の木の影が、庭に長く延びていた。つややかな、そしてひややかな辛夷の木の幹と、来春のために既に花の芽をたくわえている辛夷の木は富山にもあった。岩松の生れた村の山にもたくさんあった。岩松が辛夷の木に眼をやっていると、徳助もすぐそれに気がついて、

「こぶしじゃ、ほんにこぶしじゃ」

と云った。

ふたりは辛夷の影を踏んで庫裡の方へ廻った。そこには必ず寺男がいる筈だと思った。呼んだが誰も出て来なかった。人のいる気配もなかった。それでいて庫裡の中は、きれいに整理されていて、ほこりひとつ見当らなかった。

庫裡を出てもう一度庭に出て、本堂へ通ずる石畳を歩いていくと、かすかな念仏の声が聞えた。ふたりは顔を見合わせてほっとした。本堂の戸は三尺ほど開いていた。そこ

から覗くと、老僧が、大豆の入った枡を二つ前に置いて念仏をとなえていた。南無阿弥陀仏の名号をひとつとなえるごとに、左の枡から大豆を一つつまんで、右の枡へ移していた。名号をとなえる声と、大豆をつまんで移す動作とは機械的にくりかえされていた。ふたりに背を向けているから僧の顔は見えなかったが、その人が見仏上人であることは間違いなかった。左の枡と右の枡に入った豆の量はほぼ等しかった。名号とともに一つずつ大豆を移動させる、その緩慢な動作をつづけて、ついに左の枡の豆を右の枡に移し終るまで、どのくらいの時間がかかるか見当もつかなかった。

岩松は何度か声を掛けようかと思った。だが、僧の背を見ていると、なぜか声がかけられなかった。一分の隙もなかった。うっかり声でも掛けようものなら、一喝《いっかつ》を食わされそうな気がした。念仏をとなえている老僧の背が鋼鉄《はがね》のように厚く感じられた。ふたりが背後にいることを意識しても、いささかの乱れもなく念仏に専念している姿は、取りつきがたいほどの威厳に満ちていた。

岩松は草鞋を脱いで本堂の縁側に坐った。その横に徳助も坐った。岩松はそこで合掌したまま口の中で念仏をとなえた。徳助もそのとおりにした。そのうちに岩松の唇から名号が声として洩れるようになり、ついには本堂で念仏をとなえている老僧の名号に合うようになった。徳助のまだ声がわりをしていない声が、時には老僧のとなえる名号より高く聞えることがあった。

冬の日は短かった。縁側に当っていた日はかげり、やがて日暮れを迎えると、寒さがひしひしと身にしみた。だが一升枡の中の豆はまだ完全に移されてはいなかった。

老僧は途中で一度だけ立って蠟燭《ろうそく》に火をつけた。そのとき、老僧は横顔を岩松と徳助の方にちょっと見せた。老僧の眉は白く長かった。

すっかり暗くなってから左の枡の中の豆は右の枡に移った。

老僧は静かに座をずらしてうしろを向くと、岩松と徳助に云った。

「足を洗って上がるがよい」

岩松はほっとした。おそらく弟子にして貰えるに違いないと思った。暗くて老僧の顔はその輪廓しか分らなかった。眉毛だけが白く浮んで見えていた。

岩松と徳助は見仏上人の手によって得度されて、戒名（解脱名）を岩松は岩仏、徳助は徳念とさずけられた。宝泉寺は檀家も少なく、寺の経営状態も決してよくはなかった。寺男もおらず他に僧もいなかった。祐泉寺の海音和尚の云ったことは嘘ではなかった。見仏上人があまりにも僧らしい僧であるがために、かえって寺はさびれていくようであった。

岩松は見仏上人から、岩仏といういかめしい戒名を貰ったとき思わず頭を下げた。名の重みがしばらく彼の頭を上げさせなかった。おれは岩仏だと、二、三度自分に云いきかせているうちに、なにかのはずみのように一呼吸《ひといき》ついた。そのとき岩松は岩仏になり切っていた。

見仏上人の白い眉は異常に太く、落ち窪んだ眼窩《がんか》の奥の眼は岩松の心の奥底まで覗きこんでいるようであった。

宝泉寺には寺男がいないから、その日からいっさいを岩仏と徳念でしなければならなかった。見仏和尚はきれい好きであった。塵一つあることも許さなかった。拭き掃除はつらいとは思わなかったが、朝一食で一日すごすことは苦しかった。それも粥と菜の塩汁だけであった。粥の量には制限がなかったが、水っ腹は一刻もするとぺこんと引込んだ。岩仏の方はどうにか我慢できたが育ち盛りの徳念には、苦しいことだった。徳念には、雲を見るとそれが、飯に見え、菓子に見えた。たまたま檀家で食べものを出されても、それをそこで食べることは許されなかった。檀家の年寄りが気の毒がって、徳念のたもとにそっと包みを入れてくれることがあった。だが、その包みも一日一食という戒律を越えることはできない徳念にとってはありがたいものではなかった。

「一度でも戒律を破ったらこの寺から出て行って貰わねばならない。そのように心懸けるように」

見仏上人は徳念のたもとに入っている物を見ないでも徳念の心の動きを顔色で見て取

った。

見仏上人がふたりに与えた修行はきびしかった。浄土三部経（無量寿経、観無量寿経、阿弥陀経）の写経、読経を一日三回させられるほかに、六時礼讃をさせられた。晨朝《じんちょう》、日中《にっちゅう》、日没《にちもつ》、初夜《しょや》、中夜《ちゅうや》、後夜《ごや》の六度、それぞれ別々の経を読むのである。これだけでもたいへんなのに、この他に日課念仏があった。一升枡いっぱいの豆を隣りの枡に移すまで名号を繰りかえすのである。

見仏上人はいかなる理由があっても、これだけの務めをなまけることを許さなかった。岩仏と徳念は一生懸命だった。岩仏にしろ徳念にしろ、寺をはなれて、生きていける自信はなかった。

寺の務めがいくらきびしくとも、岩仏がおはまのことを思い出すことにおいては前と変らなかった。ときにはそれが煩悩《ぼんのう》となって彼を苦しめた。

二年ほど経ったころ、ひょっくり弥三郎が寺へやって来た。

「来よう来ようと思っていましたが、貧乏ひまなしとやらで、つい延び延びになってしまいました」

弥三郎はなんとなく上方商人らしくなっていた。彼ののっぺりとひらべったい顔が、いかにも上方商人にむいていた。眼つきが以前より鋭くなっていた。

「富山の方のその後のことがかなりくわしく分りましたから、お知らせしようと思いまして……」

弥三郎は、そう前置きすると、食いつくような眼で弥三郎を見ている徳念に云った。

「残念なことだが、徳市郎さん夫婦はあの年の冬のうちに牢死なさったそうだ。徳市郎さん夫婦の他にも、牢死された人が十数人、永牢ときまったものが三十人あまり、三カ国追放と領国追放がそれぞれ三十人あまりあったそうな。はじめ首謀者は磔ということだったが、あの年丁度、瑤台院様（第八代藩主前田利謙夫人）の法要があったから、死罪にはならなかったということです」

徳念は一瞬顔をこわばらせ、そしてすぐ涙を浮べた。覚悟はしていたことだったが、その結果をはっきり聞かされると、さすがに、動揺はかくせなかった。

「塩野開田に関わりのあった町人はどうしました」

岩仏は性急な聞き方をした。

「全員おかまいなしということだったそうです。片手落ちですな」

「その話は確かでしょうね」

「それは確かです。国払いになって逃げて来た、長沢村の長吉に聞いたのですから。長吉は私が世話をして炭屋で働いています、なんなら長吉をつれて来てもよいですよ」

弥三郎の話には嘘がなさそうだった。

「それで、弥三郎さん、年貢はどうなったのです」

徳念がつっかかるような訊き方をした。父の徳市郎がもっとも関心を持っていたことがなんであったか徳念は知っていた。

「藩ではいっさいの願いを取り上げにはならない。一方的に百姓共が悪いということになったそうです。結局負けたのですな百姓が、弱い者が強い者に負けただけのことです」

弥三郎は他人ごとのように云った。結果についてはなんの感慨もないようだった。

「弥三郎さん、あなたはいまなにをやっているのですか」

岩仏は話題を変えた。これ以上徳念にみじめな思いをさせたくなかった。

「相変らず薬屋をやっています。それも、お寺様相手の薬売りを思いつきましてね、ためしに二、三当って見たら、すこぶるその結果がいい、たちまちお得意様ができて、今では注文に応じきれないようないそがしさです」

弥三郎は大きなことをいった。弥三郎のお寺相手の薬売りというのは、越中から持って来た薬を別な袋に入れ替えてお寺へ売り歩くことだった。

「同じ薬でも、そのうしろに仏様がついていると思うと効き目が違う。病は気からといいますからね。金ぴかの本堂の仏前に置いて、和尚がひとおがみ拝んでから、はいこれは効きますよというと、効かない薬も効いてしまいます。妙なものですね、お寺様は薬代を取らないかわりに、おぼしめしとして薬代の倍も貰う、こっちも当然、儲かるということになる」

弥三郎はいかにも得意そうだった。

「その薬がまた、なんでも売れる、あまり大きな声では云えないが、堕胎《だたい》薬などが売れます。これは値段が高いから儲かります。ところでここの和尚はたいへんな堅物《かたぶつ》だそうですが、だめでしょうか」

弥三郎はふたりの顔色をうかがってから、

「とにかく、一応この薬を和尚様に取り継いでいただけませんか」

弥三郎は背負って来た箱の中から十種類ほどの薬を出した。法華散、如来湯、久遠解毒、無量膏、菩薩薬効などと袋に刷りこんであった。

徳念がその袋の一つを取り上げて効能書きを読み出した。いつも声を上げて読めと教えられているから声を上げて一気に読んだ。

「これは驚いた。僅か二年ほどで、これだけ字が読めるようになったとは驚きました。やはりあなたは坊主にはもったいない、どうです、還俗《げんぞく》して私の店へ来ませんか、これからが人生で、もっとも楽しい盛りなのにもったいないことだ」

するとと徳念はむっとした顔でいった。

「商人はヒルだ。百姓ばかりではなく、仏様にも喰いつくヒルだ」

商人といったとき徳念は、その対象を弥三郎にはっきり向けていった。敵意が徳念の眼の奥で燃えていた。弥三郎はその眼を受け流して、

「数がまとまれば、ここに宝泉寺と刷りこんでもいいし、場合によっては宝泉寺見仏上人謹製拝と刷りこんでもいいと和尚様に申し上げていただけませんか。この商売にも間もなく競争者が現われるでしょう、そうなると、お上の眼がうるさくなって、禁止ということになるかも知れません。それまでには、儲けるだけ儲けて置かないと」

弥三郎は一方的にべらべらしゃべって帰っていった。岩仏は弥三郎の置いていった袋をきたないものでもつまむようにさげて行って、庫裡の戸棚の中に入れた。見仏上人に話すまでもないことだった。

10

宝泉寺のきびしい修行の中にも憩《いこい》がないではなかった。見仏上人は二人を前にして、時々教えを垂れた。

見仏上人の得意とするのは転法輪経《てんぽうりんきょう》の中にある釈迦の初説法の解説であった。

「釈尊がまず最初に説法を行ったのは鹿野苑《ろくやおん》というところだ。そこで釈尊は、世の中には二つの極端がある、一つの極端は欲望に溺れることであり、もうひとつは、自分の身を自ら苦しめることである。いずれも間違っている。この二つを捨てて真の中道を行けば必ず涅槃《ねはん》に達すると云われた。この中道というのは、どっちつかずの中道ではない。欲望も苦行適当に欲望をかなえ、適当に身体を苦しめるのが中道だというのではない。欲望も苦行も徹底的に排除していけということである。その中道を行くためにはあらゆる欲望、誘惑、苦悩と闘って勝たねばならない。心の苦悩に勝つことはもっともむずかしいことだ。まず正しい行いのための戒律、精神を統一するための瞑想、正しい認識を得るための智慧を養わねばならぬ、その智慧は自ら体験することによって得られ、そしてこれらの戒律、瞑想、智慧を正しく実践することによって心の苦悩に勝ち涅槃に達することができると説かれたのである」

　見仏上人が転法輪経を説き出すと際限なくつづいた。その見仏上人の眼を徳念は食い入るように見詰めていた。

「上人様、ここに書いてあるこんなむずかしいことが分るにはどれだけ勉強したらいいでしょうか」

　或る日徳念は経文をさして云った。

「一生勉強してもおそらく、そこに書いてあることの十分の一も分るまい。だいたい仏教は二千三百年も前に天竺に生れたものだ。それが中国に伝わり、中国の仏教となり、やがてわが国に来てわが国の仏教となった。おそらく仏陀の説いた仏教とはかなり違ったものになっているだろう。天竺へ行った玄奘《げんじょう》でさえもこの原典を完全に理解してはいなかったであろう。だから中国から持って来た経典には分らないことだらけだ。ちょうど千年ほど前、嵯峨天皇の皇太子で高岳《たかおか》親王（真如法親王《しんにょほうしんのう》）は空海に仏教を学んだが、その中に多くの疑問点を感じて、唐へ渡り、さらに雲南から羅越国（マレー）に入ったところで虎に食われてその七十歳の生涯を終った。もう一人臨済宗の開祖の栄西《えいさい》が六百五十年ほど前に宋の国から天竺に渡ろうとしたが国境が閉鎖されていて、行けなかったということがあった。この他に天竺へは行かなかったが、行ったのと、ほとんど同じぐらいの仕事をした偉い僧がいる。つい十年ほど前に逝《な》くなった慈雲尊者飲光《おんこう》という方だ。この人は天竺へ行くかわりに梵語《ぼんご》を研究して「梵学津梁《しんりょう》」一千巻を書き上げた古来稀に見る学僧だ。実をいうと私がお前たちに話していることの多くは慈雲尊者飲光の説教の受売りといっていい。わが国に仏教が来て以来の大導師大学僧だった飲光上人は仏教は実践にあると説かれていた。このごろのように僧侶という僧侶が葬儀屋となり、寺という寺が幕府直轄の戸籍調べ処《どころ》となり果てたこの世に、飲光上人ほどの僧が現われたというのも仏の慈悲だったのかもしれぬ。だがその慈悲も汲み取る人が少なければ、なんにもならない。まさに末法の世とは今を云うのであろう」

見仏和尚はそれからはまた黙りこくったまま口をきかなかった。

岩仏のきびしい修行はゆるみなく続けられていった。岩仏は単に経を写し、経を暗誦し、南無阿弥陀仏を百万遍繰りかえすのが修行であろうかと疑問を持ったことがあった。だが、きめられた修行のほかに、日課念仏の一升枡を一日に二度もからにした夜は、不思議におはまの夢を見なくて済んだ。

宝泉寺の庭の辛夷の木は先代が京都の知恩院の辛夷の種を拾って来て播いたものであった。辛夷は三本あって、春が来ると純白の花を一度に咲かせた。

辛夷の木はおはまと世帯を持っていた狭い庭の隅にもあった。岩仏は辛夷が咲くころが、おはまの思い出にもっとも悩まされるときであった。そのころになると、岩仏は、一升枡を日に三度からにした。

宝泉寺に来たころ彼が夢に見るおはまは黒い血や灰色の血を流していた。だがこのごろ彼が見るおはまの夢はもういかなる種類の血も流してはいなかった。しかしおはまの眼は、いまだに彼を許してはいなかった。最期の瞬間に投げた万斛《ばんこく》の憎悪をこめた眼は少しも前と変ってはいなかった。

岩仏は、宝泉寺で四度辛夷の花を見た。岩仏はより僧らしい顔になっていた。広い額に深い幾本かの皺がきざまれ、濃い眉の下の眼は、見仏上人に似て、眼窩の奥で輝きはじめていた。

成長して美僧になった徳念をつれて、大坂城のよく見える天満橋近くの石町の檀家まで行ったかえりに柳町で老婆に呼びとめられて、是非、私の家へ寄ってお経を上げてくれと云われたことがあった。

「徳の高いお坊様とお見かけ申します」

老婆は岩仏の茶の衣を引張るようにしていった。岩仏は徳高き僧の容貌になっていたのである。

辛夷が散って間もないころ弥三郎が久しぶりで宝泉寺を訪れて来た。ひとりではなく、山城国、伏見一念寺の蝎誉和尚とつれ立っていた。

「弥三郎さん、ずいぶんしばらくぶりですな、ずっと薬屋さんの方を……」

岩仏が聞くと、

「おかげ様で、京都の近くの伏見の店で働いております。お寺相手の薬のほうが取締りがうるさくなりましたから、この頃はお寺相手のなんでも屋をはじめました」

「なんでも屋といいますと」

「なんでも屋です。大きな葬儀があると、お寺様の手伝いもする。お寺が使う版ものも作る。このごろはなにごとによらず触れ込みが大事ですし、字の読める人が増えましたから、極楽お導引《みちび》きだの、仏の御利益《ごりやく》などという版ものをお寺の名入りで作って納めさせていただいています。これがまたよく売れましてね、このほかにまた、ちょっと大きな声では云えませんが、お坊さんの口入れみたようなこともたのまれます。とにかくお寺に顔が売れるとなにかにつけて重宝がられまして。屋号は更田屋《ふけた》と申します。更田屋つるという後家さんがやっている店で私はそこの手代ということになっています」

弥三郎はそう云って、えへへえと、下卑た笑い方をした。つるという後家と一緒に暮している、と云いたいところを「手代ということ」と云いかえたにすぎなかった。岩仏は顔をしかめた。

「そのつるにはてるという娘がありましてね、この娘が、あなたのおかみさんのおはまさんとたいへんよく似ております、そのうちにぜひうちへ来て下さい、いろいろ話もありますから」

今日はなんの用で来たのかと聞いたが弥三郎は笑っているだけだった。

その返事は見仏和尚からあった。

「この蝎誉和尚がぜひにという所望だから、日を改めて一念寺へ行って貰いたい。徳念はやらぬ、徳念は今が一番迷う年頃だ。ここでしっかり教え込まねば立派な僧にはなれぬ。去るにのぞんでひとこと云っておくが、お前に苦悩があるならば、戒律を重んじ、眼を閉じ、智慧の眼を開け、結局はお前ひとりの瞑想によってのみ、苦悩から脱し、菩提すなわち悟りに達するだろう」

岩仏は師のことばを噛みしめていた。

「まことに苦悩あればこそ仏の教えもある」

と、蝎誉和尚が見仏和尚のことばを受け取って、

「修行がきついことにかけては和泉、摂津、山城を通じて一、二というこの寺に四年もいたということだけであなたがどんな方かよく分ります。私は丁度そのような人をひとり欲しくて、探していたところです」

蝎誉和尚は岩仏の年齢を聞いた。岩仏は自分の年齢を数えた。越中を出るとき三十一、あれから四年は経っていた。

「三十五歳でございます」

そういいながら岩仏は徳念を見た。徳念は色白で鼻が高く町を歩いていても娘がふりかえるような美僧になっていた。徳念は悲しみを顔に現わしていた。以前ならそういうとき徳念は、感情が顔に出ることを必死にこらえたが、今は素直に感情を出した。だが涙は出さなかった。徳念はもう十七歳だ、立派な青年僧になったと思うと、岩仏は眼頭が熱くなった。涙をこらえることはできなかった。

11

淀川に沿って歩いて来て伏見の町に入ると酒のにおいがした。故郷をはなれてからこのかた一度も口にしたことのない酒のにおいが岩仏には懐しいものに思われた。何人もの人が一度に立って入れるような酒樽が並んでいた。酒蔵らしい家の造りも、岩仏にはめずらしいものであった。

岩仏は眼を東の丘陵へやった。目のさめるような萌黄色《もえぎ》にそまっていた。その丘陵のどのあたりに秀吉が建てた絢爛《けんらん》豪華な伏見城があったのだろうかと考えるだけで、なにかゆったりした春の景色のなかに溶けこんでいけるような気がした。

伏見は古い町と新しい町とが雑居したような町だった。古い屋敷町が残っているかと思うと、造り酒屋が並んでいたりした。伏見下鳥羽の一念寺と町の人に訊くと、

「お坊さん、下鳥羽は田圃《たんぼ》を越えた西ですよ」

と教えてくれた。

下鳥羽は桂川の流れの音が聞えるほど近いところに伏見とも京都とも飛び離れてできた静かな町だった。そこまで来ると、もう酒のにおいはしなかった。春の匂いが町中を包んでいた。

岩仏は一念寺の門の前に立った。

黒の瓦ぶきの寺門の入口に円光大師御旧跡と彫りこんだ碑があった。門を入ると奥に向って石が敷きつめてあった。庭に入ると沈丁花《じんちょうげ》の香りが充満していた。むせぶようなその芳香にうたれていると、庫裡から小坊主が出て来て、どうぞこちらへと岩仏を、蝎誉和尚のいる方丈へ案内した。

岩仏は宝泉寺の見仏上人の前を辞してから、ここまでの春の旅を夢の中の彷徨のように思い浮べながら蝎誉和尚の前に坐った。

蝎誉和尚はつやつやした顔をした僧で、人をそらさぬものやわらかな態度はいかにも、檀家をたくさん持っている寺の和尚さんにふさわしかった。

「さて貴僧の戒名のことだが」

蝎誉和尚は、寺の概略の説明をし、寺内を案内し、前からこの寺にいる寺僧たちを岩仏に紹介したりしたあとで、岩仏の戒名について云い出した。

蝎誉和尚は岩仏という名が気に入らなかった。見仏和尚のいる宝泉寺では岩仏という名で通るが、朝晩檀家を相手にする僧の名としては、あまりにもそっけなさすぎた。音でがんぶつと読んでも、訓でいわぼとけと読んでも、融通の利かない頑固坊主という印象を相手に与える。つまり岩仏という名は一般的な僧の名前ではないというのが蝎誉和尚の云い分だった。

蝎誉和尚は播隆という名を用意していた。

「どうだな、岩仏より播隆の方がいいだろう。異存がなければ今日から播隆ということにして、本寺の僧籍に入れて置くがよろしいかな」

岩仏はその名が気に入った。こじつければ意味はたくさんあったが、その名にしいて意味づけをして貰おうとは思わなかった。

蝎誉和尚は見仏上人のように純粋な求道僧ではなかった。檀家を大事にし、寺を拡張することに熱心ないわゆる和尚様であった。檀家との接触は多く、一念寺の本堂ではしばしば和尚の説法が行われた。

或る日、和尚に急用ができて人は集まったが説法がやれなくなったことがあった。和尚は播隆に代理をさせた。他に播隆より年上の僧と小僧がいたが、和尚は播隆を指名した。

播隆は見仏和尚から聞かされた釈尊のたどった道を分りやすく話した。それが檀家の評判になった。

一念寺は修行のやかましい寺ではなかった。見仏上人のところと比較するとたいへんな違いであった。食事は二食、昼は檀家で食べることが多かったから、一日三食の場合が多かった。日課念仏で一升枡をからにするようなところは見たことがなかった。当時の寺として例外なものではなかったのだが、見仏上人にしこまれた播隆は、なにかその寺のしきたりになじむことはできなかった。不満はすこしずつ心の底に沈澱していった。

和尚は播隆にしばしば代筆させた。その度になかなか筆が立つなと讃めた。

一念寺へ来て一年ほど経ったころ和尚は播隆に大きな仕事を与えた。

「釈尊の伝記はいろいろあるが、どれもこれもむずかしくて一般の衆生《しゅじょう》には分らない。釈尊の一生が誰にも分るようにやさしく書いた本を本寺の名において出したい」

播隆は弥三郎の入れ智恵だなと思った。原稿を播隆に書かせて、版元は更田屋《ふけた》がなるのだと思った。気がすすまなかったが、断る理由もなかった。寺が手をかえ品をかえて儲けごとに気を廻しているのが見えすいて不愉快だった。

その話があってから間もなく、播隆は伏見の更田屋に法要があって呼ばれた。

更田屋つるは、真白く塗っていた。皺に塗りこんだ白粉がいやらしかった。若いつばめの弥三郎にかけた執念があわれでもあった。つるの亡夫の法要が済んだあとで、弥三郎はつるの娘のてるを播隆に紹介した。

つつましく挨拶するてるを一目見たとき播隆は身体中がふるえた。

そこにおはまがいた。おはまが生きかえり、若がえってそこに坐っていた。

播隆はおはまの夢は相変らず見ていた。だが夢の中のおはまはやはり夢の中のおはまでしかなかった。固定的なひとつの表情——それは、おはまの眼つきだけに象徴されたものだったが、そこに坐っているてるは生身《いきみ》のおはまと相似したあらゆる表情をもって播隆と対峙《たいじ》していた。

「おはまさんによく似ているでしょう」

と弥三郎にさいそくされて播隆が、

「まことによく似ておられる」

とてるを見詰めると、てるはしっかり結んでいたおちょぼ口をいかにも恥ずかしそうにほころばせた。笑うとその口が意外に大きく見えるのも、その口を袂《たもと》でかくすしぐさも、おはまとそっくりだった。

そしててるが切れ長の澄んだ眼を真直ぐに播隆に向けると、ちんまりとまとまった鼻から口にかけての全体的には面高な、下ぶくれした豊かな頰の線が、いかにも愛くるしい、女の顔になる。おはまにそっくりだった。瓜二つであった。

つめたい美人の顔ではけっしてなかった。しいて云えばその顔は、誰にでも好かれる、やさしい顔であった。どこかにほのぼのとした童女のかげがそのまま残ったような顔だった。

てるは播隆が見詰めているのを意識して顔を紅潮させた。そのあざやかな反応の色まで、おはまの生前と同じだった。

播隆はその夜眠れなかった。

欲望が彼の身体を駈けめぐった。おはまとの交情体験がつぎつぎと浮び上った。ひとりで本堂に入って、瞑想しても、瞑想の中のおはまの裸身ともだえた。こんな筈はない、これは春という気候のせいだと、外に出て風に当った。幾分か落ちつけたけれど、寝床に入るとまたもとにかえった。自淫は戒律を破ることだったが、既に心では淫し尽していた。播隆は夜明けまで苦しみ抜いたあげく、浅い眠りについた。その中で彼はおはまと淫した。

それまで夢に出て来るおはまは彼をさえぎりつづけていた。その夜のおはまはまぶしそうに眼を細めて彼を許した。淫したという自覚が、全身を刺しつらぬいて眼を覚したとき、播隆は、そこにみじめな敗北者を見た。

釈尊の伝記はそう長いものではなかった。あまり大げさなことをすると、本院に眼をつけられるから、まあまあこの程度ならという程度のものを作って儲けようというのが和尚の狙いであった。播隆はその執筆にかかった。なにかしていないとまたおはまの幻影に悩まされそうで不安だった。

「更田屋一家が伊勢参りに行くそうだから、留守居がわりに来て貰いたいといって来た。あそこの離れは静かだから、ものを書くのには丁度いいだろう」

播隆は気がすすまなかったが和尚に云われるままに更田屋へ行った。弥三郎とつるは小僧二人をつれて伊勢参りにでかけていたが、娘のてるがひとり残っていた。

「播隆さん、あなたはこの前私と会ったとき、ふるえていましたわ、なぜですの」

てるは、播隆に対して少しも臆する態度を見せないばかりか、多くの興味を持っているようだった。

「ほんの、もののはずみで手に掛けたお内儀さんの供養のために僧におなりになったあなたは立派ですわ。おはまさんは可哀そうなように見えても、ほんとうは女として一番幸福だったんじゃあないかしら」

てるはなにか話しつづけていないと承知できないようだった。話したいことをためこんで待っていたような口ぶりだった。いくぶん顔をかしげてものをいうところがおはまとそっくりだった。そういう眼つきをされると、播隆はまた震え出しそうだった。てるが、茶を入れ替えに立ったり、坐ったりするたびに女のにおいが彼を叩いた。眼が廻りそうに苦しかった。やはり播隆はふるえた。

「弥三郎さんは母とああいう関係にあるのに、あくまで世間体は手代ってことになっているのです。なぜそうしているかお分りになりますか。あの男は私を狙っているのですわ、私を妻にしようと――」

てるは泣いた。

「そんなことになれば、私は犬畜生になり果てたことになります。けれど、私にはそうなる日が近づいて来るのがはっきりと分るのです。私はあの男が嫌いなんです。誰でもいいから私をいますぐさらって逃げて欲しいとそればっかりを望んでいます」

播隆は聞いているだけだった。てるに教えてやれることはなにもなかった。夜になる前に寺に帰らねばならないということだけをしきりに考えていた。若い女と同じ家にいつまでもいることはできなかった。だがてるは、明晩は、近所の小母さんをたのむが、今夜は誰も来る者がない。ひとりでいるのは物騒だから用心棒として泊ってくれと云った。播隆はてるの懇請に負けた。

播隆は心の中で念仏をとなえていた。おはまと瓜二つのてるが、なんでも話すのは、播隆が男ではなく僧侶だと信じているからだと思った。

「播隆さん、あなたはほんとうに坊さんの戒律を守って、一生涯女には触れないでおられると思いますか」

「そうするつもりです」

「でも女の人の方から持ちかけたらどうします。内緒に女の人を持っているお坊さんのほうが、そうでないお坊さんよりずっと多いっていうのに……それなのに播隆さんは」

播隆は眼をつぶった。できれば耳もふさぎたかった。

「私は、そのように、ひたむきにふるえている播隆さんが好きです。なぜか、私には分らないけれど、きっと私の中には、弥三郎から逃げ出したいという一心があなたに救いを求めているのでしょう。母と娘がひとりの男に……」

あとが云えずにてるは播隆の膝に泣きくずれた。そうさせて置くことも戒律に触れることだと播隆は思った。てるの体重が、膝の上の方にかかって来ると、播隆は彼女を抱くか突きのけるかの岐路に立たされていた。

播隆はてるの背に手を廻そうとしたとき、他人の眼を感じた。誰かが、それからの成行きを瞳をこらして見詰めているような気がした。播隆はまわりを見廻した。誰も見ている筈がなかった。行燈《あんどん》の火がやや明るすぎた。誰もいないが他人の眼はあった。見仏和尚でも蝎誉和尚でも、戒律の眼でもなく、その他の誰かの冷酷な眼がどこかにあった。成行きが作為的過ぎると、播隆は思った。誰かが念入りに長いことかかって組み立てた筋書きの中に自分が置かれているような気がしてならなかった。

弥三郎だと思った。じっと見詰めてせせら笑っているのは弥三郎に違いないと思った。てるが播隆に、既に傾倒しているのは弥三郎が根気よく吹きこんでいた播隆という理想像があるからだと思った。ひたむきな女の心に救いという巧妙なことばを与えたのも弥三郎に違いない。てるは弥三郎の暗示にかかっているのだと思った。播隆を理想化して置きながら、弥三郎は間もなくてるに延ばすだろう自分自身の野心を予告して、てるに逃げ道を選ばせようとしたのだ。それは考え過ぎかも知れないが、播隆の頭にひらめいたその場の認識であった。

弥三郎の冷酷な眼とせせら笑いをはっきりと感じとった瞬間、播隆はてるを捨てた。播隆は庭におりて、衣を脱ぐと水をかぶった。春の水はつめたかった。おぼろ月夜の中で播隆は徹夜でもその水をかぶりつづけるつもりでいた。六文字の名号が彼の口元から洩れていた。

なぜ弥三郎がこのような手のこんだことをしてまで新しい苦悩を播隆に与えようとしているのか分らなかった。

播隆は此の土地を去るべきだと思った。見仏上人が云ったように、この苦悩に勝つにはひとりになって瞑想をつづける以外にないと思った。おはまという苦悩の他にてるという苦悩は背負い切れるものではなかった。

笠ヶ岳再興

1

文政四年（一八二一年）七月、旅僧姿の播隆は緑に彩られた高原川峡谷を歩いていた。河原をおおっている石の累積も、その間を縫うように流れる川も八年前と同じであった。八年前は寒い風が川に沿って吹いていたが、今はその風が救いだった。播隆はしばしば錫杖を立て、その救いを享《う》けた。播隆は三十九歳になっていた。

本覚寺の鐘楼は遠くから見えかくれしていた。やがて、はっきりと寺全体が緑の山を背景に浮び上がり、寺の白壁がまぶしく輝いて見えて来たところで、播隆は立止まって、寺に向って合掌した。それからは脇目もふらずに、石段を登っていった。

登り切ったところで、播隆は一呼吸入れて、眼を高原川の遠く上流にやった。煙霧で笠ヶ岳は見えなかった。折り重なってつづく前山も、模糊《もこ》として霞んでいた。笠ヶ岳が見えなくとも播隆は別に残念そうな顔はしなかった。笠ヶ岳はそこにあった。今日は見えないだけのことで、ここまで来れば笠ヶ岳に接する機会は容易に得られる筈であった。

播隆が笠ヶ岳の方向から寺の方へ眼をやったとき、鐘楼のあたりで人が動いた。

「おう、戻って来たな」

椿宗《ちんじゅ》和尚が鐘楼を降りて来ていった。

播隆が笠をとって久闊《きゅうかつ》を詫びようとすると椿宗和尚は手をふった。

「いちいち面倒なことはやめたらいい、おれは御坊が歩いて来るのを、鐘楼の上からじっと見ていた。御坊の歩きかたで、この八年間になにを修行されて来たのかよく分る。たいへんなことだろう、坊主になるということは。拙僧はな、八年かけて、やっと道を一本作った。新田《しんでん》もようやく板について来たぞ、今も、田の水を見に行って来たところだ」

椿宗和尚は播隆を迎え入れて、まず弥三郎と徳助のことを聞いた。徳助が徳念となって宝泉寺にいることについてはたいして興味を持たないようだったが、弥三郎が寺相手の商売をやっている話には異常な関心を示したようだった。

「一念寺を出て念仏行者となってから何年になるかな」

「三年になります。三年の間にずいぶん世間を見てまいりました。人助けをしたこともあるし、賊に襲われて、殺されそうになったこともあります。伊吹山の窟《いわや》にこもって、瞑想にふけったこともあります。ふりかえって見ますと、八年のうちで、最後の三年間がもっとも実のある修行だったように思われます」

播隆は訥々《とつとつ》と彼の遍歴を語っていた。三年間の諸国遍歴で播隆の身体は、彼の持っている錫杖のようにいかめしくなっていた。

「貴僧は所謂通仏教《つうぶっきょう》の実践をなされているようだな。浄土宗の僧だから念仏をとなえる。托鉢をやり禅定《ぜんじょう》瞑想を行うのは禅宗に似ておる。伊吹山に登り、洞窟にこもったなどというのは、天台宗、真言宗に近い修行のやり方だ。中年から僧籍に入られた御仁には貴僧のような考えの人が多い。悟りに入るには種々の道がある。どの道を選ぼうが行きつくところは同じ涅槃《ねはん》だ」

椿宗和尚は播隆の長い間の労苦をいたわるように云うと、ふと彼の額のあたりの疵跡《きずあと》に眼を止めた。深く落ち窪んだ疵跡だった。

「その疵はどうしてつくられたのかな」

「伊吹山で岩窟にこもっているとき、子供に石を投げつけられました」

念仏行者として三年間に得たものは、乞食坊主という罵声と、嘲笑と、それから、その疵跡であった。

そこは関ヶ原から八里ほど北の笹又という村から伊吹山に入りこんだところだった。餓鬼大将に引率された数名の少年は、はじめは静かだった。岩窟で合掌の姿勢を崩さずに瞑想している播隆の方を遠くから眺めて囁き合っていた。子供たちが消えて間もなく、草の中からドングリの実が飛んで来た。その幾つかは播隆に当った。子供たちは喊声《かんせい》を上

げて逃げ去った。そのつぎに子供たちが現われたときは隊伍を組んでいた。餓鬼大将が、

「そこはおれたちの場所だ、どけやい」

といった。いいがかりのきっかけをつけているようだった。餓鬼大将は、鼻汁を横なぐりにぬぐった手を着物にこすりつけながら、

「どかぬか、どかぬなら、どかしてやろうぞ」

石の礫《つぶて》はその声とともに降って来た。その一つが播隆の額に当った。

「子供が寄りつくような岩窟を選んだのがいけなかったのだな」

椿宗和尚がいった。

「この近くには猿も近よれないような岩窟がある。よかったら、そこに籠って見るがいい、この村の者には、拙僧からよく話して置く。山城国一念寺の高僧、播隆様が、修行に来られた、丁寧にしないと罰が当ると云って置く」

「高僧?」

「高僧だよ、兎に角御坊は、ちりあくたのごとき僧侶どもとは、どこか違っている。たとえ弊衣《へいい》をまとっていても高僧だ」

高僧だと云われても、播隆には実感は湧かなかった。椿宗和尚のからかいはおおげさすぎると思った。

「ところで、そのとき、額の疵はどうなされた」

「眼をつむって、合掌したまま、名号をとなえておりますと、血はやがて止まりました。その後も子供たちは来ましたが、石を投げるようなことはしませんでした」

椿宗和尚は深くうなずいた。流れ出る血も拭わず、瞑想にふけっていた播隆がありふれた坊主ではないと思った。

翌朝、椿宗は播隆をつれて寺の門を出た。笠ヶ岳は朝日の方向にあった。日はもうかなり高く昇っているにもかかわらず、笠ヶ岳の半面は翳《かげ》っていた。それにもかかわらず笠ヶ岳だけが光を独占しているように、他の山々より鮮明なかがやきを持っていた。日が昇るにつれて影が動き、翳りは明るさにところをかえていった。山襞《やまひだ》の残雪に日がさしかかるとそこから驚くほどの鋭い光が放射された。やがて、笠ヶ岳の何処を探しても翳りがなくなると、笠ヶ岳は大きくどっしりと青い空間に静座した。

播隆は笠ヶ岳に合掌していた。その坂の下で、本覚寺に向って合掌したときと同じ気持だった。

椿宗和尚も播隆と並んで笠ヶ岳に向って合掌した。この寺へ来てからもう何年となく、朝夕眺めていた笠ヶ岳に正対して合掌すると、いままで見たこともないような美しい山に見えた。ただ眺めるのとは違った姿勢が、山を美しく見せたのだと思った。

椿宗はなにか当惑したような気持だった。人の中にいて人を知らなかった気持と同じように、山の中にいて山を知らなかったのだ。

椿宗は彼と並んで合掌している播隆に一種の嫉妬さえ感じた。美しいものを率直に発見して、それに手を合わせるこの修行僧が、大きな寺の住職としておさまっている自分より数段上に見えた。椿宗は、さっき、高僧などと軽はずみに云ったことを悔いた。名号は、いかなる減衰も見せずに、そのまま笠ヶ岳まで届いていくように思われた。播隆の名号を称える声が静まりかえっている朝の空気をゆすぶった。椿宗は合掌したまま眼をつぶった。高原川から吹きあげて来る風が椿宗の衣のすそをゆすぶった。

椿宗が眼を開いて笠ヶ岳を再度見たとき、彼は、彼と同じかたちで笠ヶ岳の荘厳華麗《そうごんかれい》な姿を讃えながら、合掌している、多くの衆生を背後に意識した。衆生の祈りの声は風の音と高原川のせせらぎとなって椿宗の耳朶《じだ》を打った。

椿宗の頭に笠ヶ岳再興という言葉がひらめいたのはその瞬間だった。美しく、厳かな対象に、より多くの人を近づけることこそ仏業ではないかと思った。その先達《せんだつ》に好適な人間が、今、彼のそばに立っていた。いささか怒り肩、濃くて太い眉、広い額をした播隆はいかにも先達然とした男に見えた。彼がそのつもりになりさえしたら、笠ヶ岳再興はできるだろうと思った。

椿宗の頭の中で笠ヶ岳再興という大きな夢がふくれ上がった。椿宗和尚は、笠ヶ岳に登山した二人の僧のことを思い出した。円空上人は元禄初年に笠ヶ岳開山に成功し、南裔上人は天明二年（一七八二年）に頂上をきわめた。だがそれから四十年たった現在においては笠ヶ岳は世人から忘れられていた。

播隆に笠ヶ岳登山をすすめるにしても、それは開山ではなく、再興であったが、困難さにおいても効果においても開山と同じ程度の意義のあることのように思われた。

椿宗はそれまで彼が手掛けた道造りや新田作りは、事業ではなく仏業だと考えていた。それらの仏業と笠ヶ岳再興とを並べて考えて見ると、笠ヶ岳再興は前者とは比較にならないほど仏業らしい仏業に思われてならなかった。椿宗和尚は活動家であり夢想家であった。それまで彼の頭の中には仏業がつぎつぎと浮び上がって来ては泡沫のように消えていった。消えないものを拾い上げ、既にその幾つかを成功させていた。新田ができ新道ができ、防水堤ができた。

椿宗和尚は時々寺をはなれて旅に立つことがあった。諸国行脚に名を藉《か》りて多くの着想を持って帰って来た。前年の夏椿宗は、江戸へ行って、富士講の信仰風俗を見た。彼等は富士講のそろいの半纏を着、股引を穿いて群をなして、富士山へ登っていった。富士講が江戸中で、八百八講できたほど、富士という山にかけた信仰は一般化していた。椿宗は富士信仰登山があれば笠ヶ岳信仰登山があってもいいと思った。しかし、その考えは椿宗の才槌頭の中で播隆を見るまでは蟄伏《ちっぷく》していたのであった。

播隆に会ったからではなく、播隆と並んで笠ヶ岳に正対して合掌しているいま、自分の心がほんとうに笠ヶ岳に向って開いたのだと思った。いままでの仏業は思いつきであったが、笠ヶ岳再興は、もっとも仏業的示唆《しさ》を含んだものに考えられた。椿宗の心は澄んでいた。いままでになく、純粋に力を入れることのできる、やり甲斐のある仏業をもたらした修行僧播隆は、やはり自分より偉い坊主に違いないと思った。

ふたりは笠ヶ岳に向って長いこと合掌してから、石段を村の方へおりていった。高原川のせせらぎに混じって子供たちの声が聞えて来る。子供たちが、なにか目的物に向って走って来る騒々しさだった。五、六人の村の子の姿が見えた。子等の顔はすでにほころびていた。

「わあい和尚様だぞう」

播隆にはそう聞えた。

椿宗和尚は小男で才槌頭で出目金で、出歯という変った顔つきのためにかえって檀家の人気を博していた。彼の手に子供たちがぶらさがった。子供たちは、椿宗和尚にたわむれながら、そこにいる見なれない坊さんはなんだと聞いた。

「山城国一念寺の播隆上人様がこの村へ修行にお出でなさったのだ。上人様はとてもとても偉い坊さんだ。この和尚とはくらべものにならないほど偉い坊さんだと家へ帰って云うのだぞ」

村のはずれの岐路に来ると椿宗和尚は、

「播隆上人様、こちらへどうぞ」

と腰をかがめて案内した。椿宗和尚がそうやると子供たちにも村人たちにも、播隆は偉い坊主に見えた。

播隆はそんなことをされるたびに、顔に苦渋を浮べた。冗談はやめて貰いたいと何度か云った。椿宗和尚が、子供たちだけでなく村の大人たちにも、まじめな顔で上人様が来たと吹聴しているのを聞くと、やり切れない気持になった。

椿宗和尚は高原川沿いの岩井戸村の郷士大宅《おおたく》善右衛門の家へ播隆をつれていった。高い石垣の上に、その辺ではめったに見ることのできない、大きな屋敷があった。

「播隆上人様が修行なさるための岩窟を求めてはるばる山城国から来られたのだ。早速、杓子の窟《いわや》まで御案内するがいい、もしそこが上人様にお気に召したならば、窟の中に籠《こもり》堂《どう》をいそいで建ててさし上げねばならぬ。なんにしてもありがたいことだ。播隆上人様ほどの方がこの村に来られるとはありがたいことである」

播隆は迷惑そうな眼で椿宗和尚を見た。椿宗和尚のたくらみが、なんであるにせよ、播隆は、椿宗和尚の誇張した言動はそれ以上放っては置けなかった。

「私は上人でもなんでもありません。ただの乞食坊主です」

播隆は大宅善右衛門にいった。しかし大宅善右衛門は乞食坊主とへりくだる播隆から或る種の畏敬の念を感じ取ったようであった。

2

大宅善右衛門の家の背後には岩峰が砦のようにかまえていた。その岩峰の裾を岩壁が石垣のようにめぐっていた。だから、その岩壁までは容易に近づくことができても、そこから岩峰へは登れず、強いて登ろうとするならば、岩壁に向って、左へ左へと岩峰の裾を捲いていかねばならなかった。岩峰の裾を、ほとんど半廻りぐらい廻りこんだところに、杓子型にえぐられた洞窟が並んでいた。

一番大きな洞窟の高さは三間ほどであった。往古、岩井戸村は岩宿村と呼ばれていた。そこに岩宿と呼ばれるにふさわしい洞窟があったからである。だが、名前は岩宿であっても、その洞窟は人が宿れるところではなかった。岩の割れ目から水滴がしたたり落ちていた。杓子型の洞窟であったから奥行は浅かったが、すこぶる陰湿であった。

播隆は、大宅家から借りて来た莚《むしろ》一枚を敷いて、瞑想に入った。六字の名号を時々口にする以外、彼の存在は否定されるほど静かであった。

椿宗和尚に云いつけられて、大宅家から、朝一回だけ粥が届けられた。

瞑想の中で播隆はしばしば、釈尊の教えた中道からはずれて、苦行の系列に入りこんでいるのではないかと考えることがあった。たしかに他人が見ると苦行に見えたが播隆にとっては苦行ではなく、特に肉体に鞭を当てているつもりはなかった。その行為は瞑想へ入るための段階であり、手段でも方法でもなかった。その湿った洞窟は瞑想の殿堂であった。

播隆はそこで瞑想しつづけていた。おはまの死について考えつづけていた。瞑想のなかのおはまはいつか彼を許してくれるだろうと思った。

だが、彼の心の中のおはまは少しも変らなかった。

「おれを許してくれぬのか」

「たとえ、間違いであったとしても、あなたは私を殺したのです、許してやれるはずがないではありませんか」

「では、このおれはどうしたらいいのだ」

「死のつぐないは死をもってするよりほかにみちはありません」

「死ねというのか」

「死ぬまで苦しむのよ、岩松さん死ぬまで――」

おはまだけでなく、多くの播隆が彼の頭の会議室に出席して彼を責めた。時にはそこに、徳念や弥三郎や椿宗和尚が顔を出すこともあった。

播隆の瞑想は十日つづいた。村の古老が三人ほど見舞いに来た。二十日つづいた。播隆は湿気と栄養不足のために痩せ衰えた。村人が五人ほど来て、播隆に下山をすすめた。三十日たった。播隆の足は萎《な》えたように動かなくなった。

播隆は這いずるようにして山を降りると谷川で身を浄めた。骨と皮ばかりの彼の身体に向って合掌する村の老婆がいた。

播隆はその足で托鉢に出た。だが、村人は彼にその必要のないことを示した。播隆は椿宗和尚のいう、偉い上人様であることを、その行において実証して見せたのである。

播隆はその夏いっぱい、杓子窟にこもって秋霖《しゅうりん》のけむるころ杓子窟をおりた。

本覚寺の和尚の使いの者が播隆を迎えに来た。ぜひ会わせたい人があるからという伝言なので行ってみると、猟師のような身なりをした男が二人、椿宗和尚と話していた。信濃国安曇《あずみ》郡小倉村岩岡伴次郎と中田又重郎であった。小倉村から大滝山上口地《かみぐち》（上高地）、中尾を越えて飛騨へ出る飛騨新道を作るために、その協力を求めに来たのであった。

「おお播隆上人様でございますか」

二人は椿宗和尚に播隆を紹介されるといずまいを正して云った。

「この村の人たちに聞くと、上人様は笠ヶ岳に登山されて、万民安泰を祈願されるとか……まことに有難いことで。笠ヶ岳再興がすんだら、私どもの造った飛騨新道を通って、ぜひ小倉村までお出でなすっておくんなせい。私の村の奥には、いままで誰も登ったことのねえ、槍ヶ岳という天下一の山がございます。その山も上人様によって是非とも開山していただきてえと思います」

岩岡伴次郎は播隆の顔を見詰めた。

「これから笠ヶ岳の再興にかかろうというのに、槍ヶ岳開山とはずいぶん先のことだのう。しかし、いい話はいくらはやくてもいい、とにかく播隆上人に、飛驒新道のことを話してあげたらいかがかな」

椿宗和尚がいった。

岩岡伴次郎はもっともだというような顔をして地図を開いた。

飛驒と信濃をつなぐ道は古くからあった。飛驒の高原郷から平湯を経て、信州安曇郡大野川村、さらに松本に通ずる道であった。この道はあまりに険岨なところを通っているので、利用価値が減り、寛政年間には廃道となった。従って、当時松本と飛驒高原郷を結ぶ道は野麦峠を越える延々三十八里の道一本しかなかった。この道によって松本平より飛驒へ米が輸送され、富山からの海産物はこの道を通って松本へ運ばれていた。

「三十八里という道はあまりにも遠すぎる道で、輸送費がかさばるばっかりで物資交易には不便でございます。われらが開こうという道は、松本より小倉村、大滝山、上口地(上高地)、中尾村と通ずる道でございまして、開通すれば、松本と高原郷中尾村までわずかに十四里ということになります」

岩岡伴次郎がひといきついた。

播隆は黙って聞いていた。距離は十四里だが、困難な工事だろうと思った。それも、独力でやり抜くつもりですと意気ごんでいる岩岡伴次郎と積極的に協力しようといっている椿宗和尚とはあまりにも呼吸が合いすぎていた。

「この新道ができたら上人に真先《まっさき》に通っていただくことになりましょう」

椿宗和尚がそういったとき、播隆は椿宗和尚の腹のうちが読めた。村の人が、播隆が笠ヶ岳再興をする予定だといっているのも、岩岡伴次郎が、槍ヶ岳へ登るようにすすめるのも、すべて椿宗和尚の描き上げた図絵なのだ。

「それで上人様が笠ヶ岳に登山されるのは、今年中でございますか」

それまで黙って聞いていた中田又重郎が口を出した。鷹のように眼が鋭く熊のようにたくましい男だった。

「今年中というわけにはいくまい。登るとすればまず道をつけねばなるまい」

播隆にかわって椿宗和尚が答えた。

「すると来年ちゅうことで」

「来年になるかその次の年になるか、いそぐことはあるまい、山へ登るにはけっしていそいではならぬ」

播隆は椿宗和尚のしつらえた船に乗っている身を感じた。その船が川を下らずに登ろうとしていることはたしかだった。どこまで登っていくか想像もつかなかったが、少なくともその船に、戒律を犯し、彼の禅定をみだし、智慧の眼を曇らせるような者が同乗していないことはたしかだった。

「船頭は？」

播隆はふと心の中のことをもらした。

「せんどう？　ああ笠ヶ岳登山の先達《せんだつ》の先導《せんどう》のことですか、それは、なりてが多すぎるほどおりまする」

椿宗和尚が笑うと奇怪な顔がいよいよ奇怪に見えた。


間もなく冬が来た。農閑期が来ると、農民たちと寺との交渉が多くなった。播隆の説教は説教らしくない説教だった。播隆は椿宗和尚に云われるままに高原郷の村々へ説教にでかけていった。播隆は農民たちを前にしてただの話をした。

「釈尊が仏教の教えを説いて歩いているとき、バラモン教の僧達が、なんとかして釈尊をおとしいれようとした。チンチヤという美女がしばしば祇園精舎《ぎおんしょうじゃ》を訪れて釈尊の教えを乞うた。一年ほどたった。ある日チンチヤは釈尊が大説教をしている最中に、私は釈尊と肉体的関係があったと、自分の大きな腹を指して云った。釈尊は顔色ひとつかえず、黙って女を見つめていた。女はいよいよ大きな声で釈尊とのいつわりの情事を吹聴した。女が力みすぎて、お腹に力が入った。腹帯が切れて、腹の中にかくしていた木の盆が床に落ちて真二つに割れた」

農民たちはそこまで聞くと爆笑した。その話は播隆が見仏上人から聞いたことを更に分り易くしたのであった。

播隆はもともと説教だとか法話などということは好きではなかった。やはり彼は念仏行者らしく、雲の行くまま水の流れるままに念仏行をつづけることの方が彼にふさわしかった。彼は本覚寺を出て数日帰らないことがあった。雪の道をあてもなく歩いていくと、気がついたときには思いもよらぬほど遠くまで来ていることがあった。

播隆は時折、絶壁に立たされたような不安を感ずることがあった。心の迷いであると云って聞かせても、その不安の高まりは累進していってついには彼を押し倒そうとすることがあった。ふとおはまのことを思い出したあとなどに起る現象だった。そんなとき彼は敢然として不安と戦った。不安と戦うためにところかまわず立止まって合掌し名号を称えた。

ある吹雪の日、播隆は高い石垣の上に建っている家に向って合掌した。その家に向って合掌したのではなく、そこで突然、例の不安に襲われたからであった。彼は吹雪の音にも負けずに大きな声で名号を称えたが、その日にかぎって、彼を襲った不安はなかなか去らなかった。

播隆は雪の上に立ったり坐ったりしながら名号を称えつづけた。名号を称えず、瞑想の立禅に入ることもあった。吹雪はその播隆を埋めようとするかのように吹雪《ふぶ》いた。石垣の上の家の庭に、ときどき人の顔が見えたが、播隆は別にそれを気にせず、ほとんど一刻（二時間）余り、吹雪の中で、心の迷いと戦った。不安は寒さと入れかわり、虚脱と処をかえようとした。播隆はその終末を決して喜ばなかった。曖昧な妥協は嫌っていたが、心の迷いよりも、肉体的な苦痛がはるかに強くなったとき彼は、はじめて、その場を去ろうとした。

石垣の家から数人の人が駈けおりて来て、お坊様はどこのお方かと聞いた。播隆はこの村は初めてだったし、この村にもし寺があったら一夜の宿を乞おうと思っていたところだった。彼は高原郷本覚寺に寄寓している播隆であることを明らかにした。

「そうすりゃ、崖の家の爺様が死んだと聞かさったで来なさったではないな」

と相手がいった。播隆はなんのことだか分らずに突立っていた。とにかく来てくれと、播隆は村の者に引張られて、石垣の上の家へ行った。その附近で崖の家と呼ばれている地主の家だった。七十歳を過ぎた当主が老衰で息を引取ったところだった。播隆の祈りと、その当主源左衛門の臨終とが偶然に一致したことを彼等は奇蹟と見たようであった。

近くを通っただけで、そこに臨終を迎えている老人がいることを知って、極楽往生の念仏をささげたというふうに解された。

彼等のひとりが、その村の寺に走って、そこの和尚に、その坊主こそ播隆上人という偉い念仏行者に違いないという裏書を取ってからは、播隆は聖僧のような扱いを受けた。

偶然に起ったこの奇蹟は、非常な伝播速度で近郊に伝わっていった。

播隆の名は雪が深くなればなるほど近郊に知れ渡っていった。椿宗のところに、播隆について、いろいろと口がかかって来た。説教を聞きたい、祖先の法要をたのみたいから来てくれという話を持って雪の中を三里も四里も歩いて来る者があった。

郡代大井帯刀《たてわき》は播隆上人の評判を聞いた。播隆が吹雪の中に突立って未知の人間の臨終に一刻あまりつき合ったという話は帯刀の心を動かした。帯刀は椿宗和尚を通じて、播隆の法話を求めた。

「釈尊は或る日、弟子たちにこんな話をしました」

播隆は郡代大井帯刀ほか十人ほどの支配階級を前にして法話を始めた。一句一句を拾うような話し方であった。

「愚かな牛飼いが牛をつれて、ガンジス河を渡ろうとした。彼は浅瀬を探さずにいきなり川を渡ろうとしたから多くの牛を失った。賢い牛飼いは、牛を河原にとどめて、浅瀬を探し求めた。そして、強い牛、若い牛、牝牛、仔牛という順序に導いて行った。一頭も失うことはなかった」

大井帯刀は播隆のその話を感心して聞いた。虚飾のない話でありながら、面白かった。郡代の庇護によって、播隆上人の地位は動かぬものになった。

「笠ヶ岳に登られるそうですが、拙者としても及ばずながらお手伝いをさせていただこう」

郡代大井帯刀は播隆上人の笠ヶ岳再興援助を確約した。

3

文政五年の春になると、岩井戸村、杓子窟の籠堂《こもりどう》の建築が始まった。播隆は四十歳になった。大工や石工が杓子窟と大宅善右衛門宅の間を往復した。籠堂は四月にできあがった。籠堂に入ると、もう雨水が滴下《てきか》して来ることはなかった。戸を閉めると、湿気も入らなかった。蠟燭《ろうそく》を立てれば、小さいながらも立派なお堂であった。堂の奥に播隆は、旅行中背負って歩く護持仏を安置した。

播隆の意志でないものがそこに初めて出来《しゅったい》した。

「籠堂は上人様にさしあげたものですでな、どうぞ、いいようにお使いになってくれんさい」

岩井戸村名主大宅善右衛門が村民を代表していった。

播隆にはいいようにという意味がはっきり飲みこめなかった。彼は、おおよそそれを、自由に使えという意味に解釈した。

「ちっちゃいが、ちゃんとしたお堂じゃ、いやお寺ですでなあ、武士で云えば、まあお城っていうようなもんですわいな」

善右衛門は籠堂を見上げていった。まだ木の香りがぷんぷんしていた。新しいお堂をはめこまれた杓子窟に、改めて、明るさが訪れたようであった。

武士で云えば、まあお城ということは、小さいながらも一城の主に匹敵する一寺の住職になったのだよと、善右衛門に云われたようなものだった。そう考えると、いいように使えという意味が分らないでもなかった。家の形をしているのだから居住性はあった。

播隆は善右衛門に向って合掌したまま頭を下げた。一寺の主となったと云われてもけっして嬉しくはなかった。そこに、私有物ができたことは定着を認められたことになり、その定着点を基点として、孰《いず》れかの方向、おそらくそれは笠ヶ岳への道を運命づけられたもののような気がした。椿宗和尚の意図が感じられた。

善右衛門が帰ると、播隆は籠堂を出て、洞窟の中に立った。以前はそこに限られた空間があり、たえず点滴する水の音が聞えたが、今は、空間はちぢまり、空間の岩壁に、彼が梯子を掛けて書いた南無阿弥陀仏の名号さえ、半分は籠堂の屋根にかくれて見えなかった。籠堂の屋根へ落ちる水の音はうつろな響きを持っていた。

或る日、本覚寺を訪れ、翌日本覚寺を出て、椿宗和尚に上人様と云われたときから、播隆の運命は思いもかけない方向に動いておりその速度はあまりにも速かった。

播隆は堂の中には入らず、堂を背にして、ひややかな岩盤の上に坐り、瞑目し合掌して名号をとなえ出した。彼の前に立って光をさえぎった者があった。

「上人様、私が笠ヶ岳の御案内をさせてもらうことになりましたんでな、ごあいさつに参らせてもらいました」

播隆は笹島村名主今見右衛門の顔をそのときはじめて見た。名主らしい風格というよりも、古武士らしい風格の男だった。風格に似合わず、ていねいなものごしと口のきき方が、かえって、その男のしんの強さを思わせた。

「笠ヶ岳はもう登れますか」

播隆は他人ごとのような口をきいた。

「いんにゃ、どういたしまして、日蔭にはまんだ雪が残っとります」

「すると――」

「はい、そろそろ道を開く準備にかからんならんもんじゃで、上人様にもぜひ途中までもと思いましてのう」

「椿宗和尚がそう云われるのですか」

「へい、そういわさったもんですから」

播隆は右衛門の顔を見た。播隆はまだ坐ったままだった。それほど急ぐ必要もないことをと考えていた。笠ヶ岳登山が嫌ではなかった。播隆はもともと山の子として育ったのだから山は好きだった。だが、播隆は上人様、上人様と村民にたてまつられるようになってから、一種の反発を感じはじめていた。椿宗和尚の仏業という車に乗せられてとんでもないところへ引張っていかれそうな気がしないでもなかった。それなら、椿宗和尚のもとを去って、従前のように托鉢僧として諸国遍歴に出ればいいのだが、高原郷にとどまっているのは、やはり播隆上人様と人にあがめられ、たてまつられていることの快さに引き摺られているのだと思った。それは一種の安易への妥協であった。いけないことだと思ったが、だからと云ってすべてをおし切って、ここを飛び出す気持はなかった。

「どうさっさりますかな」

右衛門がいった。

「では案内していただこうか」

播隆は立上った。いましばらく成行きにまかせようと思った。

岩井戸村から笹島までの二里半の道は高原川沿いのゆるやかな登り道だった。岩井戸村までは、高原川の西側に沿ってわずかばかりの田圃があったが、岩井戸村から上には田はなかった。川の西岸からすぐ山がそそりたっていた。それでも、川沿いの両側には部落が散在していて、部落を中心としてわずかながら畑があった。

笹島も高原川を見おろす十数戸しかない小さな村だった。村というよりも部落といったほうが当っていた。裕福な村には見えなかった。

笹島村勘二郎の家は村の中心にあり、庭に梅の古木があった。南天ほどの青い実がなっていた。川の音が聞えた。両手をひろげて高原川へ向って、坂をとびおりていけば、二十も数えないうちに河原へ行きつけそうなところにあった。背後はすぐ山だった。

「百四十年前の円空上人さまんときも、四十年前の南畝上人さまんときもここの村に集まって出発さっさったということでございましてな。そして、そのどっちのときも私の先祖のもんが案内さしてもらったそうじゃが」

右衛門はふところから油紙に包んだ地図を出して縁側の上にひろげた。笠ヶ岳への登山路が記されてあった。

「ここが笹島ですでな。このすぐ上の山へ出たところで西へ下って、笠谷へおり、笠谷沿いにどこまでも登っていって、尾根へ取りつきますんじゃぜな。そこからは真直ぐ北を目ざして、笠ヶ岳の頂上へ出る――どうやら、そんなふうに読み取れるが、どうしたもんやろかな」

地図を指す右衛門の人さしゆびの爪は丸くて大きかった。

「全長七里か」

「そうなんです。ちと難儀なことですわいな」

「頂上の下に岩窟と記されてあるが、人が入れる岩窟でしょうか」

「わざわざ書いてあるんやで、そのつもりで書いたもんにちがいあるまいと思いますがな」

ふたりはまた黙って地図を見た。笠谷沿いの道の上部になると、雪ありとか、残雪、割れ穴などと書いてあるところを見ると、笠谷の上部は年によって、かなりおそくまで雪渓が残っているように思われた。

翌朝早く播隆と右衛門と勘二郎は連れ立って、笹島村を出た。村の中央にある観音堂の前から柿の木の下の道を通って、杉の山にぶつかったところで道はなくなっていた。

「としより衆に聞いた話じゃと、なんでもこの辺を左へ入りこんでいったそうやったが」

勘二郎はひとりごとをいいながら、その辺をがさがさ探し廻って、杉林と竹藪との境あたりに、どうやら旧道を発見したらしく、ふたりのところへ戻って来ると、

「四十年も人が踏まんと、もう道じゃないな、えらい藪になっとりますぜな」

それでも、かつてそこに道があったことは、傾斜面をくずして、段階状になっているところから判断できた。

勘二郎は藪を切り開きながら、

「これは、えらいこってすぞ、ひと夏じゃあとても無理ではあるまいか」

「笠谷まで道を作りゃあ、あとは谷沿いの道じゃで、たいしたこともないやろが、それにしても、どえらいことじゃ」

右衛門がいった。山に入ってしまうと、高原川はもう見えなかった。残雪に、三人の草鞋がめりこんだ。進む方向がはっきりしないと勘二郎は、二人をそこに止めて置いて、偵察にでかけていった。右衛門が、私が案内致しますといったのは、道案内ではなくて、笠ヶ岳登山路開設いっさいについての責任をまかされたことの意思表示だったのだと、播隆はそのときになって解釈した。

「上人様、口では道を開くと簡単に云わさっても、その道を作る百姓らにゃあたいへんなこってございますでな。おぞい（ひどい）目にあうのはいつも百姓どもなんで、気の毒なこってすじゃ」

百姓が気の毒だということばが気になったから右衛門の顔を見ると、右衛門は、あたりまえじゃあないかと見返すような眼つきで、

「どっからか偉い上人様がお出でんさって、笠ヶ岳へ登らっさるというたびに村人がかり出される。一文にもならん山仕事を、ひとつきもふたつきもかけてやらんならん。そうすりゃあ村のためになるぞ、御利益があるぞといわさっても、御利益にあずかったためしはまんだ一ぺんもなかったんでな」

「御利益があったかないかどうして分ります、心の御利益は物では計ることはできぬものです」

播隆がいった。

「いや、私みたいに血の廻りの悪いものには、やっぱり眼に見えるなにかでないと御利益があったとは信じられませんのでな」

播隆は右衛門のいうことはほんとうだろうと思った。この附近の村人は笠ヶ岳への登山路を作ることを迷惑がっているに違いない。郡代大井帯刀と椿宗和尚に云われてやむなく動こうとしているのだと思った。

「上人様、この辺の百姓どもはなにを食べとるのやら、知ってござらっさるか？　稗《ひえ》と粟《あわ》なんじゃ。米を食べるのは病気のときか正月ぐらいのもんじゃ。山の木を僅かばかり切り倒して、それに火をつけて焼いて、そのあとに種子を播く焼畑《やきばた》農業をやってる百姓じゃで、ながの夏うちに幾日も道作りで日ィつぶすなんぞ、がまんならんこってすわいな」

先に行った勘二郎が引き返して来て、だいたい見当がついたといった。日蔭から日向の尾根に出てしばらく行くと、木の間がくれに笹谷が見えた。

その辺に芳香がただよっているので探すと、辛夷《こぶし》が群生していた。いっせいに咲き出した白い花が風にゆれていた。播隆は宝泉寺の庭の辛夷を思い、徳念を想った。

4

文政五年の夏が来ると郡代大井帯刀から高原郷一帯の名主に笠ヶ岳再興の道造りに人

を出すように命令が出た。各郷村の名主は本覚寺に集まって、椿宗和尚を中心として細部についての打合せを行った。

椿宗ははれやかな顔で主役を演じていた。

「今年いっぱいで造るつもりでやらないと、来年になっても出来ないぞ」

椿宗は名主たちをそんなふうに激励した。名主たちは、郡代の命令をどのようにうまく処理するかを考えていた。なるべく自分の村の夫役《ぶやく》割当てが少ないように願った。心では、笠ヶ岳に登る道を作るより、田畑作りに力を入れたほうがいいと思っているもののほうが多かったが、命令に反対すれば、かえって多くの夫役を割当てられないとも限らないので黙っていた。人数割という原則に対しては誰も反対はなかった。名主右衛門は三十人の人夫が三カ月かかれば道造りが終るだろうと基礎の数字を出した。三十人三カ月ということになると、延べ二千七百人ということになり、ほぼ高原郷に住む者の一戸当り二人の夫役に相当した。

「毎日人が入れ替ったら工事もやりにくいこっちゃろ。道造りの人夫は地元から出すことにして他村は日当を出すことにしたらどうかいな」

椿宗が案を出した。誰も反対するものはなかった。

道造りは始められた。

椿宗は播隆をつれてその道造りを見にいった。笹島村へ入ると、栗の花の甘いにおいがただよっていた。栗林を抜けたところで、三十人ほどの村民が道造りをやっていた。

「和尚さん、笠ヶ岳へ登る道を造って、坊様が登らっさると、粟や稗がぎょうさん取れるようになるんかいな」

一人の男が聞いた。

「そのような欲張ったことばかり考えていたのでは極楽へは行けないぞ。笠ヶ岳再興は、この村ばかりではなく邦中が豊かになり、万民ことごとく安らかな気持で眠れるように祈願するためのものだ」

「おらあ万民ことごとくでのうてもいい、うちの嬶《かかぁ》としんびょうに（静かに）寝とれたらそれでいいじゃ」

農民たちがどっと笑った。椿宗は、道造りの農民がけっして、この仕事を喜んでやっていないと見て取ると、直ぐそこの石の上に立って云った。

「みんなに笠ヶ岳再興の御利益について話を聞かせてやるぞ」

椿宗は演説には自信があった。半刻も説教を聞かせたら農民たちは一生懸命になって働くだろうと思った。

椿宗が石の上に立って説法をはじめると農民たちは地べたに坐ってその話を聞いた。聞きたくて聞くのではなく、骨休みができるから、聞いているのであった。

椿宗は自分の説法に自分で惚れこむような調子で、しゃべっていながら、遠くで鍬《くわ》を使う音を聞いていた。そこからは見えないが、道造りの一番先端で誰かがひとりだけ休まずに働いているらしかった。はじめのうちはそれほど気にならなかったが、そのうちその音が気になって来ると説法に乱れができた。農民たちも、やはりその鍬の音が気になるようだった。椿宗はいい加減のところで話を打切り、藪をくぐって、道造りの先端へ行って見た。播隆がひとりでせっせと鍬を使っていた。

播隆はその日から道造りの人夫の一員となって働いた。疲れると、農具を置いて、合掌して念仏を唱えた。お坊様には無理だからやめろと人が止めても、播隆は聞かなかった。播隆が工事に加わったことによって、道造りは意外に進捗《しんちょく》していった。だが、一年では無理だった。笠谷の途中まで道がつけられたところで初雪が来た。一度でも雪が降ると道が凍って工事はできなくなった。

文政六年に年がかわり、春になると、またその道造りが継続された。笠谷を登りつめたあたりから樹林が少なくなり、道造りは快調にすすめられていった。

道は笠ヶ岳のいただきの見える稜線までつけられた。そこから先は、ただ尾根道を歩けばよかった。

椿宗和尚は道造りと、笠ヶ岳再興とを別なものに考えていた。道造りに一応終止符を打ったところで、正式に笠ヶ岳再興登山を、播隆を先達としてさせたかった。椿宗はあくまでも事業僧であった。笠ヶ岳再興という儀式はおごそかになされなければならないと考えていた。

椿宗和尚はこの儀式に播隆と同行すべき地元の農民十八名を、彼自ら選んだほどの熱の入れ方だった。


文政六年八月五日早朝、播隆等一行十九名は笹島村の観音堂の前に勢揃いした。道造り工事に関係した、高原郷、笹島村、赤桶村、上平村、田頃家村、五家村、岩井戸村の名主たちもそこに集まっていて、それぞれ、自分たちの村から、選ばれて笠ヶ岳再興登山行事に代表として送られる人たちに激励のことばを投げ掛けていた。

「では行って参ります」

播隆は郡代大井帯刀の代理として参加した大野半兵衛に一礼してから、そこに参列している人達に向って合掌した。

播隆は錫杖を握って観音堂をあとにした。やぶウグイスが鳴いていた。

播隆は特別な服装はしていなかった。行脚《あんぎゃ》姿と根本的には違ってはいなかったが、足ごしらえだけは厳重だった。彼が負っている笈《おい》の中には、茶の衣と雨に濡れた場合の着替えの下着のほかにそば粉が油紙に包んで、ふだんより幾分か多く入っているだけであった。椿宗和尚は播隆のあとに従いて、村はずれの柿の木のところまで来たが、そこで播隆に声をかけた。笈の下にくくりつけた履きかえ用の草鞋がぶらつくのを注意したのである。

「やはり背負袋《ねこだ》のほうがいいのではなかろうかのう」

今見右衛門が云った。

「そうだ、その方がいい」

椿宗和尚がそれに同調したので、右衛門が声を上げて、そこまでついて来た村の者に上人様がお使いになる背負袋を持って来いといった。そして走り出した若い者に、

「毛皮のついたのでは埒《だち》かんぞ（駄目の意）。藁より蒲《がま》背負袋の方がえかろ」

とつけ加えた。

一行はそこでしばらく停止して、播隆上人の笈の中身が背負袋にすっかり移されるのを見てから歩き出した。

播隆は四十一歳という年を考えた。一行の最年長者であることを意識して、彼自身がいいと思うとおりの歩調で歩いていった。一行からおくれても、播隆の周囲には、初之助、与吉、五郎四郎の三人が常に護るように従いていてくれるから別に心配はなかった。今日の登山は道造りではなく、笠ヶ岳再興登山だと思うと、心がひきしまった。

笠谷までは藪を切り開いた道だったが、笠谷からは渓流にからまるように開かれた道だった。水に手がとどくほど近くなったと思うと、断崖をさけるために、大きく迂回す

ることもあった。この辺がもっとも困難をきわめた道造りだった。河原へおりることはなかった。笠谷は、鋭い刃物で切り込みを入れたような谷であって、川の中を遡行することはむずかしかった。播隆は、泡を吹き出している生々しい切り株を踏み越えながら、この山道を作るのにいかに村人たちが骨を折ったかを思い出していた。朝のうちは足がよく前に出た。

針葉樹林の暗い谷だったが、ときどきはっと驚くような濃い緑の森の中に入ると、なにか道を踏み違えたのではないかという気がした。笠ヶ岳再興登山という儀式にいささか昂奮している自分を嗤《わら》った。谷は全般に針葉樹林特有の樹脂《やに》のにおいが充満していたが、闊葉《かつよう》樹林帯に入ると、ひとつひとつの木の名が云えそうなくらいに、親しみのある木の芽のにおいがした。

足場が悪くて気骨が折れる山道だったから、足に気が取られて時間の経過は意外に速かった。日が高く昇ると汗が出た。笠谷を登りつめて、もうどこにも水らしいものが見えなくなってから、急な登りになった。播隆は更に一行から取残された。

モミの大木が生い繁っていて、その下を縫うように道がついていた。いままでは暗かったが、そこから上方に向うと次第次第に明るみが感じられるようになる。道が稜線に近づいたのである。道造りのために建てた仮小屋がそこにあった。

「上人様、いっぷくさせてもらえんかな」

初之助がそういって与吉と五郎四郎に、口にものをかきこむ合図をした。三人はモミの木の根方に腰をおろして、竹で作った合せめんぱを開いて粟飯を食べ始めた。

播隆は朝一食主義を長いこと通していた。それに馴れるとそう苦しいものではなかった。だが、山登りとなると、空腹がこたえて足に力が入らないことは自分でも分るような気がした。だが播隆は、一食主義の戒律は守ろうとした。実際にそういう戒律が守られている例は少なかったが、彼だけはそれを守っていたかった。

針葉樹林の背がだんだん低くなっていって、ときどきひねくれた枝ぶりをした五葉の松にぶっつかるようになった。

傾斜が急になって呼吸が切れた。明るさが急に増した。

突然、視界がひらけて、彼の前に這松《はいまつ》の広い傾斜地帯が見えた。這松の尽きたところが稜線だった。稜線を形成する岩が見えた。道はそこで終っていた。播隆は道造りのためにここまで来たことはあったが、それから先はまだ行ったことはなかった。

播隆は這松を除けながら稜線へ登っていった。這松の間に高山植物の群落があった。見たこともない美しい花が咲き乱れていた。播隆は、しばらく花に見とれていたが、眼を足元から稜線にいたるまでの広い這松の斜面にやった。這松の斜面は壁に見えた。壁の上辺が稜線で、その上が空であった。そこから笠ヶ岳の頂上は見えなかった。道らしい道はなかったが、どうしても這松の藪を渡らなければならないところへ来ると、鉈《なた》で枝が切り払ってあった。

稜線に近づいたとき播隆は稜線の向うになにがあるかをしきりに知りたいと思った。その気持が彼をいそがせた。稜線は岩石におおわれていた。稜線に出るという感じより、いただきに到着したという満足感の方が強かった。

播隆はそこに立って、眼前にひろがる、思いもよらぬ景観に声を放った。

足下の暗い渓谷をへだてて、幾つかの岳峰が並んでいた。どの山も山襞《やまひだ》に残雪を輝かせていた。彼がいま登ろうとしている笠ヶ岳より、数倍もけわしく奥深い山に見えた。

播隆は初之助に説明されるまで、足下の暗い谷が、高原川の上流の蒲田川であることも、谷をへだてて並んでいる岳峰群が、穂高という山であることも知らなかった。

その岩峰群の左端に他の岳峰とはいちじるしく違った尖峰が見えた。

播隆はそれこそ岩岡伴次郎がいった、未だに人が登ったことのない槍ヶ岳という山に間違いないと思った。

「あいつァ槍ヶ岳だ」

与吉が五郎四郎にそう教えてやっているのを聞きながら播隆は、槍ヶ岳の鋭峰に見入っていた。槍ヶ岳は群山を圧して高く、けわしく見えた。その黒い肌のどこにも雪をとどめてはいなかった。それは天を支える柱にも見え、天に突き出している鉾先《ほこさき》にも見えた。そこに見えるかぎりのどの山とも、彼の記憶にある如何なる山とも違って、神秘的な岩峰を持った山であった。とても登れそうにもなくけわしく見えていながら、登れないとあきらめきれないものを持っていた。美しい山という感じよりも、近づきがたいほど遠く高いところにある峰に見えた。

播隆は槍ヶ岳に向って合掌した。眼を閉じると風の音が聞えた。

そこまでは東に向って登って来たが、そこからは、北に向って稜線を登らねばならなかった。直角に方向をかえたとき播隆の心は笠ヶ岳の絶頂と正対していた。

その尾根は右側（東側）に断崖を控えていたが、左側（西側）は這松におおわれていた。岩稜と呼ぶにしては植物に恵まれ過ぎているし、ただの尾根と呼ぶにしてはあまりにも岩石が多く荒涼としていた。高山植物の群落に踏みこむと、その芳香でめまいがしそうだった。すべて未知の花であった。少年のころ立山に登ったときその途中にあったという記憶はなかった。なぜ、このような美しい花が、山のいただき近くに咲いているのかも解《げ》せないことであった。西の地表線が重たげに赤い太陽を支えていた。煙霧とも雲海ともつかない気体の上に太陽が浮んでいた。

先行した者たちは既に頂上にあった。彼等の話し声が、風の加減で意外なほど近くに聞えることがあったが、そこまでの距離は一里にも二里にも遠くに思われた。呼吸が苦しかった。足が出ないのはあきらかに疲労と、疲労を補うべき食物が胃の腑にないからであった。

「上人様、うしろから押してしんぜよか」

初之助がいった。与吉と五郎四郎が、綱で播隆を引張りあげようと相談していた。綱の用意はあった。

「いや自分でなんとかやって見るわい」

播隆は、ここまで来て、他人の厄介にはなりたくなかった。人手を借りて登ったのでは登ったことにはならないのだと思った。

稜線の右手をのぞくと垂直にも見えるような岩壁がつらなっていた。足を踏みはずしたら、そのまま、地獄へ行けそうな怖いところだった。稜線には風が吹走《すいそう》していた。歩行の邪魔になる風ではなかったが、切れ目がなくつめたい風だった。

頭上を鷹が翔遊《しょうゆう》していた。羽ばたく鷹の翼に夕陽が当って金色に光って見えた。頂上に近くなって、いよいよもう足が出そうにもないと分ると播隆は這った。頂上から数人の者がおりて来て、播隆に肩をかそうとしたが、彼はそれを頑強にこばんだ。

耳のすぐ近くで鷹の羽ばたきを聞いたので上を見ると、にわかに出て来た霧からのがれるように鷹が下界に向って飛び去っていくところだった。

頂上に手が届きそうなところまで来ると、そこにはもう植物はなかった。岩が重なり合った、風だけが通る絶巓《ぜってん》だった。なだらかな、かなりの広さを持った頂上だった。明らかに人の手によって、石が積み上げられた形跡があった。円空、南裔が登山したときに、それを作ったものと思われた。播隆は背負袋をおろして、茶の衣を出すと、それを着た。僧として許されている香衣《こうえ》をつけたのである。

播隆は笠ヶ岳頂上に立った。

頂上に立ったとき、それまで、彼の背後で、彼に鞭を当てていた椿宗和尚の姿が消えていた。播隆はこれまで借金をした経験はなかったが、おそらく、借金を返済した気持はこんな気持だろうと思った。本覚寺を訪れて以来三年間、笠ヶ岳再興に全身を傾倒した者は椿宗和尚であり、椿宗和尚の口説のままに動いたのは播隆であった。

いままではそうであったと播隆は考え、そこではっきりと、椿宗和尚との間に一線を画したい気持が、心の底から湧いて来た。感悦に似たものが波状的に彼を襲って来ることも意外であった。

播隆は西方に沈もうとしている太陽に眼をやってから、東に視線を延ばしていった。蒲田川の渓谷から湧き昇って来た霧が視野の右半分をさえぎっていたが、左半分はよく見えた。そこには、笠ヶ岳よりはるかにけわしく、高く、そして威厳に満ちた岳峰が並んでいた。穂高連峰と笠ヶ岳の間に介在する蒲田川の渓谷の上に雲海がひろがり、もしその雲の上を歩くことができたならば、そこから岳峰群までは、一刻とはかからない距離に思われた。

笠ヶ岳の頂上で見た槍ヶ岳は見事であった。槍ヶ岳の穂先に夕陽が当ると穂先全体が柿色に染まって見えた。槍の穂先が燃え出したようにも見えた。

背後で、その美しさについて、きれいだ、きれいだと騒ぐ声がした。その声の中に混じってただ一声、なんだ、ただの夕焼じゃあないか、なんであれがきれいなんじゃと低くつぶやく声がした。播隆にはその声だけが異様につめたく耳の底に残った。

蒲田川の峡谷のあっちこっちに雑然とばらまかれたようにあった雲海が背伸びして来て槍ヶ岳をかくすと、もう谷をへだてた岳峰群はひとつも見えなくなった。

播隆は槍ヶ岳のあった方に向って、そのまま身体を沈めていって、岩の上に、自然な形で坐ると、合掌し、名号を唱え始めた。いかなるときでも、その六字の名号を唱えていると彼の気持は落ちついた。いま彼は、いささか気持に動揺が生じていることを感じていた。笠ヶ岳に立ったという感懐に酔っているのではなく、あの、時々、なんの予告もなしに、彼を襲って来る、死の誘惑にも似た、はげしい自己嫌悪が彼の全身を包みこもうとした。

それは珍らしいことではなかった。彼が感激や喜びに浸った直後に、まるでその反作用のように、その感情の数倍の強さで、彼を襲う心の影であった。そんなとき播隆は、きっとおはまの死と対決させられた。生涯、彼にまつわりついて離れそうもない罪業が、なににあれ、彼がいささかでも、愉悦を感じようとしたときには、彼にその償いを要求するのであった。いま播隆は笠ヶ岳の絶巓に立った。その彼の喜びの半面の暗さが彼の犯した罪に投射されたのであった。

播隆は霧に向って六字の名号を唱えながら、若しおはまが、いかなる形において存在するにしても、今、播隆が彼女のために祈りを捧げていることだけを見て取って貰いたいと思った。

風が岩稜の間を吹き通っていく音が、名号を唱える播隆の耳元をかすめていった。絶頂であるから音の反響はなく、その音の発生した状態と同じように、非情に思われるほど純粋な摩擦音だった。

播隆はその風の音の中に、槍を振る音を思い出した。富山八尾の一揆のとき、彼が足軽の槍を奪い取って暴れ廻ったとき、ふと耳にした槍の音を、時間を超越して、思い出したのであった。槍をはね上げたときに出た音か、それとも、突き出すときに出た音か、はっきり覚えてはいなかったが、確かにそのぴゅんと短くはねたような音は、あの時、彼が持っていた槍が発した音に違いなかった。

播隆はそこに槍を持っている自分を感じた。おはまの背後から逃げ出す鉄砲足軽に、その槍を突き出す瞬間にいる自分を感じた。

そこでおはまは槍に向って身体をぶっつけて来たのだ。いや、おはまをその槍が突いたのだ。

播隆は声を上げた。せいいっぱいの声を上げて、その時の彼の罪業の回顧から逃れようとした。

ばたっとなにか倒れるような音がした。それも風の音で、突風が吹き起って岩を叩いた音だった。その音と同時に、播隆の眼の前で異様なことが起り始めた。

そこにうごめき、かたまり合っていた霧の中に、ひどく能動的な渦流が起り、その霧の渦流に押し出されるようなかたちで、はっきりと一個の物体が出現し始めたのであった。背後で人の叫びを聞いた。初之助、与吉、五郎四郎の三人のうち、ひとりが叫んだのか複数の叫び声か分らなかったが、背後の人の叫び声を聞いたとき、播隆は、前に浮んだものは虚像でなく実体だと思った。

実体は、速い速度で霧の中をせまって来るように思われるほど急激に、その輪廓を明瞭にした。人の影であった。やや身体を斜めにした姿であった。人の姿が浮ぶと同時に急に周囲が明るくなった。七色の虹の光輪が霧の中の人の像をその輝かしい光の中におさめた。

おはまだと播隆は思った。おはまの最期の姿が雲の中に再現されたのではなく、おはまが最期の姿のままでそこに現われたのだと思った。

おはまは生きているように見えた。その証拠におはまの実体は輝かしい光輪のなかにたえず動いていた。彼の突き出す槍に向って倒れかかろうとしている姿勢だった。おはまの右肩のあたりが持ち上がって見えるのは、彼女の身体が左傾したからであった。おはまの豊かな頰の線がはっきりしていた。七色の虹の光輪の輝きが一段と鮮かになると、おはまの姿もより以上に形態をととのえていった。

おはまがなにか云おうとした。

云え、おはま、なんでもいいから云ってくれ——そう願う播隆にそむくように、おはまは、力なく首を垂れた。死んではいけないと播隆が叫ぼうとしているうちに、おはまはがっくりと前に倒れた。播隆がつき出した槍の穂を抱くように倒れかかった、あのときと同じであった。

播隆は一段と声を張り上げて名号を唱えた。おはまとの対面を持続する方法はそれしかなかった。光を失せはじめていた光輪は播隆の名号に答えるかの如く再び明るさを増したけれど、一度崩れかかったおはまの姿勢を元どおりにすることはできなかった。七色の虹の光輪は急激に色あせていって、その中のおはまは一塊の陰影になり、風に乗ったような速さで遠のいていった。そのあとにただ白い霧の壁だけが残った。

播隆の名号を唱える声は、異常に高調していた。絶叫に似ていた。やがて播隆は笠ヶ岳頂上に血を吐いて死ぬのではないかとも思われた。

霧の壁が次第に薄れていくと、谷をへだてた向うに、岳峰群が見え始めた。槍ヶ岳がおはまの消えた方向に浮んでいた。虹の光輪に乗って、おはまは槍ヶ岳の方に去ったのだと播隆は思った。

「上人様、私は如来様の御来迎をこの眼でしっかと拝ませてもらいました」

初之助が播隆のところへいざり寄って来ていった。

「おれもじゃ、阿弥陀様が七色の雲に乗らさってお出ンされた尊いお姿を拝んだぜな」

与吉がいった。

「如来様はおれに微笑みかけてくれさった。五郎四郎よ、一生懸命働かっしゃい、御利益はきっと与えられるでのう——如来様のお声がおれにはそう聞えたんじゃ」

五郎四郎がいった。

おれも見たぞ、おれも如来様のお姿を拝ましてもらったぞ、と、頂上にいる村人たちは口々に、彼等が拝んだものについて話した。それぞれの観かたが少しずつ違っていたが、雲の中に如来の実体を見たことと、必ず御利益があるに違いないということだけは彼等に共通したものであった。

「お前たちも、一緒になって、南無阿弥陀仏の名号を唱えてくれ、もう一度如来様にお会いしたい」

播隆はおはまにもう一度会いたいと思った。この機会を失ったら二度と再びおはまに会うことはできないだろうと思った。おはまがなにか云おうとしていた。その声を播隆は聞きたかった。その声によって救われるのだと播隆は確信していた。おはまが「許す」とひとこと云ってくれたならば救われるのだ、苦悩から放免されるのだ。

播隆は名号を叫びつづけた。十八名の村人たちも一生懸命だった。だが奇蹟は二度と起らなかった。

一行は頂上から稜線におり、稜線をさらに下ったところの岩窟《いわあな》で野宿した。村民たちが取って来た這松が岩窟の前で音を立てて燃えた。

「上人様、わしひとりだけが如来様を拝ましてもらえンちゅうのはわしだけに御利益がないということやろか」

利吉が播隆のそばへ来ていった。播隆はその声に聞き覚えがあった。笠ヶ岳の頂上で、人々が夕陽に輝く槍ヶ岳を美しいといっていたとき、なんだただの夕焼じゃあないかと云った男の声だった。利吉はその異常現象が起きた瞬間岩かげに入っていねむりをしていた。誰も起してやらなかったから、その機会に遇えなかったのである。

「如来様はお姿を拝んでも拝まなくても、御利益はまんべんなく与えて下さるものだ」

そう云いながら播隆は、眼に見えるような御利益がないかぎり百姓どもは心からの奉仕はしないだろう——名主右衛門がいったことばを思い出した。

御利益とはこれだろうか。虹の光輪を背負った如来を見たことが右衛門がいうところの御利益だろうか。

夜が更けるまで村民たちは火を焚いた。彼等は昂奮しながら、繰り返し繰り返し、如来様を拝んだことを話し合っていた。

「如来様はきっと一雨降らしてくれっさるに違いないぞ、なんせ二十日あまりも雨が降らん。このままじゃと作物が枯れてしもうでな、ここ二、三日のうちにどっさりこと降ってくれたら、今年は豊作じゃさ」

そんな事を云っている者がいた。

そろそろ寝ようかというころになって、それまで黙りこんでいた利吉が、

「おい、みんなども聞いてくれんか」

叫ぶような声でいうと、なにかひどく悪いことでもしたように、みんなの前に頭を垂れた。

「おれだけが如来様の御来迎に遇えんかったのは、もともとおれの根性が悪いでや。おれはちょいちょいほかの衆が仕掛けた置き鉤にかかった岩魚《いわな》を横取りしとった。これからは悪いことはできんわい。かんにんしておくれンか」

利吉はそういって声を上げて泣き出したのである。異様な空気が岩窟を包んだ。利吉をなぐさめる者はいなかった。当りまえだという顔でいる者が多かった。悪いことをし

た者に、如来様が御利益を与えるはずがねえではねえかと大きな声でいう者もいた。

「非を改めればそれでいい。この次は、きっとお前も如来様を拝むことができるだろう」

播隆はそういって利吉をなぐさめてやった。利吉の泣くのを見ていると播隆も泣きたかった。彼等が考えているように、如来様を呼び寄せたのではなかった。おはまのほうから現われて来たのだ。おはまがなにか云おうとして、云わずに消えたのは、あまりに人数の多いのに驚いたのかも知れない。播隆の頭の中はかなり混乱していた。見たものをおはまと結びつけるだけがせいいっぱいでそれ以上のことは考えられなかった。眼をつぶると、あの美しい虹の輪におさまったおはまの表情まで見えた。

播隆は明日を期待した。明日もまたおはまに会えるかも知れないと思った。岩稜を吹き越えていく風の音がよく聞えた。

5

翌朝は深い霧だった。頂上にしばらくいると、びっしょり濡れてしまうほどの濃い霧で風も強かった。一行は下山に取りかかった。

兵吉、千太郎、和助の三人が、播隆を護って下山した。

播隆には登りより、下りの方がつらかった。膝ががくがくした。足のつま先を切り株にぶっつけたり、岩に蹴つまずいたりした。稜線から森林の中の道へ入り、やがて下のほうに渓流の音が聞えるようになると、周囲は夜のように暗くなった。道は笠谷の峡谷に入ったのである。激しい雨になった。風も出た。合羽はあまり役に立たなかった。吹き上げて来る風で前が濡れた。冷雨と強風が播隆の体温を奪っていった。気が遠くなりそうになると、なにかにつまずいて気がついた。手足の感覚が失いかけていくのが自分でもよく分った。

兵吉と千太郎と和助の三人が相談して、火を焚くことにした。三人が山へ入って、枯木をあつめている間、播隆は雨と風に打たれながら立っていた。笠谷の峡谷の底を流れる水音が聞えた。

焚火に当ると播隆の顔にようやく血の気が通った。生木が火に当るとぶつぶつ音を立てながら泡を吹いた。身体が温まると眠くなった。

「やっぱり食べてござらんでいかんのじゃ」

兵吉は粟餅を焼いて播隆にすすめたが、播隆は頑強にことわった。戒律は破りたくなかった。

千太郎は灰の中からかき出した焼石を、木の枝を折った箸でつまんで、彼の背負袋の中にあった竹製の合せめんぱの中に投げこんで、手拭でしっかりしばって、

「上人様、さあこの焼石を腹に抱かっさるがいい、元気がでますでな」

播隆は三人に感謝した。腹に抱いた焼石はやや重くて、ずり落ちそうで邪魔だったが

暖かかった。そこから全身に向って、暖かみが伝わっていった。

播隆は夢の中を歩いている気持だった。笠ヶ岳再興がなったばかりでなく、おはまに会うこともできたのであった。感激を超越した気持だった。自分の存在すら疑いたくなるような気持だった。

彼は無意識に歩いていた。周囲に心は配らずに心の世界を歩いていた。木の根につまずいて、はっと気がつくと、まわりを見廻し、道造りのとき、この辺で、笹島村の藤助が足に大けがをしたことなどを思い出した。

播隆の足は遅く、他の人たちにはついていけなかったが、いそぐ気持はなかった。にわか雨で増水した川が、とても渡れそうもないと、彼は川に向って合掌したまま立ちつくしていた。合掌して名号を称えると、彼はいくらか自分を取戻した。こんな山の中で雨に濡れたまま夜を迎えると、自分ひとりだけではなく、四人とも凍え死ぬようなことになるかも知れないと思った。増水した川の中へ兵吉が綱を持って入っていって向う岸に渡った。綱が張られた。

播隆は、和助と千太郎に前後を支えられ綱をたよりにして濁流を渡った。

あたりの暗さから夜の近いことはわかっていたが、提灯の用意がなかった。

「野宿になるんやろか」

和助が云った。だが、野宿するにも、岩窟もないし、木の洞穴もなかった。

杉の林の中に入ってから日は暮れた。四人は一歩も動けなくなった。

村人たちの声がして、間もなく提灯の火が見えた。しかし播隆は別にうれしそうな顔はしなかった。彼はまだ、あの絶巓で見たもののことを考えつづけていた。

村はずれの柿の木の下に名主の今見右衛門が出迎えていた。

「ごくろう様でございましたのう。ありがとうさんでした」

右衛門はそういって播隆の前に頭をさげた。なにがありがたいのか、播隆には分らなかったし、彼を迎える村の人達の顔つきもいままでと違っているのが気になった。

播隆は笹島村の勘二郎の家で濡れたものを脱いだ。風呂までちゃんと沸かしてあった。着替えの下着も揃えてあった。

「この村ばっかじゃないぜ、この附近の者はみんな上人様のおかげじゃと大喜びしとりますんでな」

勘二郎が軒下から手を外に出して、降りしきる雨を掌に受けながら云った。そう云われて播隆は笠ヶ岳へ登るとき、雨乞いの祈禱を頼まれたことを思い出した。播隆は、なんとも答えようがなかった。この雨はおれが降らせたのではない、自然現象と笠ヶ岳登山とがたまたま一致したのだと云えば云えたのだが、そう云って村人たちの喜びを無にすることも芸のないことだった。

「初之助と与吉と五郎四郎の三人が上人様と一緒に如来様の御来迎を拝ませてもらった

そうじゃが、ありがたいことに、初之助の家には今朝方牝牛の仔が二頭生れてよ、与吉の家じゃあ、ついきのう縁談がまとまったし、そして、五郎四郎の嬶《かか》さは、今朝方、桑摘みに行ってかつくし（切り株）を踏んだが不思議なことに踏み抜かずに、かすり傷ぐれいで済んだそうや、村中そういう話でたいへんじゃぜ」

勘二郎はそういうと、ありがたいことだ、ありがたいことだと、播隆に向って手を合わせた。

播隆は囲炉裏《いろり》端に浮かぬ顔をして坐っていた。すべてが偶然だ。なにも御利益でなんかないぞと云ってやりたかったが云えなかった。

右衛門が、おそるおそる播隆に、村の観音堂に籠って、今年の豊作を祈念してくれないかと頼んだ。

その夜から播隆は観音堂に籠って念仏を唱えた。ひとりになれたことだけでうれしかった。瞑想の中で、笠ヶ岳の頂上で見かけた、おはまの姿について吟味を重ねた。なぜおはまが、あそこに現われたのだろうか、おはまは死んだのだが、たしかに別な形でおはまが彼に話しかけようとしたのはなぜであったろうか。そしてなぜおはまは突然消えたのだろうか。

そして彼は別な考え方もした。あれは錯覚なのだ。あのとき西側に太陽があり、東側に霧の壁があった。七色の虹の輪が虹の一種だと仮定したら——虹のでるときには必ず、虹と反対方向に太陽があるという自然の法則に合っている。七色の光輪が虹だとして、それではその中心に現われた人影はなんであろうか、自分たちの影が霧に映ったとはどうしても考えられなかった。虹にしても、完全円形の虹など今までついぞ見たことはないし、そういう虹があるということは聞いたこともなかった。村人たちはあれを如来の来迎だと喜んでいる。過去においても、高い山で如来の来迎を拝んだという例は数多く聞いている。しかし播隆はあの現象を一般的な如来の来迎現象としてどうしても片づけられなかった。

見たのだ——おはまの姿をそこに見たのだ。その事実の前には他の考え方はすべて薄れていった。

三日三晩の念仏の結果、得たものはなかった。しいてあったとすれば、それはあの現象に逢うように努力さえすればそのうちきっとまた再会できるだろうということだった。

観音堂を出ると日がまぶしかった。

観音堂の前に近村の者がやって来ていた。一目、徳高き播隆上人を拝みたいというものばかりであった。

干天に慈雨をもたらし、如来の来迎を拝んだ初之助の家に牝牛を生ませ、与吉に縁談がまとまり、五郎四郎の嬶の足にかつくしが通らなかったという奇蹟を見せた上人様はここにお出でなさるぞと、笹島村の者たちは自慢げに吹聴した。

笠ヶ岳に随行した百姓十八人のうち、利吉ひとりが御利益にあずからなかったということも、尾鰭《おひれ》がついて伝わっていった。

播隆は村人に引き止められるままに笹島村にとどまっていた。ぜひ笠ヶ岳へ上人様とともに登りたいと名主右衛門を通じて申し出る者もいたが、そうなると右衛門はなんとなく勿体をつけて、お前たちがいきたいというたびに、上人様にお山へ登っていただくわけにはいかぬわい、まず自分の足で登って見るがいいと云った。

笠ヶ岳へ登る者が後を絶たなかった。笹島村は登山基地として、それまでにない賑《にぎわ》いを見せた。人が集まると、金が村へ落ちた。

播隆は九月になってから本覚寺へ帰った。椿宗和尚は不在で播隆あての置手紙があった。

「笠ヶ岳登山に成功したばかりでなく、如来の来迎という奇蹟に会ったことはつぶさに聞いた。これからは一日もはやく、笠ヶ岳の頂上に仏像を安置し、更に登山路を整備して、国中の人々をこの山へ集めるようにしたい。拙僧はひと足先に、笠ヶ岳再興大勧進にでかけるから、貴僧はしばらく本覚寺に残って、後のことをちゃんと始末して置くように」

播隆はその手紙を読んで別に驚かなかった。当然だと思った。椿宗和尚が勇躍して本覚寺を出て行った様子が眼に見えるようだった。椿宗和尚があの才槌頭を振りながら、あっちこっち勧進して歩く姿を思い浮べるとなんとなくほほえましくもあった。椿宗和尚の行動を以前ほど批判的に見ていない自分に気がついて、播隆は苦笑した。

笠ヶ岳再興の大勧進を行って、道路が更に完備することは頂上への距離をつめたことになり、頂上に仏像を安置することもまた意義のあることに考えられた。播隆はそのことに何等反対する理由はなかった。道が完備され、何回か頂上を訪れるうちに、再びおはまに会うことができるかも知れないと思った。

十月の末になって、本覚寺へ初之助がひとりでやって来た。ひどく神妙な顔をしていて、なかなかものを云わないけれど、云いたいことがあって来たことは確かだった。

「云いたいことがあればいうがいい、云えば気が晴れるものだ」

その播隆のことばに誘い出されるように初之助は話し出した。

「笠ヶ岳の頂上で上人様と一緒に拝んだ、如来様のことじゃが、私にはあの雲の中に見たものは如来様ではのうて死んだおっかあの顔に見えたんじゃぜ。そういうふうに見たおれにそのうち罰が当るようなことはなかろうかの」

初之助はそのことを考えると夜も眠れないのだといった。

「初之助、お前はかねがね母に会いたい会いたいと思っていたであろう。だから如来様は、お前の願いをかなえるために、お前の母の姿に形をかえられて現われたのだ。人それぞれの心によって如来様のお姿はいろいろに見えるのであろう。罰が当ることなんかないから安心するがいい」

播隆は初之助を帰してから、何気なしに初之助に与えた回答が、そっくり自分自身への回答ではないかと思った。人それぞれの心によって如来の姿はいろいろに見える――播隆は初之助にお礼がいいたかった。

本覚寺にいる播隆のところに訪問客がつぎからつぎとやって来た。

「今年の大豊作はすべて上人様の念願力なんじゃで……」

などと、むしろ皮肉に聞えるようなお世辞を云う者もあった。農閑期になったら、法話を聞かせてくれという話もあった。播隆は椿宗和尚が帰って来るまでは約束できないと断わった。笠ヶ岳で如来の来迎を見たときの模様を聞きに来る者が意外に多かった。播隆は当時のことを文章に綴る決心をした。

播隆が本覚寺に滞在中に綴った「迦多賀嶽（笠ヶ岳）再興記」はかなり長文のものであった。まず元禄年間に笠ヶ岳に初登頂した円空上人のことから書き出し、笠ヶ岳登山路の造成及び笠ヶ岳再興の登山に参加した人の名前まで書いてある。特に御来迎の描写は詳細をきわめている。

「……絶頂峨々見エケレバ、勇ミ進テ上リ着者三人、拙老（播隆のこと）ヲ相待ツ処ニ、漸ク半時斗《バカ》リ後《オク》レテ上リ着ク、時ハ七ツ過ギ（現在の午後四時頃）、日光ハ西海ノ雲ニ隠レ玉フ、山ハ浮雲ニ包マレテ西方共ニ弁ヘ難シ、一心念仏ノ中、不思議ナル哉、阿弥陀仏雲中ヨリ出現シ玉フ事三度也、未曾有ノ思ヒ悉ク、尊形ノ間纔《ワキマ》ニ三間斗リ、尊容ハ丈六ト拝シヌ、大円光ノ中ノ廻リハ白光色、次ノ輪ハ赤光色、外輪《ワツカ》ハ一面ニ紫光色ナリ、円ナルコト大車輪ノ如シ、雲上ニ照リ輝カセ玉フ、金体ヲ拝シ奉リ、有リ難キ思ヒ言語ニ尽シ難シ……」

6

文政七年に年が改まってから播隆は旅に出た。椿宗和尚が布石しておいた笠ヶ岳再興大勧進のあと始末をつけるためであった。

「胸を張って歩くがいい。もはや貴僧は一介の乞食坊主ではない」

本覚寺を出るとき椿宗和尚が云ったように、播隆は行く先々で、暖かく迎えられた。どの寺へ寄っても、笠ヶ岳を再興した彼のことを知っていた。頂上で同行十八人とともに如来に会ったという話も事実以上に飾り立てられて流布されていた。

高山の宗猷寺に立寄ったときは盛大な歓迎を受けた。天明年間に宗猷寺の南裔上人が登った笠ヶ岳が播隆によって再興されたことは、間接的に宗猷寺の名を挙げることでもあった。椿宗和尚は宗猷寺にとどまって、高山一帯にわたって笠ヶ岳再興大勧進の運動を起した。町々、村々の寺が基点となった。宗派を超越した浄財応募運動ではあったが、臨済宗系統と浄土宗系統の寺の多くが椿宗和尚に協賛した。椿宗が臨済宗本覚寺の住職であり、播隆の僧籍が浄土宗の山城国一念寺にあったからである。

椿宗和尚の盛大な前宣伝の後に現われた播隆は、いかにも笠ヶ岳再興にふさわしい僧に見えた。本来無口であるが、話し出すと淡々と人をそらさぬ話術も相手に好感を持って迎えられた。なによりも、他の僧侶たちが播隆に心を許したのは、播隆が僧としては下位に属する念仏修行僧であることだった。播隆は平常は黒衣を着ていた。正式な席上に出るときには、茶の衣を着た。茶の衣が彼の僧として許されている階級標識であった。上級の僧は色衣《しきえ》（緋《ひ》の衣と紫衣《しい》）を着ることを許され、一般僧の着る香衣《こうえ》（緑衣、白衣、茶衣）の色は僧の好みによった。

気の毒に四十二歳にもなってまだ一寺も持たず弟子も持たず諸国を行脚して歩く修行僧よ、という憐憫《れんびん》の情が、逆に播隆を支えることにもなった。

播隆の茶の衣は色あせていた。ほころびを繕《つくろ》ったあともあった。安逸に生きている寺僧に取ってはそのような実践のにおいのただよう衣を着た僧と接近しておくこともまた、彼等の名誉心を満足させる一助であった。

播隆上人は笠ヶ岳を再興した僧である——そのことはかくすことなき事実であり、業績であった。播隆が茶の衣以上にはけっしてなれる見込みのない僧であっても、実績においては紫衣を着る僧であり、緋の衣をまとう僧に匹敵した。

名刹と云われる寺の和尚は好んで播隆を呼んだ。播隆がその寺へ行くと檀家の者が集まって来て彼の法話を聞きたがった。笠ヶ岳に現われた如来の来迎の話を求めた。町人も百姓も武士階級もそれまでの仏教に飽きたらずにいたところに突如現われた播隆に興味を持った。

一日一回しか食事を摂《と》らず、ひまさえあれば念仏を唱えている、いかり肩の角ばった顔の僧が彼等にはほんとうに偉い僧に見えたのである。

播隆は同じところにそう長くはとどまらなかった。彼にとっては、人にもてはやされることは決して嬉しいことではなかった。それだけのことはしていないのに、そうされることは危険なことに思われた。

両側に白い山がせまっている飛騨の街道の雪の中に錫杖を立てて、ときどき、急転した彼自身のことを思うことがあった。乞食坊主の恰好をしていても、前のように乞食坊主という悪罵をあびせかけられることもなかった。ときによると、彼の行く先まで案内がつくことさえあった。そうすることが安逸に通ずることだとよく分っていても、それから逃れることはできなかった。下呂は湯の出る町であり、大きな寺もあったが、彼はわざとはずして、益田川の流れの音が聞える、藁小屋で一夜を過したことがあった。雪に残した足跡を百姓が発見して、黙って泊るとはけしからぬ、もし火の不始末でもしたらどうするのだと咎《とが》めた。播隆は丁寧に謝ったが、百姓は彼を許さず、村役人のところへつき出した。やむなく播隆は一念寺から貰って来ている往来一札を出して身分を明らかにした。

「おお御坊は笠ヶ岳を再興された播隆上人様」

村役人は、かえって百姓を叱りつけた。

播隆の名はそこまで知れ渡っていたのである。播隆にはそういうことが異常に感じられた。きわめて脆弱《ぜいじゃく》な根拠から出発した大きな間違いがいま起りつつあるのではないかというふうにも思われた。

播隆の名を聞いて集まって来た人たちが、ひとことでもいいからなにかを聞き出そうとしている飢えた眼を見ると、播隆はそこに宗教の不在を見せつけられたような気がした。彼等がなにかを求めていることは明らかであった。だが播隆は彼等に与えられるそう多くのものを持ってはいなかった。彼は、もう何度したか分らない、見仏和尚からの受け売りの法話を、訥々《とつとつ》と話した。しかし彼等は、インドの古い説話よりも笠ヶ岳御来迎の話のほうをより好んで聞いた。

播隆は笠ヶ岳の道造りや登山の話をそのとおりに話した。苦しかったとか、つらかったというような表現を使わず、折角造った道が翌年の春行って見ると雪崩で流されていたとか、笠ヶ岳に登るには、朝暗いうちに笹島村を発って、どんな経路を通って頂上に達したかを話した。

「私は念仏行者ですから、諸国を念仏しながら歩きました。岩窟にこもることもありましたが、今度の笠ヶ岳再興で私は山へ登ることが瞑想に(精神統一に)近づくことのできる、もっとも容易な道のように思われました。山の頂に向って汗を流しながら一歩一歩を踏みしめていくときには、ただ山へ登ること以外は考えなくなります。心が澄み切って参ります。登山と禅定《ぜんじょう》とは同じようなものです。それは高い山へ登って見れば自然に分って来ることです。なにかしら、自分というものが山の気の中に解けこんでいって、自分がなんであるか、人間がなんであるか、なぜ人間は死なねばならぬか、そういうむずかしい問題さえ、自然に山の気が教えてくれるようにさえ思われて来るのです。そのような境地は登山によって身を苦しめて得られるのではありません、登山はけっして苦行ではなく、それは悟りへの道程だと思います」

播隆は登山と宗教についてそんなふうに語ったあとで、如来の来迎については一段と声を高めて語った。

「私はこの眼で如来の御来迎を見ました。私のほかに十八名の若者たちが拝みました。如利吉ひとりだけが拝みませんでした。そのときは彼は居眠りをしていたからでした。如来はいまにもなにか話しかけようとしていました。唇が動くのを私ははっきり見ました。

如来の眼が私を見詰めているのをはっきり感じました。だが如来は結局、私にはなにも云わず、七色の虹の環に乗って遠くへ去っていきました。美しい虹の環でございました。それはそれはこの世のものとも思えぬばかりに美しい虹の環の籠に乗って如来は現われ、そして去っていったのでございます」

播隆の眼に涙が浮んだ。如来が如来がと口ではいいながら、彼は虹の籠に乗ったおはまのことを思い出していたのである。笠ヶ岳の頂上で会ったおはまに対する追憶と慕情が彼の眼に涙をためさせたのであった。

播隆の話には真実味があった。如来は実在するという播隆の話は聴衆を魅了した。

7

播隆が美濃太田についたときは寒い盛りを過ぎていた。

祐泉寺の海音和尚が播隆を待ち受けていた。

「偉いことをやったのう、椿宗和尚が見て来たようにしゃべっておった。笠ヶ岳再興大勧進の方はまずまず順調に進んでいるから安心するがいい。なに、貴僧はこの寺に、でんと坐って、念仏を称えておれば、善男、善女が、どうぞ、これを笠ヶ岳再興のために御用立て下さいと、いくらでも浄財を持って来るだろう」

海音和尚は、身体を動かすのにも呼吸が切れそうな巨体をゆすぶって笑った。

「ところで、貴僧を待っている者がおるが早速会って貰いたい。もう二、三日遅れたら山城国へ帰ってしまうところだった。間に合ってよかった」

「さて私を待っている者というと……」

人に待たれるような身分ではなかった。待っていそうな人も思い浮ばなかった。

「貴僧もよく御存知の山城国更田屋弥三郎さんだ」

「弥三郎さんが――」

弥三郎と聞くと播隆はすぐ若いころ見た廻り舞台を想い出した。弥三郎が廻り舞台の上に坐っていかにも町人らしい挨拶をしている姿を想像した。舞台が廻ってそこになにが出るかわからないが、弥三郎が現われた以上舞台は廻るように思われてならなかった。

彼は弥三郎に会うことを心では決して喜んではいなかった。それなのに海音和尚が弥三郎が来ているといったときはいやな奴がとは思わなかった。旧知に対するなつかしさであろうか。それともなにか別に期待するものがあるのであろうか、播隆は心の隅にうごめいている生き物を感じた。

播隆は海音和尚のあとに従いて寺を出ると、中仙道を三丁ほども西に行ったところを左に折れて、木曾川の方へおりていった。川の流れる音がしていたが、それは川の流れの音ではなく木曾川の堤防になだらかに続いている竹藪のざわめきで、竹藪と竹藪を二つに区切った、やっと人一人の頭が入りそうな隙間から木曾川の白い河原が見えていた。

竹藪の中に、屋根半分ほどかくれて建てられた寺とも堂ともつかぬ建物があった。

「先代が建てた弥勒《みろく》寺という尼寺でな、庵主がないままに放って置かれたが、今度、適当なひとが得られてのう——」

その尼寺になんの用があって案内されたのか播隆には分らなかった。最近になって手を加えたあとがあった。庭にも数本の梅の木が移植されていた。一本の梅はまさに咲くばかりに蕾《つぼみ》がふくらんでいた。飛騨と美濃では暖かさが随分違うのだと播隆は思った。

寺の内部にもあちこち手がほどこされてあった。仏具も目新しい物が多かった。

弥三郎は、その寺の庫裡《くり》とも書院ともつかない部屋で播隆を待っていた。弥三郎の傍に徳念が坐っていた。徳念は二十三歳、立派な青年僧になっていた。

「おお徳念」

播隆は感情を顔に出した。物に動かされないように修行をつんで来たつもりだったが、徳念を見たとき喜びの表情が顔中に溢れ出した。別れて以来何年になるだろうかと、数えて見たくなるほど徳念は成長していた。

徳念は無言で手をおろして播隆に挨拶した。徳念の顔にも、喜びがむき出しになっていた。ふたりはしばらく顔を見合わせたままだった。ふたりとも僧でなければ、手を取り合って泣きたい気持だった。

「播隆さん、いや上人様と云わないと罰が当りますかな」

弥三郎が口を出した。相好をくずすと下卑たひらべったい顔になる。ずっと前からその顔だが、しばらく会わない間に、その下卑かたがいっそう露骨になっていた。弥三郎は旅姿ではなく、どこかで着替えて来たらしく、まるで、お大尽でも着るような、しぶい琉球織のひとそろいを着こんで、手が触れたらぱりぱりと音のしそうな細目の縞の帯を締めていた。かなり裕福そうな商家の旦那に見えた。

「偉くなったつもりはいっこうにありませんが」

播隆は弥三郎に静かに応じてから徳念の方へ眼をやった。

「いったいなにを先に申したらいいやら」

徳念は多感な青年らしく、ことばより感情の方を先に顔に出した。別れるときにさかんだった顔のにきびはもう見えなかった。色の白さと鼻の高いのはもとどおり、男にしてはやや小さいながらきりりとむすんだ口元に、わずかながら幼い面影が残っていた。

「この度の御成功の様子をうかがいかたがたお迎えに参りました」

徳念は手をついた。

「見仏上人が迎えに行けと申されたのか」

「お迎えにいったついでにいろいろ見て参れと申されました」

いろいろ見て参れというのは、播隆のその後の様子をつぶさに見てこいというふうにも取れた。笠ヶ岳再興という、お祭り騒ぎに乗っている播隆の様子を見て参れと見仏上人が皮肉を云ったようにも受け取れた。

見仏上人までが――播隆は、いやな気がした。人の眼が自分に集まっているのがわずらわしかった。

「この弥三郎さんに笠ヶ岳再興大勧進の横綱になっていただきました」

海音和尚のいう横綱という意味が分らないでいると、

「笠ヶ岳頂上にまつる阿弥陀様は私が寄進させていただくことになりました」

と弥三郎は、たいしてそれを誇っているような様子もなく云った。

「銅の厨子に収められた御身丈一尺五寸の上品《じょうぼん》銅像とのこと」

海音和尚が補足説明をした。

一尺五寸の銅製の仏像となると、かなり高価なものと思われた。十両、二十両、百両或はそれ以上になるか播隆には想像もつかなかった。

「それはそれは有難いことで」

播隆は弥三郎に慇懃《いんぎん》に頭を下げながら、はてなと思った。なぜ彼がそれほど高価なものを寄進するつもりになったのだろうかと、その裏を考えることのほうがいそがしくて、そのすばらしい銅像の寄進を受けたという感激は如実には入って来なかった。

なにかあるなと思った。そのなにかがはっきりと摑めないうちに、迂闊にそのいただき物には手が出せないという気がした。

「もう、そろそろ出来上がるころかも知れません。寄進者の名前のことですが、少々欲が深いようですが親子三人の名前にしたいがよろしいですね」

「親子三人？」

播隆には分らないことだらけだった。弥三郎が誰かと結婚して子供でもできたかと思った。

「つまり更田屋弥三郎とその妻てる及びその母つるの三人の名前にしたいと思いましてね」

播隆は、じろりと弥三郎の顔を睨んだ。狐め、とうとう親娘とも盗んだなと思った。妻てると云った以上、おはまとそっくりな顔をしたてるをとうとう正式な妻に迎えたのだなと思った。その不倫のかたまりのような人の名を刻《ほ》りこんだ仏像なんか欲しくはなかった。しかし、それは口に出すべきことでもないし、椿宗和尚と弥三郎との間で決めたことを播隆がこわすこともできなかった。

「いかがでしょうか、上人様」

弥三郎は鼠のように動く眼で、播隆を嗤《わら》いながら、強いて同意を求めようとした。

「結構なことです」

播隆は自分でも、顔の血が引いていくのがよく分った。

「ところで上人様、ついでというわけではないですが、もうひとつお願いがありましてね。こっちの方もぜひ聞いていただきたいものでして……」

弥三郎はそう云っておいて、そのあとを海音和尚にぽいっと投げかけるようにわたした。

「話は、だいぶ古いことらしいが、弥三郎殿の妻女てる殿には双生児として生れたおさとという妹がおられてのう」

当時双生児を生むことは、犬腹と云って嫌われていたから、おさとのほうは生れると同時に他人に養女として貰われ、そこで成長して嫁に行ったが、結婚して三年目に亭主に死なれて寡婦《かふ》になった。

「おさと殿は世をはかなんで尼になりたいと申されるので、弥三郎殿もいろいろと考えられた末、拙僧のところへ相談に参った。で、この弥勒寺をおさと殿に預かって貰うことにしたのだ。ついてはおさと殿の得度のことだが、弥三郎殿は貴僧の手によって得度させたいと云われるのだ……引き受けて貰えるだろうな」

ひどくからくり掛ったやり方だと思った。そんなことを考えたのは弥三郎に決まっているが、祐泉寺の海音和尚まで弥三郎の口車に乗せられているらしいのを見ると、どうやら弥三郎の包んで出した灯明料の威力が効いているのではないかと考えられた。

「得度の式といっても時節柄簡略にすることにしよう」

海音和尚がいう時節柄ということが幕府のいう倹約の奨励と関係はなさそうだった。

おそらく海音和尚はなにかのはずみでそういったらしかった。

「貴僧の第一の弟子が尼ということになるのもなにかの因縁だな。得度と同時におさと殿に与えるべき戒名（解脱名）も考えて置いて貰いたい」

播隆はなんともたとえようのない物憂い気持で弥勒寺を出た。竹藪と竹藪の間の道を通って木曾川の河原に出て見たかった。そこをくぐり抜けたところにまた別の世界があるような気がした。

8

おさとは純白な衣に身をつつんで本堂に坐っていた。純白な衣の肩のあたりまで黒髪が懸っていた。

播隆はそこではじめておさとと対面した。おさとはためらいも恥らいもなく、姿勢正しく胸を張って真直ぐに播隆を見ていた。姉のてると瓜二つの顔立ちだった。双生児だから似ていることが当り前であった。てるとおさととは相似だったが、てるを見たとき思わずふるえ出したほど、おはまと似てはいなかった。顔はよく似ていたが、おさとのあきらめきったような顔が、おはまとは別な女を思わせた。播隆はほっとした。おさとを見て、取乱さないでよかったと思った。

読経が始まった。徳念のやや疳高い声が本堂の空気を制圧していた。経を読む主役は徳念であって、他の僧はすべて、脇僧としてそこに居並んでいるようにさえ見えた。徳念のよく澄んだ声には、わずかながらの悲愴感が流れていた。徳念が故意に、そうしているのではないことは分っていたが、二十四歳の美女がその黒髪をおとすことに対する同情が自然と読経の中に入りこんでいるといってもけっして思い過しではなかった。徳念の若さが、彼をそうさせているのだった。

無表情で坐っている弥三郎は時々盗むような眼を播隆の横顔に投げた。

播隆は仏壇に向ったままほとんど姿勢も語調も崩さなかった。

読経が済むと海音和尚がおさとに眼で合図した。軽くうなずいたおさとの表情が一瞬つめたくひきしまった。おさとは本堂の中央に向ってわずかばかり膝行《しっこう》したところに座を決めると、まるで打首の座についた罪人のようにうなだれた。

黒髪が彼女の肩のあたりで波を打ってゆれると、一部は空間にそのまま垂れさがり、一部はうなじから肩にかかったままで、彼女の呼吸に合わせて動いていた。

海音和尚が播隆に視線を送った。

播隆はおさとのうしろに立った。脇立ちの徳念が三方に剃刀《かみそり》を載せて持って来て播隆にわたした。播隆は剃刀を右手に持って彼女の襟元を見た。髪のつけ根に剃刀を当てる恰好だけで儀式は終り、あとは手馴れた者が剃《そ》るのが一般的な得度の式であった。播隆は眼の高さに剃刀を上げ、それを仏前に空間をへだてて捧げるようにしてから、彼女の襟元に持っていこうとした。だが、今日の日のために、よく洗い清めた黒髪は彼女の首筋をかくして肩から背にかけて垂れ下っていた。髪のつけねに剃刀の刃を当てるには黒髪を分けるなり掻き上げるなりしなければならなかった。

おさとの髪は見掛けは黒かったがそばによって見るといくらか赤味を帯びていた。おはまの髪によく似ている髪だと思った。播隆は左手でその髪を分けた。左手の指先に、髪がからみつくように触れた。女の髪の感触が播隆にからみつくように感じられたのである。それが過去の思い出につながった。おはまの髪を愛撫したそのときの喜びが、彼の指先から全身に伝わっていった。

播隆は左手を彼女のうなじから離した。分けた髪がまたもとどおりになって白いうなじをかくした。

播隆の左手がふるえたと同時に剃刀を持った右手がふるえ出すと、そのふるえが全身に伝わっていった。

そこにいるのはおはまのような気がした。おはまが得度を求めてうなじを垂れているように思えてならなかった。白い衣にかぶさりかかっている黒髪が煩悩を断ち切れないでいるおはまの悲しみのように思われた。

脇立ち僧の徳念の手が剃刀に延びた。剃刀を持ってふるえている播隆の手に持ち添えようとしたのである。徳念に心の乱れが察知されたと思ったとき、播隆の震えは止まった。播隆は剃刀を黒髪の上にそっと触れると、それですべてが終ったように、徳念の持っている盆の上にかえした。

播隆はおさとに戒名と戒をさずけた。

「よくその戒を守り、よく保つやいなや」

という播隆の声が、うすら寒い本堂の奥に消えたとき、播隆のうしろで、徳念が、深い呼吸をした。秘められたためいきのように長かったけれど播隆には、徳念が、いま剃《てい》度《ど》が終って尼となろうとしている、一つ年上のおさとに投げかけたいたわりの呼吸づかいに思われた。

播隆は宙を歩いているような気持で自席に帰った。真新しい小さな盥《たらい》に湯が入れられて運びこまれた。中年の僧が衣の上にたすきを掛け剃刀を持っておさとのうしろに立った。

播隆は、うなだれたまま、なりゆきにまかせている女人の黒髪が落ちるのを見るにしのびなかった。播隆は瞑目し、名号を唱えた。湯を使う音や、剃刀が盥のふちに当たる音がときどきした。ごく小さなひかえ目な女の声がした。反射的に出た声だった。剃刀の使い方が悪くて、どこかにひっかかったようだった。それからまたしばらく静かであった。

「やれやれ、これで立派な尼さんになりました」

その声で播隆は眼をあけた。そこに、美しき尼僧柏巌尼《はくがんに》が坐っていた。

播隆は彼が与えた、柏巌尼という戒名が彼女にふさわしいものであったかどうかを疑った。柏は白に通じてよかったが、播隆の俗名、岩松――見仏和尚に与えられた戒名岩仏――その岩から取った巌はいささかいかめし過ぎたような気がした。だが播隆は彼が僧となってはじめて得度させた僧がおはまに似た美しい尼僧であり、その戒名の中に、彼の俗名の分身ともいうべき巌を入れたことで満足していた。

読経が始まった。徳念の声は熱を帯びたように高調していた。播隆の弟子となった美しき尼僧は読経の中で、じっとしていた。虚脱した顔だった。

9

一念寺の門をくぐると沈丁花《じんちょうげ》の匂いがした。門を入って真直ぐ本堂に向う敷石の両側と、門を入って直ぐ右に折れて庫裡のほうへ行く敷石の両側に植えられた沈丁花が一度に花を咲かせていた。

播隆は芳香の中に立ち尽していた。しばらくそうしていると、芳香は入って来たときほど強烈ではなくなり、芳香にかわって、寺の内の物音が気になって来る。多数の人が中にいるようだったが、念仏の声も、木魚の音も鉦《かね》の音も聞えなかった。なにかわけがあって人が集まっていることだけは、寺内から洩れてくる人の声で明らかだった。

寺から小坊主がひとり出て来て、庭に突立っている播隆の方を見て引込むと、すぐ二、三人の人の姿が現われた。すぐ、蝎誉和尚が笑顔で現われた。

「美濃からの使いで、今日あたりはお帰りになるころだと思っていました」

お帰りになるころと、いままでになく丁寧な言葉を和尚が使ったのは、やはり播隆がいままでの播隆ではないことを認めてのことのように思われた。

播隆は蝎誉和尚との間に一線が引かれたような気がした。その一線の向うとこっちで、起っていることがらに対する心の用意をしなければならないと思った。

しばらく話してから蝎誉和尚はひとことお前様に云って置きたいことがあると前置きして、

「お前様は播隆上人と云われるようになっても、僧籍が山城国伏見下鳥羽一念寺にある以上、飽くまでもこの寺の僧であることを忘れては困る」

蝎誉和尚は、にこにこと人をそらさぬ顔をしていながら、時によると人を見すえるような眼をすることがあった。人にものをおしつけようとする眼つきでもあった。

「従って今回の笠ヶ岳再興は飽くまでも、この一念寺の後押しによってなされるべきことであり、笠ヶ岳再興大勧進の本拠は即ち本寺であるということを忘れて貰っては困る」

播隆はここに二人の事業僧を見た。本覚寺の椿宗和尚は新田を開き、新道を創り、笠ヶ岳再興をするといったふうな、いわば外向的事業僧であったが、蝎誉和尚の方は、檀家を増やし、寺を壮大にし、できることなら寺格とともに彼の僧位を昇格せしめようとする、云わば内向的事業僧であった。

各《いず》れにしても笠ヶ岳再興はその仏業をなすに好材料であることには間違いなかった。

「お分りかな、椿宗和尚とも、このことはよくよく念の行くように話して置いた。お前様はこのごろ、浄土宗より、臨済宗にだいぶ傾いているようだから——」

それに対して播隆がひとこと反発しようとすると、まあいい、と蝎誉和尚は大きな掌を出しておさえつける恰好をして、

「実は、今日、丁度笠ヶ岳再興のことで、檀家衆の主だった者に集まって貰っているから、お前様が笠ヶ岳で拝んだ如来の御来迎の話を聞かせてあげて貰えぬかな」

蝎誉和尚は急にやわらかい態度になった。

播隆はその日から多忙になった。

説教の予定が、つぎつぎと組まれていた。一念寺でやるより、他の寺や堂でやることが多かった。一篤志家に呼ばれて数名を相手に話すこともあった。

山と云ったら高野山か伊吹山しか知らない上方の人たちは、飛騨の奥深く、夏でも雪をいただく高さ一万尺の笠ヶ岳の話になると思わず身体を乗り出して聞いた。

播隆の話には誇張がなかった。

「笹島という村はずいぶんの山の奥で、村はずれには、猿が出て来るようなところでございます。米が取れませんので、日頃口にするものは、粟と稗だけで、米というと病気したときと正月ぐらいのものでございます」

といったふうな話し出しから、

「岩根、岩根を踏みこえて頂上に近づくほどに、いよいよいきぐるしくなり、もうこれで息が絶えるかと思いました。すると岩の間に眼を奪うばかりに咲き乱れた美しい花園がございまして、その花の匂いではっと正気にかえりました。下界では見たことも聞いたこともない、美しい花ばっかりでございます。蝶も舞い、鳥も啼いておりました。極楽というところはこのように美しいところかと思いました」

御来迎については彼等がもっとも聞きたがるところであり、播隆としても熱をこめて話すくだりであった。

「私が頂上の岩根に坐って一心に名号を唱えておりますと、前が少しずつ明るみ出したような気がいたしました。すると不思議や、眼の前の雲の中に七色の光輪が現われ、その中央に如来がお姿を現わしたのです。七色の光輪はあまりにも美しく、眼もくらむばかりに光り輝いておりました。如来は私を見詰めておられました。なにか私に語りかけられているかのようにもお見受けいたしました」

そこまで話すと、一人や二人はきっと南無阿弥陀仏を唱えた。

初之助が雲の中に見たものは如来ではなく母の姿だったという話はさらに人々の心を打った。

「それぞれの信心によって、それぞれの心の中のものが、如来の御慈悲となって雲の中に現われたのだと思います。初之助は孝心厚き者ですから、母の姿を見たのでございましょう」

このことがまた多くの人たちに感銘を与えたし、彼の話を聞きに来た若い僧たちの心を動かしたようであった。

播隆が雲の中に見たものはおはまであったということは誰にも話さなかった。それは彼だけの心に秘めておればよいことで、雲の中の如来にそれぞれの心の中が反映して形をなすという彼の説は何回か話すうちに、やがて定着したものになり、それはもう動かすことのできない真理のように思いこむようになって来ると、それまで、笠ヶ岳再興事業に踊らされているのではないかという迷いを超えて播隆自身が、その主役となって働くようになっていた。

播隆はそのように変っていく自分について、ときどき懐疑を抱くこともあった。だが、すぐそれは、雲の中に来迎を見たという事実によって打ち消され、如来即ちおはまという彼自身の宗教的解釈に立って、笠ヶ岳再興大勧進に尽瘁《じんすい》するようになっていった。雲の中に現われる如来はそれを見る人それぞれの心——彼はこれを説いた。

「すると私達も笠ヶ岳に登れば、如来様を拝することができるでしょうか。実は私は十歳で失くした吾子にもう一度会いたいと思っております。その願いもかなえられるものでしょうか」

その質問をしたのは四十を幾つか過ぎた町家の内儀であった。

「それは努力次第でかなえられることと思います。ただ御来迎を仰ぐということは、いつでもできるということではない。現に去年笠ヶ岳へ登山した回数は七回ほどあり、その人数も合わせて百人ほどもあったけれど、御来迎を拝したのはたった一回、その時そこにいた十八人だけでした」

内儀は、それでは上人様と一緒に登れば拝めるかどうかと訊いた。

「私には如来を雲間に呼ぶ力はない。すべてそれは如来の御心のまま――信心する人の心のまま――」

播隆のその控え目な云い方も、人々に好感を持たれた。

「播隆さん、なかなか御説教が上手になりましたね」

説教が終って帰りかけようとしていると弥三郎がひょいっと顔を出した。

播隆が説教したその寺は、宇治のはずれにある小さな寺であった。

「聞いていたのですか」

「商売でこの寺へ来ましたから」

そのころ弥三郎は寺を相手の商売のほかに菜種油の商売を手広く行っていた。

「商売というとどっちの」

「これは驚いた。やっぱり商人上がりのあなたのことだ。上人様と云われるようになっても、商売のことが気になると見えますね」

弥三郎にそう云われると播隆は、全身が赤くなるほど恥ずかしかった。そんなつもりではなかった。弥三郎がなにをやっているかが知りたかっただけである。正体の知れない弥三郎に光を当てて見たかったのである。

「私は普通の商人の真似はいたしません、たとえば役人を招待するにしても、茶屋に招待したり、女を当てがったりといった派手なことはやりません。そういうことをやるとすぐ目立ちます。他人に挙げ足を取られます。一時は儲けても長続きはしません。お寺で茶会、句会を開くといえば、お役人はかえって気を許してでかけて参ります。役人とつき合うには金だけでは駄目ですな。時間を掛けて友人づき合いをしているうちに、ふと洩れ聞くほんのちょっぴりとしたことが、金に直すと何百両何千両という損得にかかわって来るのです」

弥三郎はそこで例のこすっからい鼠の眼を光らせながら、

「ところで今日の招待は、茶会でも句会でもなく、御役人の中で、信心深い人たちをあなたの説教にお呼びしたのです。うしろに四、五人聞いていたでしょう。いや、たいへん感服してかえりましたよ。おかげ様で、こっちの商売の聞き込みもなんとかなりそうです」

播隆はもうなにも云わなかった。弥三郎という男はこわいように頭が廻る男だと思った。彼にかかったらなんでも利用されてしまうのだと思った。

「ところで播隆さん、あなたが雲の中に見た如来はおはまさんだったでしょう。おはまさんに違いありません。そのおはまさんもにこにこ笑っているおはまさんじゃあなくて、あなたの槍に胸を突かれて、もがき苦しんでいるおはまさんの姿ではなかったかね」

播隆は頭がぐらつくほどの衝撃を受けた。弥三郎に覗かれた心をかくすことはできなかった。それでも播隆は名号を唱えるだけの余裕を持っていた。

10

播隆の弟子になりたいという者がつぎつぎと現われたことは、播隆にとって不可解なことであった。既に僧籍にある者もいたし、得度前の者もいた。

弟子を持ったところで、寺を持たない彼がその弟子たちを養っていくことはできなかった。弟子を教えるにしても教える場所がなかった。ぞろぞろと彼等を従えて歩いたところでいったいなにを彼等に与えてやれようか、播隆は拒絶した。

弟子になりたいと願うなかに、宝泉寺の徳念がいた。彼はすでにその意志を見仏上人に申し出て許しを得ていた。

「徳念が是非にと希望することだからかなえてやるがいい。富山から山を越えて出て来たふたりのことだ。宿縁《すくえん》と思えばいいだろう」

見仏上人は徳念を引き止めはしなかった。

播隆は徳念をつれて宝泉寺を出るとき、庭の辛夷《こぶし》の木の下を通った。ふり仰ぐと、青い莢《さや》になった実が風にゆれていた。

「慾というものは限りなくつづくものだ。慾をふり切るのが先か死ぬのが先か」

見仏上人は門のところで、播隆と徳念にその言葉を贈った。

一念寺では蝎誉和尚が中心になって、笠ヶ岳再興大勧進のしめくくりにかかっていた。浄財は既に予定の額を超えていた。

弥三郎が来て、二、三日中に阿弥陀仏像を寺に届けると内報した。

「京都で一、二という仏師にこしらえさせました。さよう三回ほど型を作り直させたかな。生きた雛型《ひながた》見本をそばに置いて作ってもなかなかうまくいかぬものらしい。しかしさすがは噂だけのことはあってとうとう作り上げた。よく似ています」

弥三郎はそのことを播隆の耳元でいった。

「似ているというと――」

播隆はもしやと思った。弥三郎はそれに対して答えずに笑った。

播隆は三日間が待遠しかった。弥三郎が、仏師を呼んで、てるを生きた雛型として、阿弥陀如来像を彫《ほ》らせたに違いないと思った。てるに似ていることはおはまに似ていることなのだ。

三日目にその仏像は一念寺に届けられた。

銅の筒型の厨子の両開きの扉を開くと、蓮肉《れんにく》蓮弁《れんべん》の上に立った阿弥陀如来像が播隆を見ていた。播隆はのどのあたりまで出かけた声をおし殺して、合掌した。名号を唱えながら、彼の心の動揺を外に現わすまいとした。じっと阿弥陀如来像の顔を見ていると、尺五寸の阿弥陀如来像は二尺になり三尺になり、やがて、五尺二寸あまりのおはまの姿に見えた。

おはまは微笑していた。切れ長の目や、笑うとき唇の左をやや下げる癖まで、おはまと同じだった。賞讃の声が起きたが、それは阿弥陀如来像が、おはまの顔に似ているからではなかった。その金色に輝く豪華な出来ばえに対する讃美だった。厚手の銅板で作った厨子の天蓋の唐草の飾り模様はよく磨きこまれて光っていた。

「お気に入りましたかな」

弥三郎は播隆がいつまで経っても念仏をやめないので傍へいざりよって来て云った。

播隆には弥三郎のこの行為をどう解釈したらいいか分らなかった。

なぜ弥三郎はこれほどおはまにこだわるのだろうか。それは、播隆に対する、いやがらせでも、からかいでもなく、もっと深いなにかがあるように思われた。

弥三郎さん、あなたはおはまになにか特別な感情を持っていたのですか——そう聞いて見たいほどだった。聞いたら、弥三郎は、おそらく、ひどく投げやりで、きたないことばを播隆に投げつけるだろうと思った。弥三郎という男は本心を人に見せない男だった。

阿弥陀仏如来一軀、見仏上人弟子奉造立　播隆仏岩行者

文政七年甲申　七月吉日

城州伏見下油掛町

施主　更田屋弥三郎

母　つる

妻　てる

播隆は台座に彫りこんである字を読んだ。蝎誉和尚の名を出さず播隆の心服している見仏上人弟子と銘記した弥三郎の配慮は、よく分ったが、播隆の下に彫りこんだ仏岩がなぜ岩仏でなくさかさになっているのか、わけがよく飲みこめなかった。故意かそれとも誤刻か、播隆はそれを弥三郎に聞いた。

「岩仏では、仏が岩の下になる。岩の上に坐る仏としたほうがすわりがいいでしょう」

弥三郎は笑っていた。

11

文政七年七月、播隆は徳念をつれて山城国一念寺を出発した。播隆は四十二歳、徳念は二十四歳だった。途中で笠ヶ岳へ登る信者たちと落合って人数を増し、一行が美濃太田、飛騨高山、飛騨丹生川村大萱を通過して恵比寿峠を越え、飛騨高原郷に出たのは八月上旬である。一行とともに寄進仏が運ばれた。銅像は全部で三体、木像が三体、石像が九体のほか石燈籠、仏具に類する物が多数あった。浄財を寄進した人の数は数百名に及んでいた。これらの物は信者によって運ばれた。

寄進された石仏像は、岩井戸村の杓子窟を発進の地と定めて、ここから一里行くごとに一体ずつ安置した。所謂一里塚であった。石を高々と積み重ねた上に石仏像を置いて登山道路標識としたのである。椿宗和尚の深慮であった。

笠ヶ岳登山の発進地を笹島村に置かず、ずっと下の岩井戸村杓子窟に置いたのは、播隆上人の籠った窟としての格付けと、参拝者が多くなった場合、附近の村々にいくらかでも、うるおいがあることを望んだものであった。

播隆の一行が本覚寺に到着したときは、岩井戸村から笠ヶ岳頂上までの九里八丁の道は整備され、一里塚は完成し、頂上には阿弥陀如来像を安置すべき祠《ほこら》もできあがっていた。人一人やっと入れるぐらいの木造建物で、周囲を石積みにして、風雪をさけていた。

八月五日未明、播隆は同行六十数人とともに笹島村を出発した。その中には山城国の人も、美濃国の人もいた。彼等はすべて、播隆の説教を聞いた者ばかりだった。如来の姿に形をかえた、母や父や子に会いたいと思っている人たちばかりであった。

道は去年よりずっとよくなっていた。笠谷には二カ所ほど丸木橋ができていた。

初之助も与吉も五郎四郎もいた。初之助の家に生れた双生児の牝の仔牛は順調に育っていた。買手が多くて困りますじゃ、と初之助は頭を掻いていた。奇蹟の牛をわざわざ見にくる人もあると話していた。与吉は去年の冬結婚して、その妻は既に妊娠中であった。五郎四郎の女房は、その後かつくし(切り株)を踏むことはないと云って笑っていた。たったひとりだけ、如来来迎の功徳にあずからなかった利吉のその後は哀れであった。彼は、他人の仕掛けた置き鉤にかかった岩魚《いわな》を盗んだという懺悔がわざわいして、極悪人のように扱われていた。

初之助、与吉、五郎四郎はその日も播隆の前後につきっきりで、播隆の歩く前に石があると、それを取除き、歩くのに邪魔な木の枝が出ていると、鎌で切り取った。そうまでしないでいいといっても、彼等はそうやった。播隆上人は徳高き僧であった。彼等に取っては菩薩にも見えていた。

播隆はそうされることを決して好まなかった。むしろ彼は、そういうことのあとの反動をおそれていた。なにかが彼等を平常ではないものにしているのだと思った。徳念は黙って、播隆のあとに従いていった。

その日は終日天気がよかった。登山中二、三度雲が出たけれど、それは日暮れとともに消えうせる雲であった。

播隆は稜線に出て、這松《はいまつ》地帯のずっと上に三角形の頂上を見せている笠ヶ岳に眼をやったとき、なぜか今日は御来迎は仰げないのではないかというような気がした。空は濃青色というよりむしろ黒いほどに見えた。西の微風が快く汗を拭い去っていった。寒いことはなかった。花畑の花は、半ばは散って実を結んでいたが、今尚絢爛《けんらん》と咲き誇っているものもあった。

不思議によく晴れていた。蒲田川の谷をへだてた穂高岳群峰はすべて見えた。いただき近くの山襞《やまひだ》に残る雪が斜陽を受けて、輝いていた。

槍ヶ岳は群峰を抜いて毅然《きぜん》としていた。青い空に突き出した槍の穂に当った夕陽は去年とは別な鋭い光を反射していた。

頂上には既に先行した人たちが集まって播隆の到着を待っていた。

播隆は頂上につくと、去年と同じように背負袋から茶の衣を出して着た。

背負い上げられた仏像は、木の香のにおう小堂祠の中に納められ、灯明が点ぜられた。

播隆と徳念は岩の上に正座して阿弥陀経を読んだ。播隆のうしろに神妙に坐っている人たちは時々顔を上げて周囲を見廻していた。如来の来迎を期待しているのであった。周囲はすべて山々であった。東には穂高連峰、北方は双六岳、三俣蓮華岳、ずっと遠くに立山連峰があった。西方には加賀の白山が雲霧の上に浮んでいた。そして、空はあくまでも青くつめたく、太陽は西にずっと傾きかけていた。如来が乗って来るべき雲は、その辺には見当らなかった。

播隆はそこに坐ったときから来迎のことは半ばあきらめていた。去年、呼吸も絶え絶えに頂上に達したときといまとはあまりにも条件が違い過ぎていた。雲と霧と如来と太陽の位置などのことが漠然と播隆の頭の中で整理され分析され、そして、なにやらそこに、如来が出現すべき条件というようなものを、彼なりに探し出そうとしていた。人の多いことも、如来の出現を妨げる一つの要因にも考えられた。そしてまた、人々があまりにも利己的な目的で如来の出現を願っていることも、かえって如来出現をはばんでいるような気がしてならなかった。

播隆は槍ヶ岳に眼をやった。

夕陽を受けた槍ヶ岳の穂は、他の岳峰に比較して余りにも奇様であり、険峻であり、そして、神秘的に見えた。いまだ誰も登ったことがないというのは、登ろうとしても登れないからであって、今後も容易には登れる山でないように思われた。

彼は、去年ここで、おはまに会った。光輪に抱かれたおはまは確かに槍ヶ岳の方向に消えたのだ。そのときのことを考えながら槍ヶ岳を見ていると夕陽に染まっていく槍ヶ岳全体が、おはまの姿をかくしこんでいる山のように見えた。槍ヶ岳の穂先に燃える夕映えは、おはまの話しかけにも、誘いにも思えるのである。

より高くけわしい山へ登ることがおはまと再会できる近道であるように考えられた。槍ヶ岳へ登ったらおはまに会える――それは播隆の自己暗示であった。

陽が傾くと急に寒くなった。頂上の六十数人はいそいで下山にかからねばならなかった。数丁下の窟にはそれだけの人は入れないから、多くはずっと下の森林地帯で夜を明かさねばならなかった。

徳念はじめての登山の昂奮と過度の疲労のために眼が冴えて眠れなかった。徳念は坐ったままで眠っている師の播隆の寝息を聞きながら登山ということは容易なことではないと考えていた。

翌朝は霧だった。多くのものを期待した人々は、去来する霧の中で昼ごろまで如来の来迎を待ったが望みはかなえられなかった。

「去年如来様が現われなさったというのはほんとうのことじゃろか」

そんなことを大声で云いながら山を降りていく者もいた。如来の出現はなかったが、笠ヶ岳再興は終った。播隆は多くの村人たちに迎えられて、笹島村の勘二郎の家に泊った。椿宗和尚が迎えに来ていないのが気懸りだった。急病かもしれないと思った。それならそうと、ことづけてくれたらよさそうにと思った。笠ヶ岳再興は、播隆よりむしろ椿宗和尚の仏業であった。その完成に当って椿宗和尚が顔を出さないのはなんとしても不可解だった。

翌日、播隆は笠ヶ岳再興が無事終ったことの報告とお礼を兼ねて本覚寺の椿宗和尚を訪ねた。そこには、信州安曇郡小倉村の岩岡伴次郎と中田又重郎が来ていた。

「客がいたので迎えにもいかず失礼した」

椿宗和尚はけろりとした顔でいった。まるで、笠ヶ岳再興のことなど忘れたような顔をしていた。笠ヶ岳再興がかなってよかったとも云わなかった。当然なような顔をしていて、播隆にはひとこともねぎらいのことばは掛けなかった。

「笠ヶ岳再興ができて、おめでとうございます」

岩岡伴次郎の方が播隆の苦労をねぎらって、大変だったずらと、その経過をしきりに聞いたあとで、

「このつぎはぜひ槍ヶ岳開山をお願えしたいものでございます。飛騨新道は既に小倉村から上口《かみぐち》地湯屋（現在上高地）までできておりますでのう」

岩岡伴次郎は地図を出そうとした。

「さて、その上口地から中尾までがたいへんなことだな」

椿宗和尚が口を出した。

「いやそんなことはねえずらよ。飛騨の方で協力さえしてくれたら、来年の夏中にはできるっちゅうことだ」

中田又重郎がいった。

「その協力というのが、どうもな」

和尚はしきりに首をひねって慎重な態度を見せていた。すぐに乗り出しそうにしないのは、彼一流の駈引であった。実は、椿宗和尚は既に笠ヶ岳再興は終ったと考えていた。彼の頭の中は飛騨新道という新しい仏業でいっぱいになっていた。だが今度は、二国にわたる仕事でもあり経費の点でも容易ではなかった。

「飛騨新道も飛騨新道だが、槍ヶ岳開山の方もやらねばならぬな。笠ヶ岳が再興された。そのつぎに槍ヶ岳が開山されたとなると、飛騨新道なんかひとりでにできる。つまり、笠ヶ岳に登った人は、飛騨新道を通って上口地から槍ヶ岳へ登り、槍ヶ岳に登山した人は飛騨新道を通って笹島口から笠ヶ岳へ登ることになるだろう」

椿宗和尚の才槌頭の奥で、新しい仏業の設計図が書き始められていた。笠ヶ岳と槍ヶ岳、槍ヶ岳と笠ヶ岳、彼はその二つの偉大なる山を車の両輪にして、世人のあっというような仏業をやって見たいと思った。

「槍ヶ岳は富士につぐ山だ。いやそのけわしさにかけては天下一の山だ、その山を開くことは、天下一の仏業でもある」

椿宗和尚は自分のことばに酔ったように大声を上げた。

「そうだ、播隆上人を信濃の国へ御案内したらどうだ。播隆上人に、飛驒新道を見て貰い、槍ヶ岳開山の可能性も確かめて貰うのだ。それがよい、それがよい」

椿宗和尚は膝を叩いてひとりで悦に入っていた。椿宗は槍ヶ岳開山にとらわれていた。彼自らやるのでもないのに、彼自身で槍ヶ岳へ登るような気持になって行くのも妙であった。とにかく彼は、そのすばらしい仏業をなんとかして達成したかった。それによって彼の名が出ようが出まいがそんなことはどうでもよかった。播隆だけの名誉に終ってもよかった。槍ヶ岳開山は、まさしく自分が考え出し、導火線に火をつけたという自己満足でことたりていた。

椿宗和尚はそのような、無欲な事業家であった。仏業とはそういったものだと考えていた。

椿宗はひどくいそがしそうに、寺の中を歩き廻った。考えをまとめるとき彼はよくそうやった。

「そうだな、今度のところは軽く見て来るということだけにして置くか」

椿宗は播隆にそういった。

12

播隆は岩岡伴次郎と中田又重郎の案内で信濃へ出立するに先だって、弟子の徳念に云った。

「椿宗和尚と信濃の人たちに槍ヶ岳を開山するようにとすすめられた。できるかできないか、下調べだけはして来ようと思う」

播隆は彼の意志を表面には出さなかった。ほんとうは、槍ヶ岳開山は椿宗和尚にすすめられたのでも、岩岡伴次郎、中田又重郎にすすめられたのでもなく、彼自身の心からでたものだったが、彼はそれを包みかくしていた。その方が、今後ともやり易いと思っていた。

「私もお供ができるでしょうね」

新しい仕事へ徳念の膝を進めさせたようだったが、

「いや、ふたりともでかけるのは、ちとまずいだろう。お前はひとまず先に、笠ヶ岳再興完成の報告を兼ねて帰るがよい、そう長くはかからぬ、帰りは木曾街道を通るから、美濃太田で落ち合うことにしよう。美濃太田の弥勒寺いや祐泉寺で待っていて貰おうか」

播隆が弥勒寺といってすぐ祐泉寺といったのは、弥勒寺は柏巌尼がいる尼寺だからであった。

「はいっ、祐泉寺でお待ちいたします」

徳念のその答え方に、あまりにも張りがあったから播隆は徳念の顔を見た。気のせいか徳念の顔はいくらか紅潮していた。その顔を見られまいとして徳念が眼をそらしたとき、播隆は柏巌尼のことを考えた。祐泉寺と弥勒寺は隣りも同然、しかも弥勒寺の柏巌尼と徳念は同じ播隆の弟子である。

播隆はそういうことを考えるのは自分に既にやましい心があるからだと思った。だがしかし、徳念の張りのある返事の裏にあるものを考えると不安でならなかった。

「戒律はきびしく守るように」

播隆は徳念と別れるときそう云った。浄土宗はそれほど戒律をやかましくいわなかったけれど、見仏上人の影響を受けた播隆は、戒律を重んじていた。そのことばを一般的な注意事項として徳念に与えながら、心の底には、柏巌尼と必要以上に接近するではないぞという心を覗かせていた。

岩岡伴次郎、中田又重郎、播隆の三人は安房峠を越えて信濃の安曇郡小倉村へ入っていった。

「まずまず飛驒新道を見ておくんなして」

岩岡伴次郎の頭には飛驒新道しかなかった。播隆は椿宗和尚と親しいのだから、播隆に飛驒新道の実態を見せて、その可能性を了解させたら、きっと椿宗和尚を動かしてくれるだろうと思った。

小倉村は松本城を東方に望む山際にあった。小倉村の半分は安曇平野に包含されていたけれど、山手の半分は背後に山をひかえた高地になっていた。

岩岡伴次郎の家は村の中央にあり、中田又重郎の家は山手にあった。播隆は中田又重郎の家から一丁ほどはなれている本家、中田九左衛門の家に泊ることになった。中田九左衛門の家はいかにも鷹庄屋（鷹の子を獲って来て、訓練する仕事のほかに、庄屋としての仕事を兼ねている地方の郷士）と云われるにふさわしい風格を持った家であった。高く長く積み上げられた石垣の上に、三つの白壁の土蔵と、大きな屋敷と離れ屋と待ち屋があった。入口には黒い木戸門があった。小さな砦を思わせるような家であった。中田九左衛門は快く播隆を迎えて、槍ヶ岳開山についてのいっさいの世話をしようといった。

庭に立って山を見上げると、ところどころに朱をばらまいたような赤味があった。ナナカマドがいち早く秋のよそおいを見せはじめたのであった。

飛驒新道は中田九左衛門の家の前から背後の山へ続いていた。村のはずれまではもと村道があり、その道につづく山道（杣道《そまみち》）をさらに拡張したらしい形跡があった。

牛車は充分通れるだけの広さがあった。道は針葉樹の多い、暗い谷に入って、しばらく登ってから、尾根の平《ひら》どおしの道になり、幾度かの起伏と蛇行をつづけながら山の頂へ延びていった。

切り倒した木の間から遠く松本城の天守閣が見えた。鍋冠山まではきつい登り道だったが、それからは、比較的楽な尾根道を登り、ひといき急傾斜な道を登りつめると大岳（大滝山）だった。そこに中小屋という小屋があった。雨露を防ぐだけの小屋だった。三人はそこで一泊した。大岳から上口地への下り道も既に完成していた。山霧が終始彼等にまつわりついて視界はきかなかった。

上口地の湯屋では播隆の来ることを知って山菜料理を作って待っていた。

「天気が悪くて槍ヶ岳が見えないのでいけなかったが、ここで、二、三日ゆっくらと湯治でもしてござっしゃったら雲も晴れるずら」

そんな弁解の仕方をした。

山の中の道を長く歩かされたという感じだった。道は完成しているから別につらいことはなかった。

「どうだね上人様」

岩岡伴次郎は播隆上人に飛驒新道についての批判を求めた。

「いままでは見事なできばえでした」

播隆がいままではと云ったとおり、その翌日小雨の降る中を案内されていった新道作りの現場は、たいへんなところだった。小倉村から上口地まではもともと杣道があったのを拡張したのだからいいが、上口地から中尾へは、ひとかかえもあるような大木の原始林を切り開いての新道作りであった。中尾峠に近くなると焼岳の熔岩の岩根が行手をさえぎっていた。距離は短かったが工事はむずかしかった。

「なあに、やる気さえありゃあできるってことずらよ」

岩岡伴次郎は既にこの仕事に私財を投入していた。やる気さえあればと、その新道に悲願をかける岩岡伴次郎を見ていると、播隆は、やる気さえあったら、槍ヶ岳開山も不可能ではないと思った。

その夜湯屋の湯につかっていると、播隆より二つ三つ年上かと思われる男が、ごめんなしてと云って湯に入って来た。松本藩の山廻り役として木を調べて歩いている穂苅嘉平というものだと、自己紹介してから播隆に、

「上人様、槍ヶ岳に登るのはおよしになったほうがいいずらよ、あんな山は登れったって登れたものじゃあねえ」

播隆のことは既に聞き知っていたようであった。嘉平はどちらかと云えば小柄のほうだった。山できたえた身体だから無駄肉がなかった。茶色がかった眼玉をした、精悍な顔の男であった。嘉平はその鋭い眼で播隆の裸の身体をじろりと一瞥していった。

「槍ヶ岳は猿だって登るのはいやだっていうような真直ぐの岩だ。見上げているうちに

も、でっけえ石がごろごろ落ちて来る。まるで、あの槍の穂のてっぺんに天狗様でもいて、石をころがし落としているようで、どうしようもねえところだ」

そうは云ったが穂苅嘉平は湯から出るとき、

「それでも、どうしても登るちゅうなら、わしもおよばずながら手伝ってあげずらよ」

そういって湯屋を出ていった。

次の日も雨だった。上口地の湯につかっていると播隆はしきりに弟子の徳念のことが気になった。徳念と柏巌尼が仲よく語り合っているような妄想が浮んで来た。播隆は湯から上がるとつめたい水をかぶった。

もう二、三日いたらと岩岡伴次郎と中田又重郎が引き止めるのを播隆はふり切るようにして、雨の上口地を離れて帰途についた。笠ヶ岳再興の後始末とお礼をいそがないと義理を欠くというのが表面上の理由だった。心の中では先にやった徳念のことが心配だった。

播隆は中仙道木曾路を急いだ。美濃太田についたのは八月の終りだった。祐泉寺の本堂で日課念仏を唱えている徳念の声が寺門を入ってすぐ左側の榎《えのき》の下を通るとき聞えた。播隆は風に吹き落とされて散らばっている、榎の青い小さい実を草鞋の裏に踏みつけたまましばらく立っていた。

徳念の念仏の呼吸《いき》遣いには乱れがなかった。

槍ヶ岳への道

1

播隆に生活の変化が起ったのは四年前に椿宗和尚に上人と呼ばれて以来のことであった。托鉢をしなくとも、布施《ふせ》は持て余すほど得られた。どこの寺でも喜んで彼を泊めたし、彼の歩いて行く先々に信者ができ、信者の家でも喜んで彼を泊めた。法話はいたるところで求められた。法話が終ると幾許《いくばく》かの金品が、彼の法話を催した寺から彼に贈られた。戒律の中に、金銭を受取ってはならぬといういましめがあった。播隆は始めのうちは固辞した。だが、これは笠ヶ岳再興にとか、槍ヶ岳開山のためにとか云われると受取らぬわけにはいかなかった。その金を全部施主の口にした目的にのみ使おうとすると、彼の身につけるべき金は一銭もないことになった。それでも生きてはいけたが、そのことに徹し過ぎるとわざとらしく見えることもあった。上人と云われるようになると、草鞋《わらじ》一足、足袋一足といったささいなものをさし出す者はいなかった。しかし、そういった身の廻りの生活必需品は、上人と云われるようになっても同じように入用であった。欲しいと云えば誰かが持って来てくれることは分っていたが、そんなことをみだりに口にはできなかった。それに播隆には徳念という弟子があった。弟子として随行させて歩く以上、彼の身の廻りのことも考えてやらねばならなかった。

知らず知らずのうちに播隆は金銭の垢《あか》を手にするようになっていた。世間一般の僧に比較したらなんら気にすることではなかったが、彼はそれをしきりに気にしていた。播隆は戒律の街道を踏むことこそ僧としての本分だと思いこんでいた。

播隆の名が高くなるにつれて、山城国一念寺の僧という肩書は薄れていった。一念寺の蝎誉和尚は、播隆を彼の寺に止めることによって寺の格と蝎誉和尚の名を高めようとしたけれど、檀家の人は、播隆を上人様とうやまい、蝎誉を、単に和尚と呼ぶことによって、はっきりと差をつけていた。

蝎誉と播隆とが離れていくのは自然の運命であった。

飛驒一の笠ヶ岳を再興したのだから、播隆の宗教的地盤が飛驒とその隣りの美濃に固定されて来ることも必然であった。播隆の足は山城国から遠のき、師の見仏上人のいる摂津国とも離れていった。

播隆の行動半径が笠ヶ岳再興を終ってから、略《やや》固定化したもう一つの理由は、美濃太田の弥勒《みろく》寺の存在だった。そこには、播隆の手によって剃度《ていど》した播隆の一番目の弟子柏巌尼がいた。

尼の戒律は一般僧よりはるかにきびしかった。弟子であっても、播隆と柏巌尼と膝つき合わせて語り合うというようなことはできなかった。

播隆は旅から帰ると、祐泉寺で柏巌尼に会った。祐泉寺になにかの都合があって、やむなく弥勒寺で会わねばならないときは必ず徳念を従えていった。

弥勒寺には、年老いた寺男がいた。畑仕事が好きな男で、ひまがあると、竹藪隣りのわずかばかりの畑を耕していた。

柏巌尼が尼僧としての修行に一生懸命であることは、一目で分った。祐泉寺の海音和尚も、彼女が求道に熱心であることを賞讃していた。なにも心配することはなさそうだった。播隆が来ると、柏巌尼は多くの質問を用意していて彼を苦しめた。多くは経文に関するものだった。

「わたしはこのごろ尼僧になったことは後悔しなくなりました。むしろ尼僧になったことを喜んでおります」

柏巌尼は久しぶりで播隆の顔を見ると、挨拶のつぎにそれを云った。

「自ら求めて仏門に入ったのではなかったのか」

播隆は柏巌尼の真意を疑うような眼をむけた。

「いえ違います。義兄の弥三郎にすすめられて、半ば強制的に尼にさせられたのです。どうせ半年もしたら飛び出すつもりで尼さんになったのです。上人様が、剃度の戒の時に、私の髪に剃刀を入れるのをためらっておられたとき、あやうく私は、尼になるのはいやだと叫びそうになりました。上人様の心が、きっと私の心に移ったのでしょう」

播隆は柏巌尼が身の上話をはじめたのは、そこに余人がいないからだと思った。ひとりで来るのではなかった。播隆はふと思った。徳念は祐泉寺の檀家に葬儀があって、海音和尚のお供僧としてでかけていた。寺男も不在だった。

「上人様、色《しき》という言葉がございます、なんのことでしょうか」

「人の苦悩のもととなる、あらゆる物をひっくるめて色というのだ。ひと口に云えば物だが、そこにころがっている石ころをいうのではない」

播隆は苦しそうな答弁をした。

「では色界とはなんでございましょうか」

「世界は三界《さんがい》によってなりたっている。欲界、色界、無色界である。欲界とは官能の世界であり、色界は官能を超越してもなお官能の形を心の中に残している世界である。無色界は、あらゆる官能を超越した清らかな、心の中の世界である」

「すると私はまだ欲界の世界にいるのですね。だって、上人様の来るのが待遠しかったり、上人様の顔を見て、すぐこんな質問が出たのは、欲界から抜け切れないでいるのではないでしょうか」

そういって播隆の顔を真直ぐ見る柏巌尼の眼は、自ら欲界にいると断じたとおり、なにかを求めるように輝いていた。

おはまに似た眼であった。その眼は——岩松が玉生屋の手代として、いそがしく立働いていて彼女のことを見てやれないような幾日かが過ぎたころ、彼女が岩松に向ける暗示に満ちた眼つきであった。抱擁を求める眼であり、閨《ねや》のことを誘う眼であった。

「さっき尼僧になったことを喜んでいると云われたのは嘘であったか」

「嘘ではありません。上人様の一番の弟子となったことが嬉しいのでございます。ほんとうは私も徳念さんと同じように、つねに上人様のおそば近くいたいのでございます」

播隆は柏巌尼の眼の中に危いものを感じた。その眼の中に吸いこまれそうであった。

播隆は窓《まど》を開けた。

畑に寺男でもいたら呼んで茶の用意をいいつけようと思った。とにかくそこにそうしていることは危険だった。しかし寺男はそこにいなかった。畑と竹藪との境界線の溝をこえて、畑の中に竹が一本生えていた。この前来たときは筍だったが、既に葉を延ばした若竹になっていた。寺男が取ろうとしたのを柏巌尼が、そのままにして置くようにいいつけたものであった。

若竹の向うの竹藪がざわめいていた。水量を増している木曾川は見えなかった。

播隆はいつか、その竹藪を越えて、木曾川の河原に出たら新しい人生が開けるように思ったことがあった。

「私は日暮れ時、あの竹藪を越えて河原に立つことがございます。そこには誰もおりません。若草が香るひろいところでございます」

柏巌尼は播隆の視線を追いながらいった。その竹藪を柏巌尼と共にくぐったら、おそらく取りかえしのつかないことになるに違いないと播隆は思った。

「上人様、私がおはまさんに見えますか」

柏巌尼が膝を少しすすめていった。黒衣をまとった柏巌尼は、黒衣との対照によってその顔の白さがより以上誇張されて見えた。そこには尼の姿はなく、一個の女の姿があるだけだった。

弥三郎が話したのだなと思った。薄笑いを浮べた弥三郎のひらべったい顔と鼠の眼を思い出すと播隆ははっとした。負けてはならないと思った。

播隆は仏壇の前に立って、名号を称えだした。煩悩に耐えようとする姿勢だった。

「上人様が、いくら私に背を向けようとなさっても、私は上人様をおしたい申します。なぜならば私は上人様の一番目の弟子でございますから――」

柏巌尼の声はそれで消えると、播隆の唱える名号に合わせる念仏にかわっていった。

2

山と山にはさまれた木曾路から松本平に出ると田のにおいがした。炎天のもとに田の水がぬるみ、その中の腐蝕土から発散されるにおいであった。木曾路を歩いていてほとんど鼻につかなかったにおいであった。青田は勢よくのび、すでに穂は出揃っていた。

播隆は手を笠に掛けたまま、ぐるっと見廻してから、弟子の徳念に云った。

「さすが、信濃の米どころだけあるわい。だが美濃、尾張にくらべたらせまいものだ。富山の広さにもくらべものにはならない」

播隆から富山という話が出たので徳念は一瞬きっとなったが、すぐ立直って相づちを打った。そしてふたりは、その田から田への連想の向うに富山平野を見ていた。

故郷を離れて十三年たっていた。八尾の一揆のことを、富山から来る薬売りに聞いても知らないと答える者があるほど世代は交替しつつあった。時折その後の様子を知っている者に聞くと、塩野一揆に関係した者で牢につながれている者はもうなさそうだった。多くは牢死していた。他国に逃げた者で、故郷へ帰ったところを訴人されて牢に入れられた者があった。

役人を傷つけた播隆は故郷へは帰れなかった。両親のいない徳念は故郷へ帰る希望を失った。だがふたりは故郷を恋うた。

「さてもうひといきだ」

播隆は道を東にとった。

浄土宗玄向寺は松本平の東にあった。松本城を中にして、小倉村とは東と西の関係にあり、その間、四里数丁へだたっていた。

玄向寺は山を背にして西を向いている大きな寺であった。しっかりした山門を入ると、寺へつづく直線の石畳道の両側に、石地蔵が並んでいた。ちょっと数えられそうもない数であった。山門を入ると蟬がうるさいほど鳴いていた。石畳の道は途中で右に折れて、そこに寺門があり、入るとすぐそこに数百年余りも経つかと思われるような、杉と公孫《いちょ》樹《う》が庭の真中に立っていた。その向うに、広い牡丹園があった。花は咲いてはいなかった。裕福そうな寺だった。

通用門から入ると小坊主がいて、黄色い声で播隆上人様ですかと訊いた。飛脚を使って出した手紙は届いていた。

立禅《りゆうぜん》和尚は快く播隆を迎えた。

「当寺としても、貴僧の企てに間接に参加することでもあり、まことに光栄ということになる。ところで、その槍ヶ岳という山はどこぞにあるのかな」

松本平からは槍ヶ岳は見えなかった。城山に登ると、槍の穂だけが見えたが、あまりにも遠すぎて、その険峻さは感じられなかった。立禅和尚はものにこだわらない僧であった。この寺が松本藩の前の藩主水野家の菩提寺であったころから、檀家は多く、寺領も広かった。

「山もいいが、花もいい。どうかな播隆どの、拙僧の丹精した牡丹園を見てくれぬか、いや今はだめだ、春でないとな、さよう、貴僧等の宿坊も用意して置いた。食事は庫裡《くり》の方へ来て一緒にすませて貰いたい」

立禅和尚が播隆と徳念のために用意した宿坊は山門を入って直ぐ左側の仁王堂の隣りにあった。

播隆は立禅和尚と話していると、なにか肩のこりがほぐれていくような気がした。椿宗、蝎誉、海音はその型こそ違っていたがそれぞれ、なにかしらの欲望を持った僧であった。見仏上人は聖僧であったが狷介《けんかい》な僧であった。だがこの立禅という和尚は春風のようにふわふわと人の顔を撫でて満足しているような僧に思えた。眼の細い赫《あか》ら顔の男で大きな声でよく笑う僧であった。

播隆が玄向寺についた翌日になると、彼の到着を伝え聞いて、岩岡伴次郎、中田又重郎のほかに穂苅嘉平が猟師作次郎をつれて迎えにやって来た。

「なにも、そんなに早く上人を山へ追い上げようとしないでもよかろうにのう。どうも、このへんのものは信心が足りぬから、せっかちでならない」

立禅和尚はそういって笑った。

一行は青田の中を西に向って真直ぐに歩いていった。小倉村までの四里の道程は、ほぼ半日を要して日暮れごろに中田九左衛門宅に着いた。

午後には食事をしないという播隆の風習を知っている中田九左衛門は、茶を用意していた。茶請けに氷砂糖が出た。播隆が手を出さないと、

「これは讃岐産の氷砂糖だで、お茶請けがわりに食べておくんなして」

といった。氷砂糖は上方で流行していた。幕府の倹約令が出ても、裕福な者は好んで買った。一般庶民の菓子ではなかった。それが信濃の小倉村にあるとは予想しなかった。播隆は驚くべきはやさで、流行が伝わっていく世の中に一種の不安を覚えた。世の中が激変する前兆ではないかと思った。午後の食事は摂らなくても、菓子がはじめてではなかった。法話をしたあとで、よく出された。午後の食事は摂らなくても、お茶ならいいだろうといってすすめられると、その好意をむげに断わることはできなかった。播隆は、そこでも戒律のひとつを破っている自分を認めていた。

「さて上人様。今宵のうちに明日の用意をして置いてもらいますかな」

中田又重郎はそこに山仕度一式を揃えて出した。全部新しくこしらえたものだが、それは猟師と同じ仕度だった。

頭にかぶるものは、大型の手拭のほかに、ごめんぶし（木綿頭巾）、厳寒用の頭巾、着るものは、襦袢、綿入れ袢纏、着革《きがわ》（かもしか）、穿《は》くものは、紺のさるっこ股引

（ねきまたぎ）、くくり袴（山袴）、下ばきには蒲草を麻で編んだ「蒲《がま》はばき」、睾《きん》かくし（真綿入りの一種の褌、厳寒用防寒具）、履きものは甲掛足袋のほか、かもしかの毛皮で作った足袋、手につけるものとしては、二の腕までとどく、手甲《てっこう》、刺しぬき二股手袋、雨具は飛騨みの、そのほかに杖として先に鉤《かぎ》のついた鳶《とび》が用意されていた。万一のことを考慮して冬の仕度がととのえられていたのである。

「お坊様だからこれは使いたくはなかったが、やはり奥山へ行くにゃあ、これでなけりゃあいけねえで」

中田又重郎は着革とかもしかの足袋を指してそういった。

播隆は、それら一切の山仕度を一目見たとき、槍ヶ岳の山の深さを思った。笠ヶ岳の場合とは最初から心構えを異にしてかからないといけないということを、村人たちに教えられたような気がした。

食糧の準備もできていた。乾飯《ほしい》、そば粉、餅、登山用の水筒（竹筒）、薬品、――そして播隆のもっとも感銘を受けたのは、地図が用意されていたことだった。

地図の説明は穂苅嘉平がやった。

「まあ、こんどのところは足馴らしちゅうことずら、一度で登ろうなんていったって、そりゃあむりずらよ」

徳念の登山用具は用意してなかった。しかし徳念は不服らしい顔はいささかも見せず、播隆の仕度を手伝っていた。

「お弟子様は、がまんしておくんなして、来年はお弟子様の分まで用意しておきますでな」

嘉平が徳念に云った。

3

文政九年八月五日、播隆、中田又重郎、穂苅嘉平、作次郎の四人は、中田九左衛門の家を出て飛騨新道に踏みこんでいった。徳念は一行を村はずれまで送ってその日のうちに玄向寺へ帰っていった。

播隆にとって大岳（大滝山）の中小屋までは一昨年通った道であった。一昨年よりははるかに道は踏みかためられていた。

緑に顔の染まるような山道を歩いていながら播隆は、一昨年の道とは違うような気がしてならなかった。どう考えても違うように思えたから、又重郎に聞いて見ると、

「いいや、一昨年と同じ道だ、違うように思えるのは天気と気持のせいずら」

そうだ、一昨年はずっと曇っていた。憂鬱な天気だった。それに、徳念と柏巌尼のことが気がかりだった。今や、天気は上々だし、柏巌尼は――少なくとも柏巌尼が徳念になんらかの感情を抱いていることはないし、徳念にもそのそぶりはない。美しい尼が播

隆を慕っていることは疑いのないことであった。それは迷いだと柏巌尼をさとしていながら播隆は柏巌尼に慕われている自分を決して不幸には感じなかった。慕われているということが迷惑でもなかった。そんなことを考えていて、ふとわれにかえると、ひどくあわてた。

穂苅嘉平の書いて来た地図にある冷沢《つめたざわ》で、竹筒に水を汲んでから鍋冠山までは急な登りだった。大岳の中小屋は一昨年より拡張されていた。大岳の頂上に登ると木の間から槍ヶ岳が見えた。日は槍ヶ岳の向うにあるから、そこでは、ただ黒い影としか見えなかったが、同じ槍の穂を、笠ヶ岳の方から見ても、大岳から見ても、同じように槍の穂に見えることがその山の持つ神秘性のひとつに思われた。

「あすもいい天気ずらよ」

槍ヶ岳の周辺が夕陽にきらめくのを見ながら嘉平がいった。

播隆は、穂高連峰から槍ヶ岳へかけての稜線からその日の最後の夕陽の一閃が去ったあともそこにたたずんでいた。岳峰群はすべて、濃い紫色につつまれ、その紫色が暗灰色に褪色していき、更に夜の色となって空の中へ浸み出していくように見えた。

槍ヶ岳は、空と岩肌との境界を曖昧にしたまま、夜を迎えてからも、眼をこらせばやはり、槍ヶ岳の尖峰は頭上の星を突くように秀でていた。

翌朝はやく中小屋を出た一行は大岳から北方に進路をとり尾根伝いに蝶ヶ岳に向った。

そこにはけもの道とも杣道《そまみち》ともつかない踏跡《ふみあと》があった。穂苅嘉平が先頭に立った。這松《はいまつ》の群落をよけて、花畑の中に踏みこんだ。山の頂というよりも高原に立っている感じだった。それにしてもあまりにも美しい花が咲く高原であった。

濃い桃色の花が数坪ほどの広さに氾濫していた。女官の冠を吊り下げたような型をしていた。葉は人参のそれに似ていた。そのような花のかたちも色も、地上では見られないものだったから、色やかたちをなにかにたとえることがむずかしかった。おそらく、花としてこの世に生を享けるもののうちでもっとも美しいものに思われた。

播隆は足を止めた。柏巌尼に見せてやりたいとふと思った。柏巌尼を連想させる花ではなかったが、彼女が喜びそうな花だった。絵に描きたいというに違いない花だった。柏巌尼は絵の心得があった。

花の名前を訊こうと思って嘉平の顔を見ると、

「コマグサちゅう花だ。里へ持っていって植えても、一年経つと枯れてしもう草だ。高峰の花の女王ちゅうもんずらか」

嘉平は笑った。

花の群落には蝶が何種類か飛んでいた。

「蝶がいるから蝶ヶ岳というのですね」

中田又重郎に訊くと、

「そうじゃねえずら、松本平から見ると、春先、この山の残雪が白い蝶に見えるから蝶ヶ岳って呼んでいるずらよ」

小さい池がところどころにあった。近寄ると、びっくりするほど深く足を呑みこむ部分的湿地が陥穽《かんせい》のように散在していた。

蝶ヶ岳頂上からの眺望はすばらしかった。そこには視界をさえぎるなにものもなかった。

播隆は日を背に負って立っていた。真正面に穂高岳連峰が朝日を受けて輝いていた。ゆうべ見た紫色の山々は、今は息を吹きかえしたように多彩に彩られて見えていた。山々の残雪は峰から沢にかけて尾を引き、頂上附近の残雪は童女の頭にさした花飾りのように輝いていた。しかしその山々の稜線に眼をこらすと、ことごとくが荒々しい岩山の連続に見えた。

穂高岳連峰の峰々をひとつずつ拾うように、右に眼を移していくと、その頂点に槍ヶ岳が聳《そび》えていた。ゆうべ見たよりも近くに見えた。笠ヶ岳で見たよりもはっきり見えるのは、夕陽と朝陽の光の強さの差であろうか。

槍ヶ岳はまぎれもない岩峰であった。叩けば金属性の音を発しそうな固い岩の柱に見えた。

播隆は槍ヶ岳に向って合掌した。

「さて、お茶にしずよ」

と嘉平がいった。中田又重郎と作次郎はそれぞれの背負袋《ねこだ》をおろして、中から食べ物を出した。お茶というのは、飲むお茶のことではなく、この地方でいう早昼飯《はやひる》のことであった。山へ入ると、非常な消耗を要求されるので、彼等は、朝《あさ》飯（午前六時）、早昼《はやひ》飯《る》（午前十時）、昼《ひる》飯（午後二時）、夕《よる》飯（午後六時）と四回食べた。

嘉平は、その辺の這松のなかを探して枝を集めると、焚火を作って餅を焼いて、

「さあ上人様食べておくんなして」

と最初に焼けた餅を木の枝を折って作った箸で挟んで播隆にすすめた。

「わたしは朝一食ときめておりますので」

播隆は、好意だけを感謝して、深く頭を下げた。

「なんだって、朝一食と決めているだって。里ではそれで通るずらが、山ではそうは行かねえ、山には山の掟《おきて》ちゅうものがあってね、そのとおりにしなけりゃあ身体が持たねえ、さあ食べておくれ」

しかし播隆はそれに手を出さなかった。山へ来ても一日一食の戒律は守ろうと思った。嘉平の好意には頭を下げただけで餅は受取ろうとしなかった。

「食べねえけえ。そうけえ、それなら勝手にするがいい。おい作次郎、けえる仕度をしろやい、こんな分らず屋の坊様を相手にしていて見ろ、こっちが凍えて死ぬか、谷にこ

ろがり落ちて死ぬか、どうせろくなこたあねえずらよ」

穂苅嘉平はそこに拡げた物を袋の中に入れ始めた。

「おい、おい、嘉平さん、なにもそんなに怒るこたあねえずら、ここまで一緒に来てさ」

中田又重郎が嘉平をなだめた。

「おらあなあ、おめえ様たちに先達《せんだつ》としてたのまれて来た。山へ入ったら先達のいうことを聞くのがあたりめえだ。そんな理屈が分らねえ人の先達はできねえ、おらあ御免だ」

嘉平の声を風が吹きちぎっていった。

「わたしが悪かった。餅は食べます。先達のいうことはなんでも聞くから案内してくださらぬか」

播隆は嘉平に負けた。信州人は噂のとおり理屈っぽいのだと思った。

「そうかえ、そう分ってくれりゃあ、おれはなにも文句は云わねえが、上人様、ここでひとこといっておくが、山っちゅうものは、ほんとうにきびしいものだっちゅうことを、よくおぼえて置いておくんなして。里のつもりじゃあ、山へは登れねえ、槍ヶ岳の頂上に登るなら、それこそ死にぱくれえにならにゃあいけねえずら」

死にぱくれえという方言を播隆は知らなかったが、彼はそれを死にもの狂いというふうに解釈した。餅は歯に熱くこたえた。味噌をつけて食べなせいと又重郎が出した味噌にはとうがらしが入っていた。それが播隆の眼にしみた。播隆は涙をこぼしながら餅を食べた。

蝶ヶ岳の頂上から一行は山葵沢《わさび》を下っていった。暗い湿った沢で、湧き水の流れにそって山葵が白い花を咲かせていた。

梓川《あずさ》に出て、川沿いの杣道をしばらく登るとそこに杣小屋があった。人はいなかった。

「ここまでは、人の匂いがするが、ここからは、たいへんだでな」

嘉平はそう云いながら作次郎を見た。樅《もみ》の大木が生い繁っていた。ところどころ伐採したあとがあったがほとんど原始林のままだった。

昼飯《ひる》を食べて杣小屋を出てしばらく登ったところで、先頭に立っている作次郎が止まった。川幅三間ほどの川だったが、かなり流れは急だった。作次郎は川原の石の上をあっちこっち跳び歩いていたがやがて引きかえして来て、渡渉点を黙ってゆびさした。作次郎は髭《ひげ》だらけの顔をした、唖《おし》かと思われるほど無口な男であった。ものを云わないかわり、よく眼を働かす男だった。

嘉平が藪に入って、腰の鉈《なた》をふるって手頃な棒を作って来て播隆に渡して、播隆の持っている錫杖と取りかえようとしたが、播隆は錫杖を手からはなさなかった。

作次郎は猟師ばかまを脱いで、それを背負袋に入れて背負うと、腰に綱を結んで、手に持った天秤棒ほどの棒を、水流の中に立てながら川を渡っていった。一番深いところは彼の膝ほどあった。

向う岸についた作次郎は、腰につけた綱をほどいて肩でしっかりささえると嘉平に合図した。作次郎と嘉平とが綱の両端を引張った。嘉平が中田又重郎に云った。

「上人様に腰綱をかけてやっておくれ」

中田又重郎は手早く別な綱を取り出すと、それをすでに山ばかまを脱いで待っている播隆の腰に結び、腰綱の結び目を輪にして、川の両端に張りわたされた綱にかけた。

「主綱《おもづな》をしっかり握っていてくだせえよ、万が一流されても腰に綱があるから大丈夫には大丈夫ずらが、濡れると寒くて歩けねえからね」

嘉平が播隆に云った。播隆は、その嘉平の眼にこたえるようにうなずいて川に入っていった。氷のようにつめたい川だった。草鞋は履いたままだから、足の裏を、川石で傷つける心配はなかったが、川の瀬が急になると膝のあたりがふるえた。

播隆のあとに、ぴったりと、中田又重郎がくっついていた。播隆の身体がぐらつくと彼の腰に手を掛けた。

播隆は向う岸に上って股引を穿《は》き、山ばかまをつけるとほっとした。川ひとつ渡るのにもたいへんだと思った。

「一之股（一ノ俣）はいいが二之股（二ノ俣）は厄介だぞ」

嘉平はまだその先に危険な川のあることを播隆に告げた。播隆は、蝶ヶ岳で嘉平に山には山の掟があるといって叱られたことがいまになって、身にしみて感じられた。

三人は樅の大木の下を縫うように進んでいった。そこにも細いながら杣道があり、やがて、水が落ち合うような音が聞えるところまで来ると、最近建てたばかりの、人二人ほどがやっと寝泊りできる杣小屋があった。

二之股の渡渉点はすぐそこだった。

二之股は一之股より川幅も広く急流であり、深いところは腰まであったが、播隆は一之股の経験を生かして、渡渉すると、濡れた身体を拭いていそいで着物をつけた。作次郎が、河原に散在している枯木を集めて焚火をして濡れたものをかわかした。真夏であるのに焚火をありがたく思うほど涼しい河原だった。

そこからは槍沢川に沿っての登りであった。杣道はなかったが、作次郎が先に立って、鉈をふるって藪を切り払いながら進んでいった。作次郎が疲れると嘉平が交替し、その次には中田又重郎が鉈を握った。

進行速度はかなり遅くなった。見とおしが利かないことも気疲れになった。

やや傾斜が急になったと思うようになってから、木の間がくれに、赤い岩が見えた。岩というより赤い岩肌をした山だった。その山は行手をさえぎっているかのように大きく見えた。行く先がなんとなく明るさを増して来たのは森林の密度が粗くなったからである。彼等は赤間岳（赤沢岳）のふもとを捲くように槍沢川に沿って登っていった。

先頭の作次郎が立止まって、三人をそこに待たせて、藪の中に入っていった。しばらくしてから作次郎の声が林の中から聞えて来た。

そこに大きな岩の割れ目が斜めに口を開けていた。その下部の割れ目が崩壊して、やや丸みを帯びた洞窟を形成していた。中は数人が雨露を凌《しの》ぐだけの広さがあった。四人はそこで夜を迎えた。

陰湿なつめたい洞窟だった。ぽとりぽとりと水の落ちる音がしていた。

播隆は、飛騨高原郷岩井戸村の杓子窟を思い出した。子供に石を投げつけられた伊吹山の窟を思い浮べていた。幼いころ、岩《いわ》、岩と人に呼ばれていたころから、岩とは離れることのできない因縁にあるのだと思った。彼は故郷の父母を思い、八尾の寺に、石碑さえもなく眠っているおはまのことを思った。

播隆は洞窟の奥に坐ると、無量寿経を暗誦した。夜が訪れて、同行の三人が眠ってからも、観無量寿経、阿弥陀経を暗誦しつづけていた。眠くはなかった。不思議に頭がさえた。それは明日中には、槍ヶ岳の肩にまで行きつくだろうという期待への昂奮であった。その夜は風のない静かな夜であった。

夜が白々と明け出したころから空は曇り出していた。

「どうもゆうべは静かすぎると思ったで」

嘉平は天気悪化を予告した。

「だがまあ、上の岩小屋までは、どうにか行けるずらよ」

と、めずらしく作次郎が口を利いた。

岩小屋ということばも、播隆にははじめてだったが、泊れるところがあることは安心だった。そこから急な登りになった。木の丈が短くなり、やがて荒々しい岩が出て来るようになると、急激に景観が変っていった。大きな石を乗り越え乗り越え高度をかせいでいくと、突然眼の前に、白いものが見えた。中岳の残雪であった。足元にひろがっている花の群落を追うように登っていくと、そこに播隆は巨大な雪渓を見た。それは天上につづく白い壁に見えた。

雪渓のずっと上に岩稜が見えたが、首の根がいたくなるほどふり仰いでも、それは槍の穂には見えなかった。

播隆は、ここまでが、槍ヶ岳への道程であって、ここからが、いよいよ槍ヶ岳へ登るのだと、周囲の岳峰群と、彼の前に白い幕をおろしたように、壁のようにひろがっている雪渓の下端から、意外なほど多量な、きらきら光る水が流れ出すのを見ながら、草鞋の緒を締め直していた。

「いつもの年なら、今ごろ、この雪も消えているが、去年と今年はまだ雪が消えねえ、こういう年がつづくと凶年になる。よくねえことだ」

嘉平は雪渓を見ながら心配そうにいった。

作次郎が先頭に立って、その次を中田又重郎、三番目に播隆、播隆のすぐうしろに嘉平が従った。

播隆は又重郎の踏跡を正しく踏みながら、仰ぎ見ただけで気の遠くなりそうな急傾斜の道をゆっくりゆっくり登っていった。

生暖かい風がふもとから吹き上げて来た。風にまじって硫黄のにおいがした。しばしばそれはくしゃみを催すほどの強烈さであった。

「こりゃあ、いよいよ雨だ、焼岳の煙がこっちへ吹きつけてくりゃあ雨にきまっている」

嘉平が云った。

間もなく視界は霧の中に閉ざされた。

霧の中でも眼が見えるように、作次郎は一定の速度で登っていた。這松地帯に踏みこむと風が強くなって、錫杖を持っている播隆の手が凍えそうにつめたかった。

「これをお使いなして」

嘉平がふところから手袋を出して、播隆にわたした。紺の木綿の中に綿を入れて、ていねいに縫った刺し糸のあとが新しい、二股ゆびの手袋であった。嘉平の懐に入れていたからぬくみがあった。

播隆はいたわられている自分を感じた。そうして貰わないと登れない山だということもよく分った。播隆は嘉平に従順であった。この男こそ、ほんとうの意味の先達だと思った。

作次郎が上の岩小屋といったのは、まさに岩小屋にふさわしい恰好をしていた。大きな岩を並べた上に、平らな巨石でふたをしたような洞窟（現在の坊主岩）であった。なかは数人が泊れるほどの広さがあった。

一行が岩小屋についたときは雨になっていた。

その日の午後から暴風雨になった。南寄りの風雨が岩小屋の入口に向って吹きつけた。作次郎、嘉平、又重郎の三人はそのことを予期して、這松の枝を集めて来たり、石を運んで来たりして、岩穴の入口を中から塞ごうとしたが、雨は隙間から容赦なく吹きこんで来た。四人は雨具をつけたまま、眠られない夜を過していた。

播隆の名号を称える声は夜を徹してつづいていた。嵐の音とともに、彼の声は高低を繰りかえしていた。

雨は翌朝止んで午後になると風が出て山雲を拭い去った。

「さて、行けるところまで行って来ずかね」

嘉平が出発を告げたのは正午を過ぎて一刻《いっとき》ほど経ってからであった。

岩小屋から槍ヶ岳の肩までは二丁か三丁ほどの距離に見えていたが、歩くと五丁にも六丁にも思われた。あまり傾斜が急であるために呼吸が切れた。雨で雪渓の雪はかなり解けていたが、足が雪渓に食われてかえって登りにくかった。だが雪渓はそう長くはなく、やがて、岩の崩壊とつみ重なりによって自然に作り上げられた岩の砦のように見える肩のいただきが近くなって来るとともに、その右手にそそり立っている岩壁の、色艶や匂いまで感ずるようになって来た。播隆は、又重郎の足跡を追うことも忘れて、何度か錫杖をとどめて、槍の穂を見上げていた。

肩は岩石におおわれた平《ひら》であった。平についたとき播隆は峠に達したと思った。肩の向う側に、なだらかに延びている尾根と、ひろびろとつづく山群を見たからである。しばらくは、それ等の山が、なんという名の山だか分らなかったけれど、彼の視線の限界ぎりぎりのところに、白く、鋭く、峰々を分けて、尚一団となってかたまり合っている立山、剣連峰を見たとき、おおよその山々の配置を頭の中に飲みこむことができた。

播隆は眼を西の方に転じていった。西の方のはずれに、一段と秀でた山があった。山の頂は編笠を置いたような形をして、その左右に、小さな頂をひかえていた。頂上附近を形成する巓のすべてを結集して眺めても、全体的にはやはり笠の形に見えた。

播隆はその山にどこか見覚えがあった。眼をこらして、その頂附近を探すと、小さく白く、斑点のように光っているものが、頂の右下に見えた。播隆の眼はそこに固定され、それが、彼が先年登った笠ヶ岳の残雪とすこぶる似ていることに気がついた。

「笠ヶ岳だ」

播隆はそう叫ぶと、なによりもまず笠ヶ岳に対して礼拝し、名号を称えた。気持が落ちついていった。

播隆はひといきついてうしろをふりかえった。山葵《わさび》沢から蝶ヶ岳にかけてよく見えた。蝶ヶ岳と並んでいる大岳の眺望も見事であった。その方向に松本平が見えるかと思ったが、蝶ヶ岳の蔭で見えず、かなり遠くに横幅広く峰をつらねる八ヶ岳が見えた。そして、はるか遠くに、煙霧の中に浮き出した蜃気楼のように富士山があった。

播隆は視線を近くに引き寄せた。穂高連峰の頂はすべて、そこから低く見えた。尾根伝いに歩いていったら、日帰りでも行けそうに思われた。

西風が強かったので、長くそこに立っていると、身体中が慄え出しそうに寒かった。

播隆は、一番近くの、彼が登らなければならないものに眼をやった。彼は槍の肩の平をおりて、不安定な岩の上を、ちょっとした窪みに下って、そこから大喰《おおばみ》岳に登った。槍ヶ岳の全貌がはっきりした。

「どうだね」

そこまで案内して来た嘉平は播隆にいった。どうだね、とても登れそうもない山だろうというふうにも、どうだねすばらしい景観だろうというふうにも受取れた。

播隆はそれに応える余裕がないほどにいそがしく眼を槍の穂を中心にして配っていた。

彼はそこに立って、はじめて、彼等が肩、肩と呼んでいる意味が分るような気がした。そこに大きな槍ヶ岳という山体を仮定すれば、その平は確かに肩であり、肩につづいてそびえている槍の穂は首であった。

槍ヶ岳という山体は、その首のつけ根から四方に尾根を張り出していた。東鎌尾根、北鎌尾根、西鎌尾根、そして播隆が立っている大喰岳から真直ぐ南に延びる穂高連峰、それらの山はすべて槍の穂先を頂点として形成されていた。云わば、そこにおいて見えるかぎりの山々はすべて槍ヶ岳という巨大な山体の支体であり、それらの山の象徴こそ槍の穂であるように思われた。

「どっちから取りついても登れっこねえ山だ」

嘉平が云った。

登れないことを強調していったのではなく、困難さが同等であると表現したのであった。播隆は岩稜のどこを見ても、草一本として生えていないことをたしかめると、天の領域にかなり深く足を踏みこんでいる自分をふとおそろしく思った。下に煙が見えた。岩小屋のあたりで、作次郎が飯の仕度をしている煙であった。

「それじゃあこれから槍の穂のつけ根まで行って見ずか」

嘉平が先に立って歩き出して直ぐ、彼の足元から石がころがり落ちていった。落石が落石を呼んで、雷鳴のような音がしばらくつづいた。播隆はその石の落ちていく暗い沢が、飛騨の高原川の上流の蒲田川右股だと、嘉平に教えられて、飛騨と信濃の国境に立っている現実感を味わった。

槍の肩の平まで引きかえして来るとひどい風になった。

「夏にこんな強い風が吹くっちゅうことは、あまりねえことだが」

岩かげに三人が身を寄せたとき嘉平がいった。

「今日はこのくらいにして帰《け》えらずか。明日の午前中、もう一度まわりを見て廻って、山をくだるっちゅうことにするかね」

播隆と又重郎は黙ってそれに頷いた。その強い風の中を歩き廻ることはできなかった。

4

播隆は徳念とともに木曾路を歩きながら今年の冬から来年の春にかけてなんとかして、槍ヶ岳開山の浄財集めを終ろうと考えていた。急ぐ理由はなにもなかった。笠ヶ岳も、再興の話が起ってから足掛け五年はかかったのである。笠ヶ岳よりも、比較にならないほどけわしい槍ヶ岳の開山がそう簡単にできないことは分っていた。だが播隆の心は急いでいた。来年の夏には是が非でも、絶頂に阿弥陀仏像を安置したいと思った。絶頂に阿弥陀仏像を安置することが先で、そうすれば、道は自然にできるのだと考えた。

椿宗和尚が道を作ってから仏像を上げた考えとは違っていた。違っていていいのだと播隆は考え、それもなるべく早い時期にやらないと、この事業は立消えになってしまうのではないかと考えた。松本には椿宗和尚にかわるべき事業僧はいなかった。立禅和尚は播隆の計画に賛成し、あらゆる協力を惜しまなかったけれど、椿宗和尚のように、十カ村の村人を指一本で動かすほどの実行力はなかった。立禅はすこぶる人の善い、檀家と寺領に恵まれた城下町の和尚様であった。

播隆は槍ヶ岳開山は自分ひとりの力によってなさねばならないと思った。

「上人様、なぜそのように急がれるのです」

徳念は播隆の足の運びがいつもより速いのが気になった。

「ただわけもなく、急がないではいられないような気がしてならないのだ」

播隆は、槍沢の雪渓を見上げて穂苅嘉平がここ二年ほど雪渓の雪が溶けない、凶年にならなければいいがといったことを思い出していた。凶年になれば浄財集めはむずかしくなる。だから急ごうとしているのではなかった。播隆は、凶年になった場合人の心の変ることを恐れていた。

「善は急いだほうがよいに決まっていますが、あまりお急ぎになっても――」

徳念は、それ以上のことは云わなかった。師は口には出さないが、急がねばならない理由を心の底に持っているのだろうと思った。

「浄財集めは、やはり、美濃を中心として行いましょうか」

「それがいいと思うな、この前の笠ヶ岳のとき寄進された人たちをたよって再度の喜捨を願うことにしよう」

播隆と徳念の気持はその点でよく合致した。

木曾谷は土地が狭く、田畑も少なく、そこに住んでいる農民たちの生活も苦しそうに見えた。松本平あたりとは比較にならなかった。どこか笹島村と似たような貧しい村が木曾川に沿って点在していた。宿場へ入ると、宿場としての賑いはあっても、そこには、どこの宿場でも同じように旅人のふところを当てに生きている生活があるだけで、物産を中心としての力づよい息吹は感じられなかった。

播隆は木曾路を通るのは二度目であった。木曾路にも寺はあった。一夜の宿を乞うと泊めてくれたが、播隆のした事ややろうとすることにはほとんど無関心であった。法話をたのもうとか、村人を中心に念仏講を開こうなどという者はいなかった。木曾谷が陰鬱な長い谷であるように、どの寺へ泊っても憂鬱な応対と迷惑そうな顔があるだけだった。

播隆が木曾路を急ぐ理由はそこにもあった。彼は一日も早く木曾谷を抜けでて、明るい美濃平野に出たかった。そこには弟子の柏巌尼が槍ヶ岳偵察山行の首尾を待っていた。

木曾路には秋がおとずれていた。ヌルデ、ウルシ、ナナカマドの葉が紅葉していた。

木曾福島は木曾谷に沿った細長い宿場町であった。木曾街道中第一のこの宿場も、町をはずれて、山の中腹に登って叫べば、細い町幅の家並を乗り越えて向う側の山から山彦が返って来るような町であった。

播隆と徳念は福島の町を出て一里ほどのところで向うから来る薬売りに声を掛けられた。

「岩松さんじゃあねえか」

薬売りは播隆の驚いた顔を見て、

「やっぱり岩松さんでしたね、お坊さんになったとは聞いていましたが、ここで会おうとは思わなかった。私は長沢村の市兵衛だよ、それあの時の……」

それあの時のと云われて播隆は、そのしゃくれた顎の男を思い出した。足の速い男で富山一揆のときには伝令や見張りによく使われていた。

「おお、あの時の市兵衛さんですか、これはおなつかしい――」

播隆はそういって徳念を市兵衛に紹介した。

「徳助さんでしたか、よくまあご無事で……」

市兵衛は徳念が二十六歳になったと聞いて驚き、播隆が四十四歳になったと聞いて、年が経つのははやいものだと云った。

とにかく、こんなところではといって、市兵衛はふたりを茶店へつれていった。

市兵衛は一揆のあと捕えられたが、十日ばかり牢に止められ、百叩きに逢って放免された。

徳助の父高木村徳市郎夫妻の他、主だった者が牢死した。現在牢につながれている者はないが、牢から出されたが身体の自由を失って家に寝たっきりの者が数名いた。塩野一揆のあと、富山藩の内部にも人事の更迭《こうてつ》があって、塩野新田の百姓の日当は幾分上がったし、年貢についても前ほどむごいことはしないようになった。

「一揆は無駄ではなかったんですね」

「あれだけのでっけえ犠牲を払ったんだから、少しはよくならないとねえ、今だって故郷へ帰れぬ人が三十人ほどもいるくれえだ」

他国へ逃げた者が故郷へ帰れないことも事実だった。故郷へ帰ったが許人されて藩に捕えられて咎《とが》めを受ける者も現にいたのである。

「岩松さんも、故郷へ帰りてえでしょうが、おやめになったほうがいいと思いますね。人間なんちゅうけものはへんなもので、あのときは、よく逃げてくれたと思っていた人でも、今じゃあ、あの野郎は卑怯者だ、帰って来たらただでは置かねえなどという者が多いものでしてね」

そして市兵衛は徳念の顔を見て、

「しかし徳助さんは大丈夫だ。許人する人なんかいねえ、徳市郎夫婦の子供だもの大手を振って村へ帰れる。田畑は徳市郎さんの弟の徳次郎さんが、全部耕していなさるが、――そうだねえ、徳助さんのものだでかえすにはかえすだろうが、徳次郎さんも子供が六人もいなさってね」

徳念は黙って聞いていた。

「そう、そう、岩松さんのお母さんが、たしか去年亡くなられたですぜ」

「母が」

一瞬播隆の顔は曇り、直ぐ眼に光るものが浮んだ。播隆は故郷の方を向いて瞑目し合掌し念仏を唱えた。徳念もそれにならった。木曾川の瀬の音が近くに聞え、遠くに、木に斧《おの》を入れる音が聞えていた。

「それから岩松さん、あなたのお内儀さんの立派なお墓が八尾のお寺にありましたよ」

「おはまの墓が――」

播隆はつぎつぎと聞かされる驚くべき事実に色を失った。

「はい、そうだと聞きました。私の親類が八尾にありましてね。去年そこに不幸がありまして、そこへ行きましたが、丁度、うちの親類の隣りでしたな、黒御影石の立派なものでしたぞ」

「誰が建てたのですか」

播隆はふと父の顔を思い出した。貧しい父がそんな立派な墓を建てられる筈がない。

「私も、誰だろうって思いまして、裏に廻って見ると、播隆之を建てるとほりこんでありました。誰でしょうなあ播隆ちゅう御人は」

更田屋弥三郎だなと播隆は咄嗟《とっさ》に思った。弥三郎がなぜそんなことをするのかと考える前に、直感的に弥三郎だと決めていた。

播隆と徳念は市兵衛に手紙を託した。故郷からの手紙は、美濃太田の祐泉寺に届けてくれるように頼んだ。

故郷との連絡は十三年ぶりで復活した。播隆は、これから木曾路を通って、中信濃へ薬を売りにいく市兵衛のために、松本の玄向寺、小倉村の名主岩岡伴次郎、鷹庄屋中田九左衛門、山廻り役、穂苅嘉平などに紹介状を書いた。

「こういうしっかりしたところを当てにして行くと、たいへん助かります。これからもよろしく願います」

市兵衛は何度か礼をいってその手紙を箱の底に納めようとして、差出人の播隆という字に眼を止めた。

「あなたが播隆さん、するてえと？」

「おはまの墓を建てた人のことでしょう、それが私にも分らないのです。おそらく、誰かの御好意でしょうが、今のところ心当りはない」

心当りはあったが、市兵衛にはないといった。徳念はそのことについては黙っていた。

彼の出る幕ではないが、おはまの石碑を弥三郎が建てたのではないかということはうすうす感じていた。弥三郎が播隆に示す、異常な好意から推察していくと、そうでないと考えるほうが無理のような気がした。

「上人様、槍ヶ岳の絶頂に安置する仏像は、弥三郎さんにお願いしたらいかがでしょうか。仏像の型はそのままあることですから、鋳造しようと思えばわけはないことだと思います」

徳念が弥三郎のことを口に出したのはいささか突飛に過ぎていたが、播隆は驚きはしなかった。播隆もまた頭の中で弥三郎とその周辺のことを考えていたからであった。

師弟は心を覗き合った。

5

徳念の法話は播隆の前座の形式で行われた。美濃太田の祐泉寺に播隆と徳念が滞留して、槍ヶ岳開山勧進を始めると、彼の名を聞き伝えて、各方面から法話を依頼して来る者があった。一人でしゃべるのはたいへんだから、前座を徳念にやらせたらどうかとすすめたのは海音和尚であった。

徳念が一般的法話をやって、そのあとで、播隆が笠ヶ岳で拝んだ来迎の話や、槍ヶ岳登山の話をやった。

徳念の話は若い階層に人気があった。特に若い女性が徳念の話を聞きたがった。話を聞かずに、徳念の顔ばっかり見ている女もいた。

牛飼いが牛をつれてガンジス河を渡る話にしても、徳念のほうがどことなく情緒があった。

「ガンジス河は夕陽を受けて幾億万の金の木の葉を浮べたように輝いていました。賢い牛飼いは、牛を河原に放して置いて、小高い丘の上にかけ登ってガンジス河の流れに沿って静かに眼を動かしていきました」

釈尊の説話の中にある賢い牛飼いとそうでない牛飼いとの話であった。美しい修飾語が多く使われた。聴衆はその内容より表現に酔ったように聞いていた。

浄財集めは予定以上の速やかさで進められていった。浄財の額の増すとともに、播隆上人の名は美濃から尾張にかけて拡がっていった。

人々は沈滞した宗教界のなかになにかを求めていた。望外の高さにある山岳の頂点にかける播隆の悲願は、理屈なしに、浄らかに思われた。播隆が浄土宗の僧でありながら通仏教的思想のもとに、どこの寺にも心よくでかけていくことも、戒律を厳重に守る、真摯《しんし》な実践僧であることも、そしてまた播隆の風貌が徳高き上人様と云われるにふさわしかったことも、彼の名を挙げるのに役立っていた。

播隆の怒り肩は、彼の威厳に通ずるものがあり、広い額は知性を、そして、疑うことなく人を見詰める眼光は無言のうちに相手を説得していた。

弥三郎は手紙だけで、播隆の懇請に応じたが、仏像は翌年の春までにはできず、文政十一年の春になってようやくでき上がった。

弥三郎はそれを持って美濃太田の弥勒寺を訪れた。

「すばらしいできばえだのう」

海音和尚は、笠ヶ岳のときと同じような讃め方をした。

播隆より一段さがったところで、黙って阿弥陀仏像を見詰めていた徳念は、ほとんど他人には聞えないほどの吐息を洩らすと、わずかに顔を横に向けて並んで坐っている柏巌尼を見た。

柏巌尼は徳念の視線を感じてはいたが知らないふりをしていた。それがかえって徳念には柏巌尼がその像と彼女の顔との相似についての秘密を知っていて知らんふりをしているように思われてならなかった。

「前と同じ型のものと思いましたが、仏師がこの前のものは気に入らないと申しますので、改めて型をおこしました。それがまた丁寧な仕事をしているので、とうとういまごろになってしまいました。今度はいかがでしょう」

弥三郎が播隆にいった。いかがでしょうかということはおはまに似ているかどうかということであった。

前のものと並べて見ないと分らないが、弥三郎にそう云われて見ると、前よりかいくぶん、頬の線が豊満になったような気がした。その変化は、仏師が雛型として写し取った、てるの容貌と年齢が、死んだときのおはまの年齢に近づいて来たことを示すもののようであった。切れ長の眼も、ちんまりとまとまった鼻も、おちょぼ口もおはまの顔とそっくりであった。

その夜、播隆は弥三郎の泊っている宿へ訪ねていって、おはまの墓のことを訊いた。

「なあに、ちょっとしたついでがありましたのでね――あなたには義妹のことで、いろいろ厄介になっておりますから、そのお礼みたようなものです」

「お礼ですって？　お礼に墓を建てて貰ったという話は聞いたことがない。それに、あなたはその話を私に一度もしたことはないでしょう」

「云おうと思っているうちに、いそがしさにまぎれてつい忘れてしまいましてね」

弥三郎はごまかし笑いをしながら、

「兎に角商売がいそがしくてね、儲かるんですよ、たいへん儲かる」

と話をそらそうとする弥三郎に播隆は、

「弥三郎さん、あなたはなぜこれほど、おはまに関心を持つのです。おはまが不幸な死に方をしたということへの同情だけでは、どうも納得いきません。いったいあなたはおはまを……」

「おはまさんはいいお内儀さんでした。岩松さんはほんとうにいい嫁さんを貰ったと思っていましたよ」

岩松さんと、あのころの呼名を使ってもその場ではおかしくなかった。

「それだけですか」

「これは、上人様と云われるお方とも思えないようなかんぐり方ですね」

弥三郎は、播隆の視線をさけるようにぷいと横を向いた。怒っているように見えて怒っている顔ではなかった。機嫌を害したように見せかけてはいるが、心の中にはなにか重要なことをかくしていて、そのことにこだわっている顔に見えた。

播隆はそれとよく似た顔つきを、おはまの墓場で見たときのことを思い出した。役人につれて行かれた弥三郎が一日経って帰って来たときの顔だった。

播隆は、一揆の思い出に焦点を合わせた。そっぽを向いている弥三郎も、やはり、そのときのことを考えているのではないだろうか。

まったく突然、播隆は、高木村の徳市郎が云ったことを思い出した。

(おれは、あのとき、屋根の上から、弥三郎がなにをやったかをすっかり見ていたんじゃ)

弥三郎がなにをやったのかと聞くと、徳市郎は、もうすんでしまったことだと云って語らなかった。

弥三郎が蔵を開けて、暴徒に米をくれてやったことを云っているのではない、そのことは誰もが知っていた。おそらく徳市郎は誰も気がつかなかったようなことを屋根の上から見ていたのだ。岩松がうしろから鉄砲で狙われているのを教えてくれたのも徳市郎だった。

「弥三郎さん、あの八尾の打ち毀しのとき、私が過っておはまを手に掛けたとき、あなたはどこにいたのです」

播隆のそのひとことは弥三郎の急所を突いたようだった。弥三郎はびくっと身体を動かした。

「おれは、岩松さんの真うしろにいた。もう二、三歩で手が届くほど近いところにいたのに、岩松さんを抱きとめることができなかったのだ。抱きとめようと思ったとき、お前さんの手に持った槍が延びて、その槍におはまさんが刺されたのを、岩松さんの肩ごしに見ていたのだ」

それは嘘ではなさそうだった。おはまを過って突き刺したとき、真先に現われたのは弥三郎だったことを、播隆は覚えていた。

「あの現場に居合わせたというだけで、おはまの墓を……」

すると弥三郎は、くるりと向きを播隆のほうにかえて、

「そうだよ岩松さん、あのときおれは、お前さんを抱き止めようと思えば、抱き止められたのだ。それだのに、抱き止めなかったからおはまさんは死んだのだ。つまり、おはまさんを死なせたのは、おれにも一半の責任がある」

播隆は、その言葉の中に嘘を感じた。弥三郎の思いつきだと思った。弥三郎はなにかしたのだ。しかし、それをいま云えと云っても彼は答えないだろう。椿宗和尚が、

（弥三郎は、あやまちを犯しては、そのつぐないをして歩く男だ）

と云ったことを思い出した。弥三郎が云ったことが本当だとして、そのつぐないのためにおはまの墓を建てたというなら、理屈が通らぬことはなかったが、おはまによく似たてるとおさとの姉妹を播隆に近づけようとしたのはなんのためであろうか、笠ヶ岳と槍ヶ岳の頂上におさめる阿弥陀如来像の生きた雛型としてわざわざてるを使ったのはなぜであろうか。

「弥三郎さん、あなたはなにかかくしていますね」

「かくしている？　そうかもしれない」

弥三郎は眼を畳の上に落として、それまでにない神妙な顔になった。沈黙がつづいたあとで、弥三郎が云った。

「岩松さん、あなたは人をゆるすことができますか」

「ほんとうに人をゆるすことはむずかしい。口ではゆるすといっても、心ではゆるして

いない場合のほうが多い。おそらく人間は死ぬまで人をゆるすことはできないだろう」

「では岩松さん、ゆるされることは？」

「ゆるされる？」

播隆は眉間に皺をよせて弥三郎を見詰めた。

「お前さんはおはまさんにゆるしを求めるために、槍ヶ岳開山をしようとしているのではないのですか。衆生済度というのは名目であって、ほんとうは、岩松さん自身が、救われたいために、槍ヶ岳開山をするのではないのかね」

そして弥三郎は、やっと本来の彼の顔にもどって、へらへらと笑った。

6

文政十一年六月、美濃太田の祐泉寺に滞在中の播隆のところに、大垣の丹野辺市左衛門と犬山城下の御用商人近江屋吾助が訪ねて来た。ふたりとも、播隆の信者で、笠ヶ岳再興に際しては多額な喜捨をしていた。

市左衛門は四男の四郎左衛門二十歳を、吾助は三男の吾兵衛十九歳をそれぞれ播隆の弟子にしたいというたのみであった。

ふたりは、その子たちをなぜ出家させたいのか、その理由については、とおりいっぺんのことしか云わず、

「上人様はこれからはいよいよおいそがしい身体になられることと思いますので、すこしはためになる弟子をお揃えになったほうがいいと存じます」

といった。

丹野辺市左衛門は義兄が大垣藩の家老を勤めている芝山半之丞であるということを、近江屋吾助は犬山城下でもっとも大きな御用商人だということを播隆に披瀝《ひれき》して、それぞれその縁につながる、せがれどもを弟子にしたら、なにかと利があるだろうといいたかったのである。

「わたしはただの念仏行者、自分ひとりの身でさえ持て余しているのに、弟子など持つ余裕はございませぬ」

「だが上人様は、柏巌尼さんと徳念さんというお弟子をちゃんと持っておられるではありませぬか」

「あの二人は――」

播隆は答えにつかえた。柏巌尼は弟子には違いないが、尼寺の経営費は弥三郎から出ている。徳念は長い修行をつんで来ているから一人前の僧である。僧としてひとりで生きていけるだけのものを身につけているから、弟子といっても、手を焼かせることはなにひとつないのだ。

「上人様、ふたりの新弟子の生活費のことならご心配は要りませせぬ。われわれが、生活費以上のものを毎月おとどけいたしますから、なにとぞ弟子にしてやっていただけませぬか」

親たちふたりは播隆の心の中まで見すかしたようなことを云った。

「ほんとうのことをいうと、わたしは弟子を置いても弟子に教えることはなにもできないのです。三十一歳で僧籍に入ったわたしはまだまだ修行が充分ではない。修行中の者が、弟子を取り、教えを垂れるなどということがあってよいでしょうか」

「その上人様のお心に私たちはほれこんだのです。なに、教えるなどとむずかしく考えず、ただ弟子として傍に置いてくださるだけで充分です。それ以上のご迷惑はお掛けいたしません」

ふたりは、播隆がどのように断わっても引きさがろうとしなかった。

「上人様も人間、私たちも人間、人というものは、ものを人にたのむときだけたのんで、あとは知らぬ存ぜぬでよいものでしょうか。なにね、理屈はいいたくはないが、あまり上人様がお固いことをおっしゃるので、つい……」

近江屋吾助はとうとう奥の手を出した。喜捨を貰うときだけ貰って置いてと、商人らしいすごみまで見せられると、播隆はことわりようがなくなった。

近江屋吾助にしろ丹野辺市左衛門にしろ、せがれを出家させるなら、将来有名になる僧の弟子にと考えるのは当然なことであった。特に時勢の動きを見るのに敏感な商人である近江屋吾助は、播隆の将来を高く買った。いまのうちに、播隆の弟子として、わが子を売りこんで置いて損はないと思ったのである。

「では、おふたりを弟子として、傍に置くことにいたしましょう。ほんとうにわたしはなにもしてやることができませぬぞ」

「それでけっこうです。上人様のおそばにいて、上人様を見習うことがなによりの修行ですから」

数日たって丹野辺市左衛門と近江屋吾助はそれぞれ四郎左衛門、吾兵衛をともなって、祐泉寺に現われた。

播隆は徳念を介添えとして、剃度《ていど》の式を行って、四郎左衛門には隆志《りゅうし》、吾兵衛には隆《りゅう》旺《おう》の戒名を与えた。


文政十一年七月、播隆は徳念の他に隆志、隆旺の新弟子をつれて、美濃太田を発って木曾路に入っていった。

三人の弟子をつれて現われた播隆を見ると、松本の玄向寺の立禅和尚は、

「もう少し早かったら、すばらしい牡丹を見せて上げられたのにおしいことをした」

といった。牡丹畑につづいている裏山の赤松林がよく見えた。播隆はその赤松の鮮か

な朱色のほうが牡丹よりよほど美しく見えた。播隆とその弟子は立禅和尚に求められるままに玄向寺にしばらくとどまって、檀家の善男善女に説教した。播隆の名はかなり知れ渡っていた。話を聞く信者たちの態度も熱心であった。播隆の名を聞いて、隣村、近村からも人が寄って来ると、立禅和尚はいまさらのようにあわてて、播隆の居室を仁王堂から、寺の書院に移した。

播隆師弟が小倉村の鷹庄屋中田九左衛門宅を訪問したのは七月二十日であった。あらかじめ播隆師弟の行くことが分っていたので、中田又重郎、穂苅嘉平、猟師作次郎が待っていた。

登山のための服装も一昨年と同じように整えてあった。一昨年は徳念の着衣が用意してなくて、徳念が同行できなかったことをよく知っている村人たちは、徳念のためにも一揃いの山着を作って置いたが、隆志、隆旺の二人の新弟子のものまで用意することはできなかった。

隆志、隆旺のふたりは僧になったばかりであった。それに実家の威力を意識していた。向う気がつよく、わがままだった。自分の意志を通そうとした。ふたりは口を揃えて同行を求めた。

「私たちも徳念さんと同じ、播隆上人の弟子なのに、なぜ、徳念さんだけをつれていかれて、私たちを連れていってはくださらないのですか」

この二人の若い弟子たちは、村の人の気持や兄弟子の徳念の心づかいや、師の播隆の苦慮など、いっこうに気にかけていなかった。弟子だ、弟子だと口ではいっているが、ほんとうの意味の弟子ではなく、云わば、播隆につきまとっている取巻きのようなものであるのに、人の前では、弟子を主張した。

播隆は、その二人のわがままを強いておさえようとはしなかった。押えても無駄なことだと思った。播隆は、こういう妙な弟子が従いて来たもとはというと、信者から金品を貰ってはならないという戒律を犯したむくいであろうと考えていた。仏業のむずかしさと、矛盾に直面した気持だった。将来もこのような問題が起るだろうと思った。

「上人様、私たちふたりに帰れとおっしゃるのですか」

ふたりは昂奮するとすぐ顔に出た。

「大岳（大滝山）の中小屋まで御一緒にお連れになったらいいずらよ。このお坊様たちも、あそこまで行きゃあ、それから先はあきらめるずら」

穂苅嘉平は、むきになっている二人を横目で眺めながら播隆にいった。

「飛驒新道を通って大岳までなら誰だってゆけるずら、それがいい」

中田又重郎が云った。

一行七名が小倉村を出発したのは七月二十三日の早朝であった。

隆志、隆旺の二人は登山が初めてだった。歩き方も休み方も呼吸の使い方も知らなかった。播隆が二人をそばに従えて、歩き方を教えた。ゆっくりと、呼吸《いき》苦しくない程度に歩かねばならない。ひどく汗を掻くような歩き方もよくない。いそいでは休み、またいそぐのもよくない。なるべく休まないほうがいい。休むのは半刻に一度ぐらいでいい。途中で水を飲んではいけない、といったような登山の初歩の注意を与えたが、二人は足にまかせていつか一行から離れて先行した。しばらくはそれでよかったが、鍋冠山への道程の半分ほども行ったころから疲れが出て来た。急ぎすぎて、汗をかき、竹筒の水を飲んだ。それがいけなかった。それからは全身汗みどろになって、少し歩くと、道にべったり坐りこんで、水をください、水をくれと叫ぶ始末であった。

「しようがねえなあ、まあこれも修行のひとつちゅうもんずら」

嘉平は顔をしかめた。

隆志、隆旺にくらべて、徳念は年のせいもあるし、播隆とともに笠ヶ岳へ登った経験があった。徳念は播隆のあとにぴったりと従いて、播隆の足跡をひとつひとつ拾うように歩いていた。

かなり急な登りではあったが、飛騨新道と銘打って造った、牛車も通れる広さの道であった。木の根につかえることもなく、石に蹴つまずくこともなかった。ただゆっくり歩けばいい道だったが、隆志、隆旺が途中で歩けなくなってしまうと、一行は予定時刻よりはるかにおくれて、そろそろ人の顔が見えなくなるころになって、大岳（大滝山）

の中小屋に着いた。

播隆は別に叱りもせず、はげますこともなく、倒れ込むように小屋に入って、荒い息を吐いているふたりの新弟子をあわれむような眼で見やっていた。

新弟子のふたりは草鞋を履いたまま眠りこんだ。徳念が草鞋を脱がせてやった。

雨露を防ぐ程度の山小屋だったから、夜になると隙間風が寒かった。

あかりがないから、播隆には弟子たちがどんな顔で眠っているか分らなかったが、弟子を持つことがいかにたいへんかを思い知らされたような気がした。

大きな鼾《いびき》が聞えた。中田又重郎と穂苅嘉平と作次郎の三人が寝ているあたりからであったが、誰の鼾だか分らなかった。

播隆は声を立てないように、口の中で名号を称えた。

なんのために槍ヶ岳開山をするのか――ふと彼は闇の中の何処かで、そのような声を聞いた。その声に時折播隆は悩まされていた。彼はその声に対して、回答はしなかった。声と理屈の云い合いをすると、負けるからだった。彼は声に対して、声を上げて名号を称えた。鼾が止まった。寝返りを打つ音がした。

夜間は風がぴたりと止んだ。そして、朝の明るさが、小屋の隙間から忍びこんで来るころ、僅かながら風が出た。

夜は明けた。すばらしい天気だった。隆志と隆旺は一晩寝ると元気を恢復した。朝食を摂ると、きのう、あれほど他人に迷惑をかけたことは忘れて、これから松本に引き返すのは残念だなどといった。

出発する時刻が来た。

小屋を出て、山へ登る者と山をおりる新弟子ふたりが別れる段になって、

「上人様、徳念さんひとりをおつれなさるのですか」

ときのうの朝と同じことを云った。徳念が同行できて自分たちが行けないのが、その新弟子には我慢できないらしかった。嘉平は、そのふたりを、下唇をなめながら睨《にら》みつけていた。なにか云いたそうだったが、こらえている顔だった。

播隆は悲しそうな眼を徳念に向けた。徳助と呼んでいたときから、ずっと一緒だった徳念をなんとかして槍ヶ岳開山という晴れの舞台に同行したかった。播隆の名と共に徳念の名を出してやりたかった。しかし、新弟子の隆志、隆旺が、そのことを不公平だとなじる以上、むげに退けることもできなかった。寺を持たない播隆の経済的支えは、その二人の新弟子の親たちを中心とした信者たちであった。槍ヶ岳開山の道は遠かった。たとえ、今年開山できたとしても、あの険峻な岩峰に、誰でも登れるような道を作るには何年かかるか分らなかった。その費用も膨大であった。そのことを思うと、二人に帰

れと一喝を食わせることはできなかった。

徳念は既に二十八歳であった。道理はすべてわきまえていた。播隆の心の中もよく分った。徳念は、悲しそうな播隆の眼に大きくうなずいて云った。

「私にも、とても同行はむずかしいように思われますので、隆志、隆旺をつれて玄向寺に引き返します」

あとの方は聞えないほど、ほそぼそとした声だった。

新弟子がわがままずぎるのだと心にいいきかせても、播隆と同行できないことが悲しかった。

「そんなにまでいうなら、せめて蝶ヶ岳まで登って槍ヶ岳を拝んで帰って貰っちゃあ、どうずらか。ここから蝶ヶ岳までは尾根伝いだから、きのうほどつらくはねえ。上人様、そうなされたらいかがなもんずら」

中田又重郎がいった。

新弟子たちは又重郎の言葉に救われて蝶ヶ岳まで同行を許されたが、その出鼻を押えるように、穂苅嘉平がいった。

「お弟子様たちにひとこと云って置くがね、これからはほんとうの山だ。山へ入ったら先達のこのおれのいうことを聞いてくれねえとこまる。おめえ様たちは徳念さんのあとをしっかり従いて来なされ、一歩も先へ出ちゃあいけねえ、おくれてもいけねえ。歩く順序はこの嘉平が先頭で、中田又重郎、上人様、徳念、隆志、隆旺、しんがりは作次郎ということにするだでな、その順序を乱したもんなら、この杖が横面《よこつら》にぶっとぶかもしれねえぞ。分ったかね」

嘉平は怖い顔をして二人の新弟子を睨みつけると、手に持っている杖をふりあげて見せた。

嘉平の言葉には威力があった。それからの新弟子は云われたとおり徳念のあとに従ったが、しばらく歩くとついあたりの景色に見とれて、山がきれいだとか、花が美しいとか私語を交わした。

先頭の嘉平がうしろをふりかえって怒鳴った。

「やかましいぞ、山へ登るときはむだ言こくではねえ」

ふたりは、嘉平の声で、登山というものがどんなものかを、なんとなく嗅ぎ取ったようだった。大岳から蝶ヶ岳までは尾根伝いだから、呼吸の切れることはなかった。這松や草原の間を縫うように歩いていった。池がところどころにあった。

播隆は池のそばを通るとき、この前通ったときより、池の水がはるかに多いことに気がついた。池の水が多いことは冬期の積雪が多かったことを意味するのだ。隆志と隆旺がその池の水を飲もうとすると、嘉平の声が掛った。

「ばか野郎、誰が水を飲んでいいと云った。山歩きに水を飲んでいいか悪いかぐれえ、きのうで分っつらに、どうしても水が飲みたけりゃあ、山をおりてから、飲めやい」

蝶ヶ岳の頂上まで、嘉平は休まずに歩いた。眺望が開けて穂高連峰から槍ヶ岳が手の届くところに見えるようになったところで、

「さあ、一服やるぜ、休んでおくれ」

嘉平はそういって地面に腰をおろした。一行がそれにならった。

播隆だけは一行の休んでいるところから、数歩、草の中を槍ヶ岳の方へ近よったところで、槍ヶ岳に向って合掌した。名号を称え出すと、一度腰をおろした弟子たちも、播隆のうしろに並んだ。

念仏合唱の声を高山植物の群落から流れて来る芳香を含んだ風がさらっていった。念仏の合唱はそう長くは続かなかった。

隆志と隆旺は、蝶ヶ岳に咲き乱れる、コマクサの群落を見ると懐紙を出して、その間に花を摘み取って挟んだ。彼等はただ、こういう別天地に立ったということを世俗に見せてやりたかった。口でしゃべるより、証拠を持ちかえったほうが手取り早いと思ったのである。若者らしい考え方だった。

徳念も、やはりその美しい花を摘んで、懐紙の間に挟んだ。徳念は、花を見たとき柏巌尼を思い、花を摘み取ったときに彼女に贈ろうと決めていた。

播隆は嘉平が山の女王だといったコマクサを摘み取っている三人の弟子に、なにかひ

とこといいたいような顔をしていたが、結局はなにも云わなかった。嘉平はコマクサを取っている若者たちのことなんかどうでもいいといった顔で煙草を吸っていた。

「そうだ、こうしたらどうだえ」

中田又重郎が突然大声を上げた。

「これからみんな一緒に山葵沢《わさび》をおりて、そこで三人のお弟子さんたちは、作次郎が案内して上口地《かみぐち》（上高地）の湯屋へ行く。そこで上人様を待っていて貰うということにしたらどうずら。上人様は、槍ヶ岳開山の帰りには、上口地から中尾峠を越える飛驒新道を通って、飛驒に出て貰うことにして貰いてえ。中尾峠の道はまだ仮道だがどうやら通れるようになった。そうしていただけりゃあ、新道を作った私達もたいへん有難てえことになるずらが」

中田又重郎のその発意によって三人の弟子は更に前進を約束された。

7

穂苅嘉平は夕立を気にしていた。

弟子たち三人と作次郎の後姿が梓川《あずさ》沿いの樹間の杣道に消えるとすぐ眼を空にやった。

「どうも、夕立が来そうだぞ」

空は梓川の上に見えるかぎられた範囲でしかなかったが、見えるかぎりの空間に眼を動かすと、塊状の雲がぽかりぽかり浮いていた。播隆と中田又重郎と穂苅嘉平は、一昨年とほぼ同じ渡河地点を渡って一之股を越えた。

「夕立前に、なんとしてでも二之股を渡らねえと、夕立が降って来たら水量が増して渡れなくなる」

嘉平はそういって、ふたりを急がせたが、二之股の杣小屋につくのと同時ぐらいに豪雨がやって来た。

「足弱のお弟子衆のおかげで一刻（二時間）は遅れちまって、とうとうこんなことになった」

嘉平は赤間岳（赤沢岳）の岩窟まで行けなかったことをしきりに悔いていた。

その夕立は上がりが悪かった。上がりそうになるとまた、しょぼしょぼ降り出して、とうとう地雨《じあめ》になった。雨は翌朝になってもやまなかった。二之股の水量は増していて、渡るのに危険を感じたから、一日見送ることにした。

三人は二十四日、二十五日の二日間二之股小屋に泊って二十六日朝二之股小屋を出た。小降りだったが雨は降りつづいていた。二之股は川幅いっぱいに増水していた。渡河点が慎重に調べられてから綱を腰につけてまず中田又重郎が対岸にわたり、中田又重郎と穂苅嘉平が両端を支えている綱にすがりながら播隆が渡った。最後に、穂苅嘉平が渡ることになった。彼の腰につけた綱の先は中田又重郎が肩がらみに確保した。

穂苅嘉平は、頭の上に背負袋に入れた阿弥陀仏像を捧げていた。背負って渡ればいいけれど、雨で水量が増して、途中一箇所、かなり深いところがあり、そこで仏像を濡らしたくなかったからそうやったのである。その恰好は不安定だった。

「嘉平さん、阿弥陀様は濡れてもいいから背負ってお出でなされ」

と播隆が叫んだが、川の瀬の音で、嘉平には聞えなかった。一旦川に踏みこむと、やり直しはむずかしかった。又重郎は嘉平のその姿勢が危いと思ったのか、肩がらみにしていた綱の端をすばやく立木に巻きつけた。そうすればもし嘉平が流されても、支えている又重郎が川の中に引きずりこまれることはなかった。

嘉平は川の中心に入っていった。川の瀬は二つに分れていた。嘉平は前の方の瀬をどうやら越えた。彼の膝小僧が水から出て、一間ほど進むと、第二の川瀬へ入っていった。水が腿のあたりまで来ていた。仏像を支えている嘉平の身体がこきざみに揺れた。

播隆は思わず口の中で名号を唱えた。

川上の方から、木が流れて来た。小さい枯枝だった。それが嘉平の腿のあたりにからまるようにして通り過ぎた直後に、太さ五寸、長さ一間ほどの流木が、嘉平を目掛けて一直線に流れていった。よけろとも声が掛けられなかった。急に動くことのできるところではなかった。だが、注意をうながす必要はあった。又重郎が、流木をゆびさして怒鳴った。嘉平の眉間に竪皺《たてじわ》がきざまれた。彼は歯をくいしばって、水圧に耐え、流木の衝撃にこたえようとした。流木が嘉平の足に当った。嘉平の身体が左右に揺れた。どうやら、そのまま持ちこたえたなと見えた瞬間、彼は、川の中から足を引張られたように、水中に没した。彼が頭の上に捧げていた仏像の入った背負袋が浮き沈みしながら流れていった。

背負袋が川から浮き上がった。すぐ、嘉平の頭が見え、身体が見えた。彼はそれを放さなかったのである。

川から上がった嘉平はせきこむように何度か水を吐いてから、

「仏像は大丈夫か」

と又重郎に訊いた。濡れただけで、なんの異常もなかった。

又重郎が河原を走り歩き枯木をあつめて、焚火をしたが、雨に濡れた枯木は燃え出すまでに時間がかかった。雨はずっと降りつづいていた。

「赤間岳のふもとの岩窟まで行けば、薪が用意してある」

やや元気を取り戻した嘉平がそういった。激流に流されても手から仏像を放さなかった嘉平に、播隆はいうべきことばがなかった。播隆はただおろおろした顔で嘉平を見ているしかなかった。

赤間岳（赤沢岳）の岩窟にはかなり多量の薪が用意されていた。嘉平が、この附近に来た杣人や猟師にたのんで用意して置いたものであった。

岩窟に入るとあたたかかったが、穴の中ではけむたくて火が焚けなかった。

播隆は矢立を出して日記をつけた。

「七月二十六日赤間岳岩窟《いわや》泊、雨、穂苅嘉平どの身体中痛申候、夜ことのほか寒冷に候」

七月二十七日の朝になったが、天気ははっきりしなかった。その天気のように嘉平もまたさわやかではなかった。一夜のうちに顔がむくんだようであった。

「どうもよくねえなあ、ひとまずことしは引揚げるちゅうことにしずか」

中田又重郎が嘉平に相談した。播隆もそれには賛成だった。衆生済度のための、槍ヶ岳開山に犠牲者を出したくはなかった。播隆と又重郎は嘉平に下山をすすめた。

「なにをこくだね、おらあな、先達だ。引くか進むかは先達が決めることだ」

七月二十七日、霧の中を三人は槍沢に向って出発した。

槍沢は一昨年よりはるかに下部まで雪でおおわれていた。

「三年もつづけてこの分だと、どうもあとが心配だなあ」

嘉平は又重郎にいった。槍沢の雪渓の消え方が悪いということは、平均気温が低いことを示していた。この深山でおきるこの現象を彼等は豊凶に結びつけていた。遠い過去からの経験によって得た天候類似性を応用した長期天候予報だった。

播隆は、霧の中にかぎりなくつづく雪渓を見つめている、嘉平の茶色の眼の中に、やがて押しよせてくるだろう大凶年を察知して身の震える思いがした。

そこから岩小屋までの雪渓の登りは、ずっと又重郎が先行した。嘉平はともすれば遅れ勝ちだった。嘉平の荷物まで背負った中田又重郎を、うしろから見ると荷が歩いているようだった。少なくとも十日分の食糧はその中に入っていた。

岩小屋（現在の坊主小屋）の中には、枯れた這松がかなりたくさんほうりこんであった。嘉平の配慮はここまで行き届いていた。

嘉平は岩小屋につくと、激しく嘔吐した。彼は最大限の努力をして来たのだが、もはや彼に、それ以上のことを求めることはできなかった。

雨は止んでいたが、霧が終日深かった。その夜おそくなって風が出た。

七月二十八日、霧の切れ間に、穂高連峰が見えがくれしていた。風はかなりつよく、まだ登れる状態ではなかった。その霧も風も、時間の経過とともに、その活動力がおとろえていって、正午ごろになると、彼等の岩小屋とすれすれの平面に雲海ができそうな傾向が見え始めた。だが、霧の去来は相変らずだったし、突風性の風がしばしば奇怪な音を立てた。

「どうやら天気は恢復したらしい」

又重郎がいった。

又重郎は今回の登頂は既にあきらめていた。穂苅嘉平が負傷しているいま、又重郎と播隆のふたりで登頂することは危険に考えられた。この際は、あっさりとあきらめて、嘉平をつれて松本に帰ることの方が先決問題だった。岩小屋で何日間も快晴を待ってはおられなかった。又重郎は引揚げの区切りをつけるために、槍の穂の根元まで行ってこようと播隆を誘った。

嘉平が胃のあたりに手を当てて、苦しみ出した。

又重郎と播隆は踏み出した足を元に戻した。

「いや、おれのことは心配するでねえ、かまわずに行って来てくれ」

嘉平は、そういって、岩小屋の奥に安置してある、厨子に入った仏像をゆびさして、

「持ってお出でなされ、山の天気は変りやすい、今日はよくても明日のことは当てにはならねえ、いいと思ったら、登れるところまで登ったほうがいいずらよ。なあ上人様、やれるぞって、自信が湧いたらおやりなされ」

その嘉平のことばが播隆を力づけた。播隆は背負袋の中に茶の衣を入れた。槍ヶ岳頂上に仏像を安置する大儀式に臨むための香衣《こうえ》であった。

ふたりは岩小屋を出た。まぶしいほどの日射しが二人にそそがれた。

ふたりは、槍の肩に向って静かに登っていった。肩の平《ひら》に近づけば近づくほど、播隆は、嘉平のいった自信のようなものが湧いて来る。

肩の岩ごろの平が見えたとき、彼は右手に聳える槍の穂から流れおりて来る風に顔を

撫でられた。

岩のにおいがした。岩の表面にこびりつくように生えた苔が水を含んだとき、ふと発するにおいだった。播隆は一昨年も同じところで、やはりそのにおいを嗅いだ。それは槍の穂が彼を迎えるための歓迎の香煙のように、彼の心にしみた。

播隆は槍の肩の平に立った。

彼はよそみをせず、まず槍の穂に正対した。槍の穂はその時霧の中にあった。やがて霧は晴れる。晴れたら登ってやる。彼はその決心をひるがえさないために、槍の穂から眼をはなさなかった。

播隆は四十六歳の自分の身体ごとその岩峰にぶちつけたかった。

鉄の鎖

1

文政十一年戊子年七月二十八日。その銘記すべき槍ヶ岳開山が終ったあとの播隆はただ一心に名号を唱えつづけていた。時には立上がり、また坐り、突然気が狂ったように、大きな声で名号をとなえているかと思うと、合掌したまま瞑想の姿勢におちいっていくこともあった。来迎の再現を願う必死の祈りであったが、来迎の現われる前に彼の前に張られる白い霧の幕は、いつまで経っても見ることはできなかった。山雲のたたずまいは、彼の望んでいることが不可能であることを示していた。おはまが出現する母体となるべき飛雲は、そのへんにはもう見当らなかった。陽は間もなく笠ヶ岳の向うに没しようとしていた。陽が沈んでいく速度に合わせるように、あらゆる昼の動象が夜の静象に移り始めていた。

雲海の上に立つ山々の影は競ってその陰影を拡大していこうとしていたし、見わたすかぎりの雲海は、雲海の上をその日の終りの残光が走り出すと同時に、垂直方向への動きを止めた。それまで雲海からはじきだされるように飛び離れては、気儘な行動と膨脹、衰滅を繰り返していた山雲は、すべて雲海上に引きもどされて、波濤のように沸き立っていた雲海は、なめらかに輝く無限の湖の表面のように変っていた。

かなり強い風は吹いていたが、それは、その絶巓《ぜってん》において当然考えられるほどの風であった。——槍ヶ岳を中心としたあらゆる方面にどこにも動くものが見当らなくなったとき、絶巓に向って最後の光の矢が放たれ、それは絶巓に当って燃える火となってすぐ消えた。

「上人様、おりてくだせいまし、とてもここで夜は明かせませぬ」

又重郎はそういうと、もはやいかなる猶予《ゆうよ》もまかりならぬといったような手際のよさで、未だに瞑想をつづける播隆の腰に綱の端を結びつけ、その端を彼自身の腰に結んだ。

「さあ上人様、おりるんだ」

又重郎はきびしい声を播隆に掛けると、その綱を引いた。

播隆は、腰の綱のあたりに、ふと罪人の心淋しさに似たものを感じた。

播隆は二度と帰ることのできないほど遠くへひかれていく罪人の気持で岩の上に立上がった。

「おりる方が、登るときよりむずかしいで、ゆっくりおりておくんなして。綱はわしが上で支えているで、心配することはねえ」

播隆は又重郎と顔を見合わせ、そしてもう一度、頂上にまつった阿弥陀如来像に礼拝をすませると、厨子の扉を閉め、厨子ごとすっぽりと石の中にかくれるほど石を積み上げた。

「岩をこわがっちゃあいけねえ、岩に抱きついちゃあいけねえ、岩を突き放すようなつもりで、ちょうどいいくれえなもんだ」

又重郎は播隆が頂上を去るに当って登る前に注意したことと同じことを注意した。だが播隆は下山に一歩踏み出したとき足がふるえた。

下を見ると、そこにはもう夜が訪れつつあった。ふみはずしたら、一直線に、その暗い地獄へ堕ちていきそうな気がした。

登るときには、手掛り、足掛りがよく見えたが、下るときは、手掛りは摑めても、足掛りが探せなかった。そこを探そうとして下を見ると、頭がくらくらした。冷汗が出た。思いあぐねたように、上を見ると、又重郎が、岩の根に立って綱を肩にかけてこらえている姿が見えた。綱が、或る程度延びるところで、又重郎は安全と思われるところに播隆をとどめて置いて、今度は又重郎がおりていった。

播隆は岩をおりることに少しずつ馴れた。前ほどの恐怖心はなくなった。うしろむきにそりかえるようにして足掛りを探すときも、恐怖感は湧いて来なくなった。草鞋を履いたつまさき二本のゆびが、やっとかかるような岩の割れ目や、突起であっても、その岩が、欠壊しないかぎり、体重を支えるに充分であることが、登るときよりも、はっきりと分った。岩のつめたさが身にしみた。氷をつかんでいるようだった。長く岩をつかんでいると、ゆびの感覚がなくなりそうだった。

「もう少し、ゆっくりおりとくれ」

播隆の下山の動きがややはやくなった。それが不安になったから又重郎が声をかけたのである。絶頂近くのもっとも危険なところを通り過ぎたという安心感が播隆をいそがせたのだなと思った。風が真冬のようにつめたかった。又重郎は身ぶるいをした。

又重郎の声に対して播隆はなにか答えた。その声が又重郎に届くのと同時ぐらいに、そのときまで、又重郎のほうに頭巾を見せていた播隆の身体が、すうと下へ滑った。又重郎ははっとなった。二人をつないでいる綱が急速に延びていった。又重郎は咄嗟に、彼の姿勢が滑り落ちていく播隆を引き止めるには不安定だと思った。彼は、肩にかけていた綱を右手でつかむと、鞭を振るように投げ上げて、眼の上の岩の出張りに掛けた。

衝撃が、又重郎の綱を持っている手から腰に伝わった。一瞬又重郎の身体は吊り上がるかと思われた。眼よりも少し高いところで、綱が岩と摺《すれ》合って、きしむような摩擦音を上げた。粉末状の岩の破片が又重郎の顔にふりかかった。綱がぴんと張った。

又重郎はそのままじっとしていた。播隆が起した落石の音がしばらくつづいていた。

播隆は滑落している間中死と対面していた。その死をおそろしいことだとも、いやだとも思わなかった。死ぬことを望んでもいなかった。滑落の速さに比例した速さで、彼はそれまで彼が踏んで来た道を回顧していた。回顧にふけるといった悠長なものではなく、少年のころのこと、父母のこと、八尾でのこと、おはまのこと、出家してからのこと、笠ヶ岳のことなどが、一つも順序を間違えずに、急激な速さで、彼の頭の中を駈けぬけていった。ひとつとして止まるものはなかった。そして、その回顧が終るとき、多分死んでいるだろうと思った。槍ヶ岳開山をして死んだのだから、思い残すことはないなどと、死に方にもったいつけてはいなかった。死ぬことを直視したにすぎなかった。

岩壁を滑り落ちていることの苦痛感はなかったが、岩壁の出張りと、彼の身体とが摩擦を起す音だけが妙に気になった。仰山なものに聞えたが、なにかにつかまって、その滑落を食いとめねばならないという意識は起らなかった。あきらめに似た気持だった。こうなったら、なりゆきに任せるしかないという、やや投げやりな気持がないでもなかった。

回顧の念とあきらめに似た気持とが、重なり合いながら岩壁を滑っていった。二度ほど彼の身体ははね上げられて、ひどく胸を打った。呼吸が止まるのかと思ったとき、あきらめに似た気持が、回顧の中のひとこまに結びついた。

播隆はおはまを見た。おはまの驚いた表情が、彼の滑落に追いすがる眼つきに変ったとき、彼は死んではいけないと思った。彼はなにかをつかもうとあがいた。そのとき彼は、腹のあたりに、刃を当てられたような激痛を覚えた。呼吸が止まった。そして彼の滑落は停止した。

呼吸をしたくても、呼吸がつけなかった。上の方で、岩に綱をかけて、それにぶらさがっているような恰好でこらえている又重郎に声をかけたかったが、声がでなかった。

播隆は苦しまぎれに、岩を握りしめた。腕から肩に力が伝わっていき、その力を胸に感じたとき、やっと呼吸がつけた。褪色して見えていたすべてのものがよみがえり、彼とともに呼吸をついた。

播隆は、足場を探した。三度ほど、足場を変え、そしてしっかりした手掛りをつかむと、身体はずっと楽になった。彼は、片手で、締めつけられている腰の綱をゆるめようとした。そのとき彼は、両方の手の肘《ひじ》にかなりひどい擦過傷を受けていることに気がついた。痛みのつぎに寒さを感じた。ひどくつめたい風が吹いているなと思った。

腰の綱をゆるめると、生きていることをはっきり感じた。

「上人様、上人様」

又重郎が上から呼んだ。

「大丈夫だ、ちょっとばかり、肘を擦《す》りむいただけだ、安心してくれ」

播隆の声は意外なほど落ちついていた。滑落の恐怖にふるえている声ではなかった。

ふたりが肩の平《ひら》におりたときは、もう谷間には夜が来ていた。相手の顔がやっと見えるだけの明るさの稜線に立って、ふたりは薄明の空に突き出している槍の穂に眼をやった。

ふたりは大喧嘩でもしたあとのように、けっして口をきこうとはしなかった。

穂苅嘉平は疲れきった恰好でおりて来るふたりを、岩小屋の入口で待っていた。嘉平は中田又重郎の背に阿弥陀如来像の入った厨子がないのをたしかめると、ふたりが槍ヶ岳開山に成功したことを疑わなかった。

「てえへんだっつら」

嘉平はふたりにいった。そして播隆の両肘の負傷と血のにじんだ右足を見ると、うなるような声を発した。

2

翌朝三人は岩小屋を出て下山にかかった。播隆の両肘の傷は歩行にはさしつかえがなかったが、岩峰を登るとき落石で怪我をした右足は夜が明けるとますます痛みがはげしくなっていた。穂苅嘉平の腹痛は一時ほどではなかったが、ここ二日の間、ほとんど、食べ物を口にしていない嘉平のやつれ方がもっともいたましかった。それでも嘉平はひとりで歩いた。

中田又重郎と播隆は綱で結ばれたままで雪渓をおりていった。

作次郎の姿が下の方に見えたとき中田又重郎は大声をあげて呼んだ。作次郎が迎えに来たことが一行にとってどんなにありがたいことだったかを知らせようと又重郎はしきりに手をふった。

作次郎はふたりの姿を見て、なにが起ったかをほぼ察したようであった。作次郎はくわしくは聞かずに、そのふたりをいかにして無事、上口地《かみぐち》（上高地）におろすかを考えた。時間をかけてゆっくり歩かせるよりしようがなかった。二之股、一之股の渡渉を終って、横尾、徳沢の杣小屋にそれぞれ一泊して、明朝二之池（明神池）を経て、上口地湯屋についたのは槍ヶ岳下の岩小屋を出て四日目だった。そこで播隆の一行は傷を癒した。

穂苅嘉平は湯で身体を暖めると意外に早く恢復したが、播隆の右足の腫れはなかなか引かなかった。湯に入ることはできなかった。三人の弟子たちは、梓川《あずさ》で冷した布を播隆の患部に当ててその恢復を祈った。湯屋には番人のほかに、特に客はなかった。ときおり樵夫《きこり》が湯に入りに来て泊るくらいのものだった。

足の傷が治って播隆が三人の弟子をつれて飛騨新道の中尾峠を越えたのは九月の十日であった。

飛驒新道といっても上口地からは、木を切って道を開いたというだけで、まだ、切り株がごろごろしている山道だった。新弟子にはその道がひどくこたえたようであった。上口地からは、案内はいなかった。中田又重郎が作次郎をつけてやろうというのを、播隆は、修行のためだと云って固くことわった。

弟子たちは自分の身体は自分で始末しなければならなかった。心がまえが前と違っていた。中尾峠を越えたところで、一泊した。彼等にとって夜露は骨身にこたえた。新弟子たちは播隆の踏跡《ふみあと》を徳念、隆志、隆旺の順序でついていった。ほとんど口を利かず、まだ治り切らぬ右足を引きずりながら、先頭に立って歩いていく播隆の姿が、新弟子たちには人間を超えた者に見えた。

中尾峠を越えるとくだり坂になり、前よりもずっと楽になった。中尾村から高原郷に入って、播隆は本覚寺を訪れて、椿宗和尚に槍ヶ岳開山を披露した。

「あなたのことだからやるとは思っていたが案外早かったのう」

椿宗和尚は自分のことのように喜んだ。

「だが、まだ道はできておりません。槍ヶ岳の本当の開山は、あの百間の槍の穂に七十間あまりの善の綱を懸け下げないと、誰でも登れるというわけには参りませぬ」

播隆は善の綱というところに力をこめていった。

「善の綱をのう」

そういってうなずいている椿宗和尚に播隆は、

「いや綱だと一冬風雪に打たれると使えなくなってしまうでしょうから、善の鎖《くさり》でなければならないでしょう」

とつけ加えた。

「それはたいへんなことだ」

「たいへんなことですが善の鎖を懸け下げないと、ほんとうに開山したことにはなりませぬ、開山はこれからです」

「七十間の鎖をのう」

椿宗は眼を見張った。金属は高価であった。七十間の鎖となると、ちょっと想像もできないほどの費用になった。それは事業僧の椿宗和尚が腕を組んで溜め息をつくほどの大事であった。

「さよう七十間の鎖です。重さは五百五十貫ぐらいになるかもしれません」

播隆は平然とした顔でいった。

椿宗和尚は、三人の弟子を従えて坐っている四十六歳の播隆が、手の届かないほどの事業僧になっているのに驚いていた。椿宗和尚の株を取ったかたちだった。そうさせたのは、このおれだと自己満足をしながら、

「やはり、それも仏業のひとつだ」

と、つぶやいた。播隆を世に出すという大事業が、ここにその成果を見たのだという意味であったが、播隆は、その仏業というのは、単純に、槍の穂に鎖をかけることを云っているのだと思っていた。

播隆が本覚寺を去るとき椿宗和尚は、

「その大事はけっしていそがぬように」

といましめた。

播隆一行は高原郷から恵比寿峠を越え、大萱村の名主横山六兵衛方に泊った。

播隆は槍ヶ岳の開山の話をした。まるで他人の話をするような淡々とした話し方だった。怪我についても、ちょっとすりむいただけというていどであったが、その謙虚な話し方は六兵衛の胸を打った。

「で、これから上人様はどちらへ」

話が終ったとき六兵衛が訊いた。

「これから美濃へ参ります。しかしそこからどこの国へ行くのやら、あてはございません」

播隆はそういって淋しそうに笑った。

寺を持たない念仏行者の苦しさが言外ににじみ出ていた。

隆志と隆旺はわがままな男たちだったが感じやすい青年であった。どこにいっても上人様とあがめられ、またそれにふさわしい偉大なる師の御坊播隆に持ち寺がひとつもないということが気の毒に思えてならなかった。

隆志は隆旺の衣を引いて外へ出ていった。

「わしは、帰ったら、伯父の芝山長兵衛にお願いして見ようと思うが、お前も、近江屋吾助どのから、犬山の殿様へたのんで見たらどうであろうか」

隆旺も同感であった。

二人の新弟子は、暗い星空の下で彼等の計画を実行することを誓い合った。

「上人様には話があるていどすすむまで申し上げないで置こう。一番弟子を高い鼻にひっ掛けたがるあの徳念には尚更のこと洩らすまい」

美濃につくと二人の新弟子は親元に行って来るとことわって、それぞれの目的地へ去った。

芝山長兵衛は甥の隆志の話を聞き、隆志の取って来たコマクサの押花を見て、

「下界では見られぬ花だな」

と云った。

隆志は彼がいかに苦労して槍ヶ岳の近くまで行ったかを話した。播隆が、血気にはやる弟子たちの身を案じて、上口地の湯屋にとどまるように云ったときの情景など、芝居でも見て来たように話した。師の播隆を偉大にすれば、自分たちの評価も上がることを

計算に入れての話しっぷりだった。

芝山長兵衛は甥の話にはいささかも動かされなかった。なにをたわけたことをという顔で聞いていたが、播隆が怪我をした話を聞くと、それまでになく、こまかくその怪我の模様を訊ねた。隆志は蛇足を加えた。

「まず日本中を探しても上人様ほどの高僧はおられますまい。いずれどこかの藩が大きな寺をこしらえて迎えに来られるでしょうが、上人様はうんといいますまい」

と云った。

「なにかそんな話があったのか」

「犬山の殿様から、そんな話が出ていると聞いておりますが」

隆志は隆旺と打ち合わせたとおりのことを云った。

芝山長兵衛は妻とひとり娘をほとんど同じころ失くしたばかりだった。寺を建てたいという気持を側近に洩らしてもいた。だからといって、彼は、たやすく甥の隆志の口車に乗るような男ではなかった。

芝山長兵衛は、そこでは隆志にはなにも云わず、家来を使って、播隆の調査にかかった。大怪我を負いながら槍ヶ岳の岩峰によじ登ったという播隆はたしかに新鮮な魅力を感じさせる僧であった。

3

雪が枝から落ちる音がした。

播隆はその音の方に眼をやった。障子が閉めてあるから外は見えない。播隆は眼をもとに戻して聴衆の方を向いた。暗い本堂の隅々まで人でいっぱいだった。播隆はそろそろこの法話に結論をつけねばならないと思った。

「けっきょく阿弥陀経に説かれている釈尊のお教えを要約すると、日ごろ一心不乱になって念仏を唱えていれば、その人に死の近づいたとき、阿弥陀様がきっとお迎えに来る。その人は死に臨んで、心を乱すことなく極楽浄土へ往生することができる――このように説かれているのです」

播隆は浄土三部経のうち阿弥陀経についてこのように結論をつけた。播隆はもともとこういう種類の説教は得意ではなかったが、この寺の和尚から、特に阿弥陀経について説教してくれと頼まれたから、それに応じたのであった。

「上人様……」

説教の終ったあとの、安堵と反省の空気を打ち破るような若い声がした。播隆の前に坐っている若者が、播隆の顔を見詰めていた。

「ただ念仏だけ唱えていれば極楽へ行けるというのに、なぜ坊様は、いままで誰も登ったことのないような槍ヶ岳へ苦労してよじ登ろうとなさるのだね。その槍ヶ岳へ鎖をかけようなんて考えるのだね。おれには、いまの阿弥陀経のお話と上人様のなされていることとは食い違っているように思われるのだが」

その質問を受けると、播隆の眼は一瞬輝き、そしてまたもとのように静かな色に返って、

「さっきもお話ししたように、阿弥陀経には、一心不乱になって名号を唱えれば極楽浄土へ行くことができると説かれている。私は、一心不乱になるために、いろいろな道を歩いて来ました。かれこれ十数年も前のこと、私はこの近くの伊吹山の岩窟《いわや》にこもって幾日も幾日も念仏を唱えていたこともある。飛騨の杓子の岩窟で念仏修行したのも、一心不乱になるためだった。笠ヶ岳再興をしたのも、信濃の槍ヶ岳を開山したのも、その絶巓《ぜってん》に如来像を安置することだけが目的ではなく、そこに達する長い道中、一心不乱に名号を唱えることの方が私にとっては大切なことでした」

「すると、高い山へ登らないでも、岩窟へこもらないでも、たとえば厠《かわや》の中でも、一心不乱にさえなって名号を唱えれば極楽浄土へ行くことができるということかね」

その若者の比喩が、少々突飛であったから、あちこちからざわめきが起った。だが播隆は、それに対してはっきりと答えた。

「そうです。一心不乱になれる状態ならばどこでもいいのです。そして、どこでどうし

たら一心不乱になれるかは、本人が自力で求め出さなければなりません。一心不乱になることが第一、そして念仏を唱えることが第二です」

「自力で？　他力本願こそ浄土教ではないのかね」

若者は追求をゆるめなかった。

「自力とは努力の精神《こころ》です、なにごとも、努力せずして得られるものはありません」

若者はそれ以上質問しなかった。善男善女は口に南無阿弥陀仏を唱えながら帰っていった。

広い本堂の一隅に三人ほどの侍が残っていた。侍が播隆の説法を聞きに来ることは、このごろそう珍らしいことではなかった。その侍より少しはなれたところに、羽織を着た男が坐っていた。

「上人様……」

その男の声はひどく低音であった。男は上人様と声をかけると、畳の上を膝行《しっこう》して来て、播隆の傍に来ると、播隆の顔をつくづく眺めて、

「やはりあなたは……」

そういって、はらはらと涙をこぼした。二十四、五歳、身なりから推定すると、近くの地主階層の者と思われた。

「私は揖斐《いび》郡春日村川合の善兵衛と申すものでございます。十数年前、上人様が伊吹山

の岩窟に参籠なされたとき、笹又村の子どもたちを引きつれていって、上人様に石を投げつけ、額に傷を負わせたその時の餓鬼大将でございます」

善兵衛はそのときの述懐を始めた。額に流れる血を拭おうともせず合掌したまま名号を唱えつづけていた播隆の姿をいまでもはっきり覚えているといった。

「その罰が当って、私は両親を早く失くしました」

善兵衛はにじり寄るように播隆のそばへ来ると、

「これもなにかの因縁だと思いますので、私の家へ来て、ぜひ両親の菩提《ぼだい》をとむらってくださらぬか」

こういう話はいたるところであった。播隆の説教に感動したあげく亡き肉親のために念仏してくれという者は多かった。村のため、人々のためにということは少なく、すべてが自分本位の考え方だった。自分をまもることでせいいっぱいな時勢だった。それでよかったのだが、播隆にとって個人的感傷のおつき合いはいささか大儀であった。

「まだほかに行かねばならぬ予定もございますゆえ、このたびは――」

播隆はこの日槍ヶ岳にかけるべき鎖の勧進のことはひとことも云わなかった。いい出せるような空気ではなかった。

播隆は、ややつめたいほどの答え方をして、本堂を出て内玄関に廻ると、草鞋を履いた。寺の和尚が追って来て、茶をさしあげたいからといったが、播隆は首をふって雪の中へ出ていった。

播隆はその寺にいると、なにか圧迫を感じた。雪が降っていて、本堂が暗いということもあった。鋭い質問を放った若者の存在もいままでになく異様であった。本堂の隅の方に最後までかたまっていた一団の侍もなんとなく不気味であった。そして、そこへとび出した、川合の善兵衛の話を聞いていると、寺を持たない念仏行者の自分が一層みすぼらしく見えた。

瑞岩寺を出て粕川沿いの田圃《たんぼ》道に出ると雪の降り方はいっそう激しくなった。美濃揖斐郡としては珍らしいことではなかったが、彼には久しぶりで会う雪だった。彼は立止まって笠に降りつもった雪をおとして、また歩き出した。どこへ行くというあてはなく、こうしてひとりで歩いていることが彼にとっては楽しかった。徳念は美濃太田の祐泉寺にいた。隆志、隆旺はそれぞれ実家に帰っていた。

ほんとうは弟子も寺もなく、こうして行くあてもなく飄々《ひょうひょう》と歩くことこそ、もっとも念仏行者らしい生活なのだと彼は考えていた。

岡島村を過ぎたころ、眼の前に山が近づいて来た。そう高い山ではなかったが、かたちがいい山だった。赤松の木肌とふりつもった雪との対照が見事だった。枝も折れそうに降りつもった雪の間に、鮮明な朱色を輝かせている松は見事であった。

播隆は、その赤松に牽《ひ》かれて、その山へ近づいていった。

通り合わせた村の者にその山の名を聞くと、城台山だと教えてくれた。

踏みあとはなかったが登り道はあった。播隆は雪を踏みしめながら、槍ヶ岳の絶頂も雪が降っているだろうと思った。

頂上に近くなると、平らになっていて、そこに石垣があった。一目見て、それが城跡であることは明らかだった。規模から、出城《でじろ》というよりも砦《とりで》の跡ではないかと思った。城台山という名称のいわれはこの城跡にあるようだった。

播隆は、そこまで休まずに登った。呼吸が切れるほどの急坂ではなかった。

彼はあたりを見廻した。石垣に寄り添うように松の大木があった。播隆はその根方に、着ていた蓑《みの》を敷き、その上に坐った。麓の村で、子どもたちの騒ぐ声がした。眼を真直ぐ前に延ばすと、そこに揖斐川の流れが見えた。池田山と春日山は降雪にさまたげられて見えなかった。

播隆は合掌し、瞑想し、しばらくして、名号が彼の唇から洩れ始めた。それは一定の抑揚《よくよう》を持っていつまでも続いていた。

さっきの寺から播隆の足跡を追って来た一団の侍は、松の根方で念仏を唱えている播隆を望見すると、それ以上進むことをためらったようであった。侍たちはしばらくそこに立っていたが、なにか囁き合うと意を決したように、播隆の坐っている松の根方へ歩いていった。

「拙者は揖斐の領主岡田伊勢守善功様の家老芝山長兵衛と申す者です。お見知り置き願いたい」

芝山長兵衛は鬢《びん》に白いものが混じっている年頃であった。

そう挨拶されても、播隆は、その座を崩すことはできなかった。そうすれば、かえって、わざとらしくなるから、そのままのかたちで、礼を返していた。

「率直にお伺いいたす、貴僧は一寺をお持ちになりたいという希望はござるか」

芝山長兵衛の問い掛けは抜き討ちに斬りこんだ刃のように播隆には感じられた。

「一寺を持ちたくないといったら嘘でござろう。拙僧も一寺を欲しい。だが一寺を持てば、その寺のために僧としての修行がおろそかになるだろう。やはり寺は持たないほうがいいと思います」

「一寺を持つのではなく、一寺をあずかるといったら」

「同じことです。一寺をあずかることになれば弟子を置かねばならぬことになるでしょう、私はまだ修行中の身であって弟子に教えをたれるほどの知識は持っておりません」

そういってから播隆は、芝山長兵衛が、隆志の伯父であったことに気がついた。彼はうかつだったことを悔いた。

「では重ねて問うが、拙者は先年、妻とひとり娘を同時に失くした。妻子を弔うために一寺を建てたいと願っている。その寺ができたら、貴僧を招いて法要をしたいと思う。

「承知していただけるかな」

「承知いたします」

「ついでながら、その寺を建てるについて、貴僧に力になっていただきたい、大工にまかせたままでは、気にかかってならない。寺ができたら住職が見つかるまで、しばらくの間、その寺に止まって貰いたい」

「その寺はどこへ建てられるのですか」

「ここじゃ、貴僧が坐っている此処に建てることに、いまきめた。低いけれどもここは山である。山に縁がある貴僧に、一寺建立《こんりゅう》の手伝いをしていただきたい」

芝山長兵衛はさいごまで甥の隆志のことは口に出さなかった。甥の隆志にすすめられて播隆にたのみこんだのではなく、長兵衛自身の気持によったことを明確にしようとした。

芝山長兵衛は彼の妻子を弔うべき寺をどこかに建て、誰かを迎えようと、かねがね思っていた。寺を建てるなら、小さいながらも、なるほど御家老様が建てた寺だと云われるような寺を建てたいし、そこへ迎える住職も、さすが芝山長兵衛の眼は鋭いと、他国の者にも云われるような人物を迎えたかった。だが、彼の経済力では、小さい寺へ緋の衣をまとった僧侶を迎えるほどの力はなかった。小さい寺にはそれにふさわしい僧しか迎えられないとすれば、折角寺を建てても、彼の名を高めることにはならなかった。

芝山長兵衛が播隆に眼をつけたのは、播隆の名が近隣に知れわたっていることと、彼は未だに山城国一念寺に籍を置く一介の修行僧であるということだった。大きな寺から住職を迎えるにはなにかと費用がかかるけれど、播隆を迎えるにはその心配はないだろうと考えた。

芝山長兵衛の計算は、寺を建て播隆を招くことによって妻子の安楽を弔うことと同時に、彼自身の名を高めることにあった。

「寺を建てたことはござらぬが、お手伝いだけならできるでしょう」

播隆は引きうけた。寺を建てることより、住職が見つかるまで、しばらく止まるということのほうが重大であることに播隆は気がついてはいなかった。

芝山長兵衛は、即日、山城国一念寺の蝎誉和尚に使いをやって、播隆を新しくできる寺の住職にする内諾を得るとともに、揖斐村城台山に浄土宗阿弥陀寺を建設するについての手続きをはじめた。芝山長兵衛の家来が京都の浄土宗総本山知恩院《ちおんいん》に向った。寺社奉行との交渉には長兵衛が自ら当った。

4

文政から天保に年号が変ってすぐ揖斐村の中心から歩いて八丁ほどの城台山に阿弥陀寺の建立が始まった。芝山長兵衛個人の出資であるから、それほど大きな寺ではなかったが、本堂だけで二十坪もある、二重屋根の寺であった。鐘楼もできた。阿弥陀寺は檀家はないから信者によって立っていく寺という立前をとった。

播隆は夫役《ぶやく》に狩り出された附近の農民たちと一緒になって、城台山に木を曳《ひ》き上げたり、大工たちの手伝いをした。徳念、隆志、隆旺も、播隆とともに働いた。

播隆は大工たちの仕事に対して、一言も口を挟まなかったが、隆志は、背後に伯父の芝山長兵衛を意識してなにかにつけて大工の仕事に口を出した。

「素人は口を出さねえで貰いてえ」

大工頭から文句が出たほどであった。

天保三年春、城台山阿弥陀寺は完成した。阿弥陀寺の鐘が鳴り響くと、近村の者は、徳高き播隆上人を見ようと城台山に登っていった。

阿弥陀寺完成を祝うため、祐泉寺の海音和尚は柏巌尼をつれて阿弥陀寺を訪れた。海音和尚は祐泉寺あてにとどいていた播隆あての手紙の束を持参していた。

播隆は久しぶりで見る父の手紙が嬉しかった。お前様も苦労のかいがあって、一寺の住職になられると聞いて父はたいへん嬉しい。早速行って見たいが、この年では道中がおぼつかない。はるかに、阿弥陀寺のことや住職となったお前様の姿を想像していると書いてあった。そして最後に、今後は住所が定まったのだから、手紙を出すにも気兼ねはいらなくなったと結んであった。

信濃の中田又重郎からの手紙もあった。阿弥陀寺ができたことに対する祝辞のあとに、ここしばらく信濃に来られないが槍ヶ岳のいただきに善の鎖をかける仕事はどうされたのかと書いてあった。

播隆は又重郎の鷹のように鋭い眼に睨みつけられている自分を思った。柏巌尼は久しぶりで師の播隆に会えたのが嬉しいのか、そばにつききっきりだった。

「これはいったいどうしたことなのだ、私はこの寺の住職を引き受けたことはない。私は寺を建てることと、法要をいとなむことと、住職がきまるまで、しばらくここに止まることを、芝山長兵衛殿と約束しただけである」

播隆がそういっても、誰も信用しなかった。人々は、播隆を初代住職と決めこんでいた。このような噂をひろめたのは、隆志だなと播隆は思った。

播隆は、芝山長兵衛が来たとき、そのことを云った。

「そうです、住職が見つかるまで貴僧にとどまっていただきたいとお願いした。だが、貴僧ほどの住職は日本中探してもまず見つからないだろうと思うが、どうかな」

芝山長兵衛はそう云って笑った。

身なりの立派な侍の主従が寺を訪れて播隆に面会を求めた。美濃加茂郡金山の代官田端重兵衛であった。

田端重兵衛は間接に播隆を知っていたが会ったのははじめてであった。彼は播隆と二

こと三ことしゃべってから、芝山長兵衛に、

「貴殿がこの城台山阿弥陀寺に播隆上人を迎えたことは宇治万福寺に隠元大和尚を迎えたのと同じような手柄である」

と口をきわめて讃めあげた。田端重兵衛のほかにも、信仰に厚い侍が次々と阿弥陀寺を訪れ、芝山長兵衛にむかって、播隆を迎えたことを讃めた。

播隆はもはやなんの弁解も許されない立場に来ていた。播隆はあきらめた。彼の心とはうらはらに城台山阿弥陀寺住職となった四十八歳の身を持てあまし気味に、信者から届けられた厚い蒲団の上に、心持悪そうに坐っていた。

「やはり上人様はうれしそうですね、自分の寺にそうして坐っているお姿こそ絵になると思います。写しやすうございます。しばらく動かないで」

柏巌尼はそんなことをいいながら、播隆の坐り姿を写し取っていた。

「いつまでかかったらでき上がるのかな、わしの肖像を描き出してからかれこれ、六、七年にもなるのに」

播隆は絵筆を走らせている柏巌尼の顔を見ながら、なぜこの尼僧は年を取らないのだろうかと思った。得度した年に二十四歳であったから、もう三十は過ぎている筈なのに、いささかも若さは衰えず、むしろ女性としての張りや艶が全身からにじみ出ているように感じられた。その柏巌尼の中に、播隆はふとなにか危険なものを感ずることがある。

柏巌尼が、そのままの姿で、或る日突然どこかに消えてしまいそうな不安だった。

播隆にとって柏巌尼は第一番目の愛弟子《まなでし》であり、おはまの象徴であった。美濃太田の弥勒寺に柏巌尼がいると考えただけで心のなごむ思いがした。

柏巌尼は男弟子たちの手前、そう長くは、そこにとどまることはできず、山をおりていった。

弥三郎が仏具を車につけて小者に曳かせてやって来たのはそれから数日あとであった。

「お目出とうございます。とうとう、あなたも一山の住職となられましたね」

弥三郎はそういった。そのいい方が、故郷の父から来た手紙の書き出しと同じだったので、播隆は、思わず微笑した。

「一応見計らって参りましたが、足りないものは云って下さい、あとから送らせますから」

弥三郎は、そうすることが当然なような顔をして仏具を本堂に運びこませると、

「新しい寺はいいですねえ、寺という感じが全くしませんから」

そんなとんちんかんなことを平気で云って置いて、

「そうそう、今度あなたが槍ヶ岳へ行かれるときは、ぜひ一緒につれて行って貰いたいですな」

「あなたが槍ヶ岳へ」

「いいえ、私は山登りではなく、山のお花を見にいきたいのです。コマクサという美しい花をね」

「コマクサをどうしてあなたが」

播隆は、蝶ヶ岳の頂上でコマクサを摘みとっていた徳念、隆志、隆旺の三人の姿を思い出した。徳念が柏巌尼とつながり、さらに弥三郎に結びついた。

「上人様、コマクサという花は、美しいことにおいても本邦一、薬草としても本邦一ということをご存じですか」

弥三郎はそう云って笑った。


隆旺が名古屋鍋屋町の陽蓮寺の律如和尚をつれて来て播隆に紹介した。

「和尚様はわざわざ名古屋から来てくださいました」

隆旺がいった。播隆は陽蓮寺の律如和尚とは初対面だった。全く知らない和尚がわざわざ来たのだから裏になにかあるなと思った。

「近いうち是非名古屋へお出で願いたい。貴僧に是非会っていただかねばならぬお人がいる」

律如和尚は挨拶が終ったあとで云った。

「お名前はここでは申し上げられませぬが、場合によっては、五百五十貫の鉄鎖は、そのお人の力によってかなえられるかもしれませぬ」

律如和尚は、播隆の必ず来ることを勘定《かんじょう》に入れたような云い方をした。

「それでは、一応五月上旬ということにいたしましょう」

和尚は播隆が名古屋を訪れるだいたいの期日まで一方的に決めた。

和尚が帰ったあとで、播隆は隆旺に、名古屋で播隆を待っている者は誰であるかを訊ねた。

「さあ、はっきりしたことは分りませんが、陽蓮寺の律如和尚は犬山城の殿様とよく碁をうっておられます。或はその席で律如和尚の口から上人様のことが、犬山の殿様のお耳に入ったかもしれませぬ」

「それはお前の想像か」

「いえ、律如和尚と親しい私の父の近江屋吾助がそういっておりました」

隆旺はそれ以上のことは云わなかった。

播隆は五月になって名古屋に旅立つ前に芝山長兵衛と会った。

「私は寺にじっと坐っている住職というがらではございませぬ。わたしはもともと修行僧ゆえ、出て歩いてこそはじめて僧としての本分が尽せるように考えています。誰か適当な住職をお探しになってくださるようにお願いいたします。私は今日にでも旅に出たいのです」

しかし、芝山長兵衛は、播隆がそういうことを予期していたように、

「もっともでござる。阿弥陀寺の方は隆志にまかせて、あなたは思いのままになされるがいい。だが、播隆殿、あなたが、城台山阿弥陀寺の住職であるということは、どこへ行っても忘れないように。あなたの僧籍は阿弥陀寺にあり、あなたがその寺に居てもいなくても、住職であることにはかわりがないし、世間でもそう思っている。旅に疲れたら寺に帰って休まれたがよい」

播隆は芝山長兵衛の心の中をそのときはっきりと見て取った。芝山長兵衛は阿弥陀寺の住職として播隆の名を欲しかったのである。事実上阿弥陀寺の経営は隆志にまかせたいという意向まで分ったことで、かえって播隆は楽な気持になれた。

播隆は徳念と隆旺を連れて、名古屋を目ざして旅に出た。

尾張の国に入って二里ほども歩いたところで、小川に手をひたし、心配そうに話している農民の会話を耳にはさんだ。

「五月に入ったというのに、この水のつめたさは、いったいどういうことだね」

「凶作にならねばいいが――」

播隆はその会話を、槍沢の雪渓を見て凶作を心配していた穂苅嘉平の言葉に結びつけた。

凶年が足音を立ててやって来るような気がしてならなかった。

陽蓮寺の律如和尚は播隆を書院に通して、しばらくお待ち願いたいといってさがっていった。

ものの半刻ほどもすると、寺の外がなんとなく騒々しくなった。間もなく、律如和尚に案内されて立派な侍が入って来た。

侍は黙って上座に坐った。律如和尚が書院から出ていった。その侍と播隆のふたりになった。

「余は犬山城主成瀬《なるせ》正寿《まさなが》である」

そう名乗った侍の眉間に太い竪皺《たてじわ》が二本きざまれていた。癇癖《かんぺき》の強そうな顔だった。

「播隆とやら、そちは槍ヶ岳を開山し、その高き嶺に、善の鎖をかけようとしているそうだが、なんのためにそのようなことをやろうとするのだ」

そういって播隆を見詰める眼は彼の心の底まで射抜くように思われた。播隆はその眼におそれをなして黙っていた。

「そちは衆生済度のためと云っているそうだが、その衆生の中に余も加えて貰えぬか。極楽浄土へ行くために念仏を唱えてくれというのではない。余の望みは尾張家の犬山城主ではなくして、犬山藩主成瀬正寿になることだ。わが成瀬家の先祖、成瀬正成は神君(徳川家康)に懇望されて尾張家の家老になった。その時、神君に尾張家の家老を依頼されて、ことわった人達はそれぞれ大名になっているのに、成瀬家は今尚陪臣《ばいしん》である。既に尾張家の基礎が固まった以上、成瀬家に一藩を賜わるよう幕府の要路に願っているが、なかなか思うようにいかない。余としてはできるかぎりのことはした。あとは神仏の加護によるしかない」

成瀬正寿は播隆の顔を見おろした。播隆ははじめからほとんどそのままの姿勢で坐っていた。

「世に僧は多いが、安逸をむさぼる僧や権門に媚《こ》びて栄達を計ろうとする者ばかりで、たよりになる僧は一人もいない。貴僧は浄土宗だそうだが、徳川家の庇護《ひご》を受けた浄土宗の坊主も、在家も、法然の教えを取り違えているようだ。念仏さえ唱えれば極楽へ行けるという、浄土教の思想は、このごろあまりにも自己本位に解釈され過ぎて、この世からの逃避、諦観《あきらめ》の傾向になっていくのはなげかわしいことだ。ところが貴僧は、ただ念仏を唱えるだけでは極楽へは行けぬ、一心不乱の境地になって念仏を唱えないと極楽には行けぬ。一心不乱になるために山に登る。困難に立向う。一心不乱とは自分の力だけで求めることのできる境地だと説いているそうだが、まことにもっともだと思う」

よく調査してあるなと播隆は思った。いつか美濃揖斐郡の瑞岩寺で説教をしたとき、若い男が質問したが、或はあの男は百姓に変装した成瀬家の家臣ではなかったかと思った。

「余はそちに槍ヶ岳の頂上に立って一心不乱になって犬山藩独立の祈願をして貰いたいのじゃ。ほかの僧にはたのめない、貴僧を見込んでたのむのだ。鎖が欲しいなら鎖を進ぜよう、もし、余が生存中に、犬山藩独立がかなったならば、犬山に貴僧が望むとおりの寺を建てて進ぜる」

播隆はそれまで一言も発しなかった。成瀬正寿が犬山藩独立の願いを槍ヶ岳に懸ける気持は、そのまま播隆がおはまとの再会を槍ヶ岳山頂に懸ける気持に通じていた。

（なんとか、かとかうまいことを口にしても、結局播隆さんはおはまさんを弔うために槍ヶ岳を開こうとしているのではないのですか）

いつか弥三郎に云われたことを播隆は思い出した。

「余の願いは不当であろうか、そのようなことを祈念することは邪道であろうか」

正寿がいった。

播隆は静かに頭を上げた。

「不当でも、邪道でもありません。人それぞれ顔かたちが違うように、心に願うことはみな違っております。それらの願いのすべてをこめて私は槍ヶ岳の岩峰に鎖を懸けたいと願っております」

正寿が大きくうなずいたようであった。播隆はふたたび頭をさげた。衣ずれの音がした。

頭を上げると、そこにはもう成瀬正寿はいなかった。

「殿様が貴僧にと申されまして……」

律如和尚が黒塗りの厨子《ずし》を両手で捧げ、その上に紙包を添えて持って来た。紙包には金百両、厨子を開けると、高さ六寸あまりの金の阿弥陀如来像が入っていた。

黒塗りの厨子の扉には金泥で書いた葵《あおい》の紋章が入り、その下に持護仏と書いてあった。

「犬山の殿様が尾張侯にお願いして、この持護仏をお前様のために下されたのだ。この葵の紋が入った持護仏を持っているかぎりいかなるところへいっても粗略な扱いは受けないでしょう」

律如和尚が云った。

「そんなたいそうなものを戴いていいのでしょうか」

律如和尚がいなくなってから徳念が心配そうに云った。播隆は視線で徳念をおさえつけた。ものは云わなかった。

播隆は持護仏を隆旺に背負わせて寺を出た。芝山長兵衛の建てた寺の住職になり、また、犬山城主成瀬家の庇護を受ける身となった自分が不思議に思われてならなかった。播隆は、その持護仏を祐泉寺にあずけた。葵の紋にたよりたくないという気持からであった。

5

天保四年七月末、播隆は弟子や信者たちをつれて槍ヶ岳を訪れた。播隆は五十をひとつ越していた。

犬山城主の成瀬正寿が槍ヶ岳に懸け下げる鎖を寄進すると云い出したから、その鎖の太さや長さなどについて、もっと具体的な調査を行うためだった。

この仕事には、中田又重郎と穂苅嘉平が主として協力した。

美濃から同行した弟子や信者たちは、槍の穂の途中まで登って引きかえした。播隆とともに頂上に登ったのは、徳念ひとりであった。このときの登山にも、綱が使われた。中田又重郎と穂苅嘉平が綱の先頭に立った。

八月に入ると朝夕は急に寒くなった。持ち上げて来た食糧も少なくなった。そのころまでには調査はほぼ終っていた。

「やはり、五百五十貫ばかりの鎖になりまするな」

中田又重郎がざっと計算して云った。この前来たときに、眼見当で彼が云ったことが間違っていなかったので、中田又重郎は得意顔であった。

「いろいろ御苦労をお掛け申しました。このようにしっかりと調べたものがあれば、成瀬様に何時お訊ねを受けても答えることができます。ほんとうに、ありがとうございます」

播隆は中田又重郎と嘉平に厚く礼を云ってから、

「私はこの岩小屋で十七日間の別時念仏をいたしたいから、弟子や信者の衆を連れて下山していただけませぬか」

その播隆の申し出はひどく唐突に思われた。こんな寒い岩小屋に、十七日間も播隆ひとりを置くことが危険に思われもした。

徳念がまず、私も一緒にこの岩小屋に止まりますといった。だが、残った食糧は播隆ひとりが滞在するのにやっとだった。中田又重郎も嘉平も、徳念も、結局播隆の熱心な希望に負けた。

人々が去ったあとの槍ヶ岳周辺は太古のように静かであった。

播隆の別時念仏の日課はその日から始まった。彼は伊吹山の岩窟にこもったり、岩井戸村の岩窟にこもったりしたけれど、一万尺近いところの岩窟にこもったのははじめてであった。この季節（新暦に直して見ると、彼が別時念仏を始めた日は天保四年九月十一日であった）にこのような高所で念仏行をやったということは聞いたこともなかった。だからといって彼は、この破天荒な修行をやって、世人を驚かせようとしたのではなかった。

播隆は上人と云われるようになってから、みっちりと修行をしようと思っても、なにやかやと雑用に追われてその時間がなかった。彼は、この数年間、積りに積った求道《ぐどう》の行事をこの岩小屋でやって見たかったのであった。

十七日間の修行は快適に終った。播隆は、全身が軽くなったような気持で、岩小屋を出た。長らく坐っていたから、しばらくは足がふらついた。光がまぶしかった。播隆は、その日一日は、足ならしと、眼をならすために、岩小屋の周辺を歩き廻ってから、翌日は、かねてから彼の心にあった尾根伝いに北穂高岳へ行こうという遠歩きのために、充分仕度を整えて朝早く小屋を出た。

岩小屋から、肩の平に出て、大喰岳《おおばみ》までは、前に来たことがあったが、それから先は、未知の岩尾根だった。中岳のせまい岩稜を踏み越えて南岳に出たころは陽は高く上っていた。

播隆はそこで中食を摂った。山に入ったら山の掟に従えと穂苅嘉平に云われて以来、山で行動中は、一日三度食べることにしていた。彼は用意して来た氷餅《こおりもち》（餅を凍らせ、それを陽で乾かしたもの）を食べた。噛めばさくさくと音がした。餅につき混ぜてある乾し柿の甘さが口中にひろがっていった。

彼は食事を終ると、腰の竹筒の水を飲んだ。

南岳から北穂高岳までは呼べばとどくほどの距離に見えたが、その間には、切り立ったような谷がひかえていた。傾斜が急で、とても降りてはいけそうもなかった。

播隆は、何度かこころみて見たが、結局、南岳と北穂高岳との間は越えることができない、切塔《きれと》（切戸）状になっていることを確かめた。

「北穂高岳に登るには道を変えねばなるまい」

播隆は岩の上に腰かけて眼下の地形に眼をやった。やはり一度槍沢をおりて、梓川《あずさ》の本流に沿って下り、穂苅嘉平が、横尾谷と呼んでいる谷を登って、眼下に見える手の平のような形をした盆地に出なければならないだろうと思った。

穂高連峰にかこまれたその白い盆地（現在の涸沢《からさわ》）がなんという名前だか彼は知らなかったが、その盆地に出れば、穂高の山々へ登ることは可能に思われた。

播隆は穂高連峰の最南端に位置する奥穂高岳に眼をやった。天気が変って来るのはいつもその方向だから、本能的に眼を向けたのである。別に気になるような雲はなかった。気になると云えば空一面をおおっている高い雲であったが、それはいますぐ雨になる雲ではなさそうだった。

播隆は帰途についた。

陽の傾き加減からいって、もう帰らねばならない時刻であった。

南の強風が吹き出したのは丁度そのころであった。突風性の強風だった。なんの予告もなしにこれだけの強風がいきなり吹き出したことは異様だった。

播隆は天の怒りを受けるようなことはなにもしていないと心に誓いながら岩根を這っ

た。岩根にかじりついていても、身体ごと吹き飛ばされそうな強風だった。小石が飛んで来て彼を打った。

幸い向い風ではなかったが、風に体温が奪われ、背中から腰にかけてひどくつめたかった。岩をつかんでいる手が凍えて握力を失いかけると、風は播隆と岩との間に吹きこんで、彼を岩から引き離そうとした。

岩から引き離されたら木の葉のように飛んでいって、岩に当ってばらばらになるだろうと思われた。播隆は口に名号を称えながら岩根を這った。風を避けて一息つこうと思うけれど、身をかくす岩がなかった。このような風が何万年も何十万年もかかって岩をけずっていたのだと思われた。

その苦しみは槍ヶ岳の穂に初めて登ったときとは違っていた。それは岩壁への挑戦ではなく、ただ根気よく這っていくことだった。体力と精神力の問題だった。

播隆は随行者たちを全部帰してよかったと思った。もしここに誰かがいたらたいへんなことになったと思った。

播隆は這った。股引の膝のあたりが破れ、やがて皮膚が破れて血が出た。

恐るべき風は仮借《かしやく》なく彼を追いつめようとしていた。岩をつかんでいる手にほとんど感覚がなくなっていた。口は寒さのために固くなって名号をとなえることはできなかった。しかし彼は名号を唱えつづけていた。口が開かないのに、自分が唱える名号がはっきり自分の耳に聞えた。或は高く或は低く、寒さで閉ざされた口から、風に負けずに名号が唱えつづけられているのを聞いた。身体中が凍っていくような気がした。岩小屋までたどりつかない間に動けなくなるかもしれないと思った。

大喰岳《おおばみ》の頂を這っているとき、播隆は頭上に夕陽を受けて輝く槍の穂が、この強風に微動だにしないのを見た。

「あの頂でおはまに会った」

初登頂したときの一度だけだった。今年の登頂の折にもおはまは現われなかった。だが播隆はおはまにまた会えることを信じて疑わなかった。そこに山がある以上、いつかはまた会えるのだ。

(そして、おそらく死ぬまで、この槍の穂におはまの姿を求めて来るだろう、決して自分を許そうとしないおはまに許しを乞うために来るだろう)

播隆は寒さのために気が遠くなりそうだった。

「そうです。あなたが一心不乱になるならば、あなたが死ぬときまでにはきっと許されるでしょうね」

おはまの声が聞えた。風が岩と岩の間をすり抜けるとき発する音が多様に乱れて、そのように聞えたのである。

「許される、おれはおはまに許して貰える」

たとえ、それが死ぬときであっても許されるのだと思うと播隆は身体の奥に力を感じた。

彼は大喰岳を越えて風の蔭に入った。そこで彼はひと息ついた。

播隆が無事槍沢の岩小屋に這いこんだのは夕刻だった。強風は夕方になっておさまると、雪になった。新雪は山の様相を一変させた。そして、その夜から、激寒が岩小屋を訪れた。

「十七日間の別時念仏は終った。あとは、無事山をおりることを考えればいい」

雪が止むと、そのあとに強い北西の風が吹いた。槍沢の雪渓をおりるとすれば、やはり風に追い打ちを掛けられることになる。雪渓を吹きとばされて転落することは充分考えられた。

播隆は風の止むのを待った。

三日たって風は止んだが、新雪の表面は凍っていた。この年はもう暖かい日は訪れず、そのまま冬に入ろうとしているようだった。

食糧は尽きていた。

播隆は岩小屋を出た。穂苅嘉平が置いていったやや大きな鉤《かぎ》のついた鳶口を手にして、一歩一歩雪渓をおりていった。錫杖は徳念に持たせて玄向寺へおろした。その日も風がつよく、ひどく寒かった。ろくろく食べていないので寒気はきびしく身にしみた。嘉平のいったとおり、山では食べねばならないのだ。食べていないと、いくら着る物を着ても寒かった。寒さはまず足にきて、背後からおして来る風圧にこたえることが困難になった。そうなっても、雪の中に腰をおろすことは更に危険だった。たよりは一本の鳶口であった。彼は鳶口にすがりつきながら雪渓をおりていった。彼の口から連続的に名号が唱えられた。

雪渓の半ばより下にさがるとやや風速は落ちた。危険な場所は過ぎた。そう思った安心感が彼を油断させた。それまで両手で鳶口を持って、一歩おりるごとに鳶口を雪に立てて、それに身体を寄せるようにしておりていったが、もう傾斜もそれほどでもないし、風もたいしたことはないと思って、鳶口を片手で持って歩いた。突風が彼の身体を雪の斜面に押し倒した。彼の身体と鳶口とは別々に雪渓を滑っていった。

播隆の身体は雪渓の下で止まった。身体中が痛くてしばらくは起き上がれなかった。播隆は身の危険を知った。彼は赤間岳の洞窟（赤沢の洞窟）に入って救助を待つ以外に助かる道はないと思った。

洞窟に這いこんだとき彼はほとんど意識を失いかけていた。それでも彼の口唇はときどき動いた。名号を唱えているのであった。

赤沢の洞窟も雪におおわれていた。入口に置いてあった薪や枯枝はほとんどつかい果していた。暖を取ることはできなかった。食糧はなかった。播隆は竹筒の水を少しばかり飲んだだけだった。播隆の体力は尽き果てていた。

播隆が中田又重郎と穂苅嘉平に助け出されたのは、それから更に三日後だった。播隆は合掌したまま眼を閉じていた。

「えれえことだ。なにも、こんなにまでしなくてもいいのに」

嘉平は眼に涙をためながら、播隆にその背を貸した。

6

中田又重郎と穂苅嘉平の背に負われて山を降りた播隆は小倉村の中田九左衛門の家でしばらく傷を癒していた。

「凍傷を直すには根気がいる」

中田九左衛門はこの土地に伝えられている塩を投入した微温湯に播隆の両足を一日数回ひたした。

左足のほうは段々痛みが引いていったが、右足は膝から下が腫《は》れ上がって痛んだ。凍傷を受けたのは足指だったが、そこには既に感覚はなく、足指を除いた足全体を激痛が襲った。夜も眠れない痛さであった。

凍傷を負ったときよりも、そのあとのほうがつらいものだとは聞いていたが、これほどひどいものだとは思わなかった。播隆は、痛みから気をそらすために、名号を唱えつづけていた。彼の寝ている部屋の障子を開けると、中田家の鷹蔵《たかぐら》が三つ並んで見えた。白壁の土蔵造りの鷹の飼育室であった。

その日、昼を過ぎたころだった。真中の鷹蔵のあたりで、鷹の羽撃《はばた》きが聞えた。蔵の表の方をぐるりと廻って弥三郎が顔を出した。弥三郎が蔵の表の覗き穴から中を覗いたので、鷹が騒いだのだなと、播隆は弥三郎のひらべったい笑い顔から想像した。

「弥三郎さん、来ていなさったのか」

「来ていなさったかではないでしょう。私に手紙もくれないでだまって来てしまってさ」

だが弥三郎は、そのことを別に怒っているふうもなく、

「あなた方一行より五日ばかりおくれて、この村について、どうやら商売は順調にやっております」

「商売といいますと」

弥三郎が現われると播隆はなんとなく不安を感じた。弥三郎が、信心のためにここへ来るということは考えられなかった。

「コマクサの採取です。コマクサは昔から修験者たちの間でお百草と呼ばれている秘薬の原料となる薬草です。コマクサの葉や根からしぼり出した苦汁の中に一種の麻酔剤が

含まれているのです。だから、胃痛、腹痛には非常な効き目があるのです。なにね、私の知っている蘭学の大先生からの受け売りですがね」

「蘭学の大先生ですって？」

「いや、いいんです、あなたには関係のないこと、とにかく私には儲けがある仕事ならばいいのです。幸い、去年から今年にかけて、この地方は不作でしょう、百姓どもは安い賃銀でも喜んで奥山へ入ってくれますからね」

播隆は蝶ヶ岳に咲いていた、あの天女の冠に似た桃色の花の群落が弥三郎によって根だやしにされるのではないかと心配した。山の花はそっとして置いてやりたかった。

「ところで播隆さん、私はあなたを迎えに来たんです。聞くところによるとあなたの凍傷はひどく悪いそうなんで、ぜひ蘭医に見せて上げたいと思いましてね」

腫れ上がった右足を見て、ひどいですなあといった。そう云われると、播隆は我慢していた激痛に耐え切れなくなったように顔をしかめた。

中田九左衛門が弥三郎の声を聞きつけて出て来た。九左衛門と弥三郎は既に顔見知りらしく、言葉を交したあとで弥三郎がいった。

「立禅和尚の使いで参りました。江戸から参られた漢方の名医が玄向寺に滞在中ですから、上人様の凍傷を診せたらどうだろうかということです」

「それはよかった。この辺には医者がいなくて困っていたところだ」

中田九左衛門はそういうと播隆に玄向寺へ行くようにすすめた。

播隆は駕籠《かご》に乗った。

名医というからにはかなりの年配の医者を想像していた播隆は、相手が意外に若いのにまず驚いた。

医者は播隆の右足を見ると、首をかしげた。右足の親指と第二指《ひとさしゆび》と第三指《なかゆび》の第一関節は紫色に変色していた。膝から下が樽のように腫れ上がっていた。

「左足のほうはどうやら助かるが、右足の指は切らねばたいへんなことになる」

若い医者はそういった。

医者が切るといったので、播隆はその医者は蘭医ではないかと思った。それにしても弥三郎が、播隆には蘭医だといい、中田九左衛門には漢方の名医だと、二様の使い分けをしたのが分らなかった。なにかわけがあるなと思った。

播隆には、深く洞察するような視線を投げているその蘭医が、かなりその道に経験が深い人に思われた。

「たいへんということは」

播隆が質問した。

「ほっておくと腐りが足のほうに入っていく。足ゆびだけではすまされなくなる」

医者はそう云った。

「では切ってくだされ」

播隆はあきらめた。

寺の書院が手術室になった。医者は立禅和尚以外の人は近づけなかった。書院の中に大火鉢が持ちこまれて、炭火の上に鍋がかけられた。湯が沸騰《ふっとう》するのを見て、医者は剃刀よりも小さい小刀を出して、湯に入れて消毒した。

「痛いが我慢して下さいよ」

医者は、播隆の三本の足ゆびをまるで人参でも切るようにつけ根から切りおとすと、焼酎で消毒して、傷口に薬を塗って包帯した。

播隆は気の遠くなるような痛さをがまんしていた。

「どうでした、痛かったでしょう」

医者がいった。

「足ゆび三本切られるのに、足を切られるような気がしました」

播隆は汗をびっしょり掻いていた。

「これでもう大丈夫です。治るまで二十日とはかからないでしょう」

播隆は人の足指を切りおとして顔色ひとつ変えない蘭医に一種の畏敬《いけい》の念を払った。

五日経つと傷の痛みはうすらぎ、十日経つと更に楽になった。

「あなたは蘭医の術を長崎で学ばれたのですか」

或る日播隆は包帯の取替えの終ったところを見計らって医者に聞いた。医者ははっとしたような顔で播隆を見た。

「播隆殿、ここでは私は蘭医ということにはなっておりませんから、そのおつもりで」

長崎と云われて驚いたり、蘭医ということをかくそうとしている医者を見て、播隆は、或はこの医者は蘭医シーボルトの弟子ではないかと思った。

シーボルトが文政六年(一八二三年)オランダ商館付医官として長崎へ来てから、日本の医学は急激に変った。シーボルトは長崎に鳴滝塾を開き、ここで診療所を開いて庶民の治療に当るほか、多くの弟子に西洋医学を実地に教えていた。文政十一年、そのシーボルトが帰国に当って、ひそかに国禁の地図を持ち出そうとしたという事件があって、彼の教えを受けた多くの弟子が罰せられた。幕府は、洋学弾圧の機会を狙っていたのである。弟子たちは幕府の追捕《ついぶ》の手を逃れて各地に散った。

播隆はシーボルトの名の他に、彼の高弟、高野長英、小関三英、伊藤圭介の三名の名を知っていた。あまりにもこの事件は有名であったからである。

播隆は改めて医者を見た。その医者がその三人のうちのひとりかも知れないと思った。

「なぜそのように拙者の顔を見るのです」

医者がいった。

「あなたはシーボルトという蘭医をご存じですか」

「シーボルト先生……なぜそんなことを聞くのです」

　シーボルト先生といって言葉を切ったあたり、この若い医者がシーボルトの弟子であることは間違いないと思われた。

「私はぜひ一度そのシーボルト先生にお会いして聞きたいことがあったのです。シーボルト先生というお方は医学だけでなく、森羅万象に通ずる学者と聞きましたので」

　それは播隆の思いつきではなかった。笠ヶ岳と槍ヶ岳の頂上で見た来迎がほんとうはなんであるかが知りたかったのである。阿弥陀如来の来迎だと一途に思いこむにしては、どこかに矛盾が感じられたからであった。

　信者たちに、雲中に阿弥陀如来を見た。その阿弥陀如来は見る人の心次第によってそれぞれ違って見えるものだと説いていながら、ふと播隆は、自分がいま話していることは嘘ではないだろうかと考えることがあった。太陽の位置、雲の所在、風、彼が見た二度の御来迎には非常に共通したものがあった。自然現象ではなかったかという危惧があった。もしそれが自然現象であったならば、彼が見た像はおはまではなかったことになる。そう断定されることは怖かったが、いつまでも疑問を持ちつづけることはもっとつらいことであった。播隆は真実を知りたかった。

「シーボルト先生に聞きたいという話はどういう話ですか、さしつかえなければお話し下さい」

蘭医は播隆の顔にそそいだ視線をそらそうとしなかった。蘭医がシーボルト先生と力強くいったとき、彼はシーボルトの門弟であることを自負しているようにさえ見えた。

播隆は、立禅和尚が彼のために用意してくれた空箱の上に腰をおろして、包帯に包まれた右足を心持ち動かしながら、彼の見たものについて話し出した。

播隆が語り終るのを待って、蘭医は紙と筆を持って来て、播隆に渡して云った。

「そのときのことを思い出しながら絵を描いてみて下さい。特に色の順序を間違わずに」

蘭医はそういうと腕を組んで、なにか過去の記憶を思い出すような顔をしていた。

播隆が記憶をたどって御来迎の絵を描いて蘭医に渡すと、蘭医は予期していたような顔でいった。

「これはわが邦では御来迎、シーボルト先生の故郷のドイツでは、ブロッケンゲシュペンスト即ちブロッケン山の妖怪と云われているものに違いありません。ドイツのハルツ山中のブロッケン山にしばしば現われるからそう云われているのですが、シーボルト先生の話によると、環の虹は太陽の光が霧の水滴を通って屈折することによって出来る虹の一種であり、その中心にうつる人影は自分自身の影だというお話でした」

「自分自身の影だと、あれが」

「そうは思えなかったでしょうね、ドイツでも長い間、人々はそれを妖怪と見ていたのですから――わが国ではそれを宗教に結びつけて御来迎と云い、ドイツでは妖怪変化の仕業と考えるのは面白いではありませんか」

しかし播隆にとっては、少しも面白いことではなかった。それが単なる自然現象であったならば、いったい自分はどうしたらいいのであろうか。播隆の顔が蒼白になった。

「あれは単なる虹でしょうか、太陽の光と霧が作った虹だったのでしょうか」

播隆は幻滅に似た溜息を洩らした。

「それは自然現象です。だがその自然現象を見る人間が、美しいと感ずるのも、怖しいと感ずるのも、仏の御来迎と感ずるのも、これは心の問題だから全然別なんです。あなたが、そこに、おはまさんの姿を見たら、それはまさしくおはまさんであり、初之助さんが母の姿を見たならばそれは母の姿でいいのです。私は科学の世界と心の世界とは別に考えるべきだと思っております」

蘭医はそこで語調を変えて、

「あなたは稀に見るお方ですね。あなたのように、真正面から哲学に取り組んでいる僧でしたら、私がこのように話しても分っていただけるでしょうが、このごろは、わからず屋が多くて、なんの理由もなしに、わが国は神国である、外から入って来たものはすべて敵であるといったふうな風潮をおこして困ります。幕府さえも、その傾向におし流されて、西洋の本を蛮書などと頭から軽蔑してかかっている。おろかなことです。ほとんど連続的に、外国船がわが国をうかがっておりますのに、その外国の文化を知ろうとせず、いたずらに神がかりな観念をふり廻していたのでは、いったいわが邦はどうなるでしょう。私はそれが心配でならないのです。いやこれは余計なことを云ってしまいました。つい、あなたのような、ものを真剣になって考えるお人に会ったものですから——」

播隆はあまりにも多くのことを一度に考えねばならなかった。

播隆は蘭医が書院を出ていくのを知らなかった。

翌朝、立禅和尚が薬の包みを持って現われた。

「これをあと五日も塗ればもういいそうです」

「あの蘭医殿と、貴僧とはずっと以前からお知り合いですか」

するとと立禅和尚は声が大きいと、播隆を制しながら傍に来て小さな声でいった。

「あの蘭医は弥三郎さんがこの寺へ連れて来たのです。シーボルト事件で幕府に追われている高野長英先生です。今朝方弥三郎さんとこの寺を発ちました。行く先は分りません。弥三郎さんのことですから、どこか人が気づかないところにお連れするのでしょう」

立禅和尚はそういうと、寺から去って行った高野長英の旅路の安泰を祈るかのように西に向って名号を唱えた。播隆もそれにならった。

7

播隆は身体のおとろえを感じた。それまで年齢を考えたことのない彼が五十二歳という年齢を気にするようになったのは去年凍傷にかかって右足指三本を失って以来だった。凍傷にかかったのは肉体のおとろえ以外に考えられる原因はなかった。風に吹きとばされたのも、槍沢の雪渓を滑落したのも、凍傷を負ったのもすべて肉体のおとろえから来るものだった。

親指と第二指と第三指のない足には、普通の草鞋は履けないから、彼はつまかけ草鞋を作らせて履いた。他人と違ったものを履いていると考えただけで、彼はまた劣等感をおぼえた。

播隆は七十間の鎖を槍ヶ岳の穂先に掛けることをいそいだ。いそぐ理由はなにひとつないのだが、彼の心はせいた。その大事が終らないうちに、命脈が尽きたらと考えるのも彼の肉体の衰えたせいだった。

彼は僧であった。いついかなるとき死が訪れようとも、動揺を見せないために、僧として修行しているつもりであったのに、五十を過ぎてからの彼はしきりに死を考えた。死ぬまでに為さねばならぬことは善の鎖を槍ヶ岳の穂先にかけて、あらゆる人に雲の中の如来との対面の場を与え、彼もまた、おはまとの対話の機会を得たいと思っていた。

口先一つで衆生済度を唱えても人は信用しない。彼らにまさかと思っている如来の像を見せ、それぞれの心の中の母の、夫の、妻の、子の、姿をそこに再現させることが、ほんとうの意味の衆生済度と考えていた。

御来迎が自然現象であっても、人それぞれの心によってそれをどう解釈するか、その解釈にどう導きを与えてやるかが僧のつとめに考えられた。

播隆は揖斐《いび》村の城台山阿弥陀寺にそう長くはとどまらなかった。ほとんど名義だけの住職であってみれば、とどまっている理由もなかった。阿弥陀寺には隆志がいた。甥の隆志に寺を守らせたいという芝山長兵衛の気持が明確になるに従って、播隆は寺をはなれて出て歩く方が多くなった。

寺にいると彼の名をしたって多くの人が来た。なかにはいつの間にか寺に居すわって、播隆の弟子だと自称する者もあった。

播隆はその人等に教えるということはしなかった。教えるものはなにも持っていないと自分でも思っていた。

「僧は修行によって身につける以外に道はないのだ。修行とは実践することだ、名号を唱えながら自ら歩き、自ら瞑想にふけることだ」

播隆はそのように説いた。

彼は揖斐と尾張と美濃太田とを結ぶ三角形を歩きつづけていた。その三角形の辺上に散在する町や村で説教をつづけながら槍ヶ岳へかけるべき善の鎖の勧進をいそいでいた。

「私は、このごろの凶作つづきを一日も早く終らせ、豊作を迎えるために、槍ヶ岳の頂上で祈りたいのです。私がひとりで祈るより、十人が、百人が、千人の人の祈願の方が効力あるものと信じます。だから私は槍ヶ岳に善の鎖を掛けたいと念願しているのです」

播隆は、凶作つづきで、大衆の間におおうことのできない不安が持ち上がりつつあるのを憂えていた。農民出身の播隆としては当然のことであった。

善の鎖の喜捨は増えていったが、五百五十貫の善の鎖を造るまでにはまだ達していなかった。


名古屋鍋屋町陽蓮寺の律如和尚から、直ぐ来るようにという手紙が来たのは天保五年に入ってすぐであった。

陽蓮寺に行くと律如和尚が待っていて、これからすぐ成瀬の殿様のところへ行こうといった。なんのためだか律如和尚にも分らなかった。

播隆は茶の香衣を着て、緋《ひ》の衣をつけた律如和尚のあとに従いていった。誰が見ても、播隆は律如和尚の伴僧であった。名古屋城の天守閣と大きな声をだせば話ができそうなほど近いところに、成瀬正寿の屋敷があった。小高い丘の上だったから、風通しがよかった。座敷にいても、庭の樹木をゆすぶる風の音が聞えた。

「去年の夏槍ヶ岳へ登って、足を失くしたそうだな」

正寿は、足指のことを足と間違えて聞いていたらしかった。

「なかなかの執念感じ入った。ところで善の鎖のほうは見とおしがついたか」

「はっ、いっこうはかどりませぬゆえ困っております」

播隆は正直に答えた。

「そうだろう、一文一文と集めていたのでは、そちが生きている間にはとてもできないだろうと思って、それも作ってやったぞ」

正寿は家臣に命じて障子を開けさせた。庭に大蛇がとぐろを巻いたように鉄の鎖が幾束かにわけて置いてあった。

「尾張で作らせた鎖だ。気に入らなかったら、作り直させるがよい」

播隆は声が出なかった。

「余はすぐ江戸に立たねばならぬ。大願成就を願うぞ、一日も早く大願成就をな」

正寿は座を立った。

鉄の大蛇は雨に打たれたように光っていた。ざっと数えると十束ほどあった。全体で五百五十貫とすると一束五十五貫、たいへんな重さであった。播隆は槍の穂に鎖を懸けるといっても、せいぜい、百貫の鉄を買えるだけの金が集まればいいと思っていた。五百五十貫は目標だった。目標を大きくした方が集まりがよいと思ったのである。

成瀬家にとっては、たいへんな出費だと思った。鍛冶屋の工賃を入れると千両を越すかもしれないと思った。そして播隆は、その鉄の鎖の重さにおしつぶされるような圧迫感を覚えた。嬉しいという気は起らなかった。怖ろしかった。こんな途方もない喜捨を戴いていいのかと迷った。この鎖の代償として成瀬家が要求して来るもののほうが気がかりであった。またこの鎖を槍ヶ岳にかける工事を思うと、きもがつぶれそうだった。播隆は声が出なかった。正寿が座を立つまで、鎖を拝領してありがたいということばをいうのを忘れていた。

正寿が云った大願成就を一日も早くということばが播隆の心に焼きついた。正寿のいう大願成就が犬山藩独立であることが、播隆には、心痛いばかりに通じていた。播隆はいそがなければならないと思った。今年のうちにでも、鎖を懸けてしまわないといけないと思った。鎖の他に、尾張藩家老成瀬正寿が、槍ヶ岳開山に当って、この鉄鎖を寄進するものであるという一札が附属していた。播隆は彼の信者たちにたのんで六月に入るとすぐ鎖輸送にかかった。

播隆の弟子や信者たちは勇躍して彼のもとに集まった。

成瀬正寿の鎖寄進の一札は、鎖輸送の道中手形のかわりになり、鎖運搬の手助けになった。鎖が運ばれる沿道の役人のところには、播隆の信者たちが、成瀬正寿の鎖寄進の一札を持って先行した。槍ヶ岳にかけられる善の鎖に手を触れるものは御利益があると触れて廻る信者もいた。

天保の凶作つづきで、農民たちは藁をもつかみたい気持でいた。彼等は槍ヶ岳とはどんな山か知らなかったが、富士山に次ぐ高い山に鎖がかけられ、その頂上に安置された仏の慈悲に容易にあずかることができると聞いて無料奉仕した。

十個の鎖の束は十台の車につまれ、その車に何本かの縄がかけられ、その先を信者たちが曳いた。宿場、宿場で次の村の者に引継がれていった。お祭り騒ぎのようであった。

「成瀬正寿が五百五十貫の鎖を槍ヶ岳にかけるそうだ」

寺社奉行から報告を受けた幕府要路の間には、播隆の名を乗り越えて、成瀬正寿の名が響いた。鎖輸送の指図は隆旺がやった。隆旺の心の底には師の播隆を犬山城主成瀬正寿に売りこんだのは自分だという気持が動いていた。

「隆旺は僧になるより、ああいうことのほうが似合うかも知れません」

徳念が播隆にいった。

「ひとそれぞれ得手があるものだ」

そして播隆は徳念に美濃太田にこの鎖が間もなく到着するが、その置場所について手筈が終っているかどうかを聞いた。

「祐泉寺の庭とも思いましたが、あそこは中仙道から外れておりますので、弥勒寺の庭に置くことに手紙で打ち合わせてございます。私はひと足先に行って、受入れ準備をいたしたいと思います」

播隆は大きくうなずいた。あまり感情を顔に現わさない徳念が、今日はひどく嬉しそうな顔をしているなと播隆は思った。隆志にしろ隆旺にしろ、その他の信者たちは、それぞれ背景になにかを持っているのに、徳念にはそれがない。あるとすれば徳念は柏巌尼につぐ第二の弟子であり、柏巌尼とは親しいから弥勒寺のことについては徳念が口を出しやすいということぐらいのものである。弥勒寺の名が出たから徳念の顔に明りがさしたのだと播隆は思った。

（そうだ徳念は特に柏巌尼とは親しいようだ。コマクサを取って来て柏巌尼にやったのも徳念だ）

たいしたことではなかった。柏巌尼にやったのではなく弥勒寺の仏像に供えたと思えばそれまでだったが、徳念と柏巌尼が親しいということから、播隆は、またいつもの、嫉妬とも心配ともつかない妙な気持になった。

播隆は首をふって迷いを払いのけた。

その夜播隆は美濃太田の脇本陣、林市左衛門方に泊った。林市左衛門が播隆の信者であるということと、実情はどうあれ既に一寺を持った播隆は、気楽に祐泉寺に泊めて貰うわけにはいかなくなっていた。彼が飽くまでも念仏行者としての自覚を持っていても、はたがそうさせなかった。

翌日、鎖は中仙道を木曾路に入っていった。御三家の尾張侯の家老成瀬家の寄進目録があるからどこでもあやしまれたり、とがめられたりすることはなかった。鎖は関所を越えた。沿道の人々は、その異様なものの通過を驚きの眼で眺めていた。その鎖がなんのために使われるのかを聞いて、手を合わせる者が多かった。鉄鎖は六月中ごろ松本平に入り、大野田、上野、寺塚などの村々を通って真光寺の山門まで来たとき、足軽数名を率いた騎馬の侍が来て馬上から一行に声を掛けた。

「播隆と申す者はいずれにあるか」

播隆は侍の馬前に両手をついた。

「松本藩相原大膳、調べの筋があってまかり越した。その鉄鎖はいずれより、いずれへ持っていくのだ」

鎖は十台の車につまれ、車につけた縄を大勢の村人たちが声を合わせて曳いている。異様な行列の先頭には槍ヶ岳開山善の鎖勧進の次第を筆太に書いた木札が掲げられていた。相原大膳はその高札を睨みつけていた。

播隆は慇懃《いんぎん》な態度で事情を説明し、成瀬正寿の寄進目録を見せた。

相原大膳は馬上で、それを一読し、矢立を出して写し取ると、そのまま、ひとことも云わず土埃を上げて引き返していった。なんのために来たのか全く分らなかった。

鎖が、田屋、丸田、北条、小室、中塔を通過して小倉村の中田九左衛門宅についたのは夕刻であった。

中田九左衛門宅では、炊出しをして、鉄鎖運搬に奉仕した人々の労をねぎらった。

夜になって、中田九左衛門の下男が、へんな男が屋敷のまわりをうろついていると九左衛門に告げた。又重郎が鉄砲を持って出て見たが、もうその男の姿はなかった。

「上人様、なにかよくねえことが起らねばいいが」

行燈《あんどん》の下で考えこむ、中田九左衛門の額の皺の深さが播隆には不安だった。

8

三日間はなにも起らなかった。中田又重郎と穂苅嘉平の監督のもとに、尾張から持って来た鎖は短くしたり、長くしたり、一部を鎖梯子に造り変えられたりした。中田九左衛門の裏庭に臨時の鍛冶場ができた。

松本藩の佐野伊織と名乗る侍が足軽十人を従えて中田九左衛門宅を訪れたのは四日目であった。佐野伊織は、

「当家に滞在中の僧播隆に申しわたすべき筋があって参った」

と中田九左衛門に告げた。

中田九左衛門が佐野伊織を家の中へ迎え入れようとしたが、彼は庭に床几《しょうぎ》を置かせて

播隆を待った。

播隆は庭に出て、土の上に坐った。罪人のような気持だったが、相手が床几に坐ってふんぞりかえっている手前、そうするより仕方がなかった。土の上に坐ることはなんでもなかったが、佐野伊織の手にしている書状が気になった。

「では申しわたす。こころこめて聞くように」

佐野伊織は書状を眼の高さに上げた。

「近年、美濃国揖斐の阿弥陀寺の僧播隆というものしばしば当地に現われ、念仏講など開き、ただ念仏のみ唱えれば極楽往生間違いなしなどと妄言を吐き、人々をまどわすため、領民ただ随喜渇仰して念仏に耽溺《たんでき》し、職を忘れ業を怠るもの多し。これ神々のいかりに触れ、このごろ凶年相つづき、民心に不穏の兆あるにもかかわらず、衆生済度のために、槍ヶ岳山頂に鎖を懸くるなどと称して金銭を集めること不届きのいたりなり。ここにきつく叱り置くものなり。追而、鎖一式は当分差し押え預かり置くにつきさよう心得置くこと……」

依如件《よつてくだんのごとし》のきまり文句と年、月、日と松本藩主松平丹波守の名は一段と声を落として読み上げたから播隆には聞き取れなかった。

「おそれながら、鎖は豊年祈念のために、犬山城主成瀬様よりの御寄進でござる。豊年祈念のための鎖と分っていてなぜ差し押えるのでございましょうや」

中田九左衛門がいった。

九左衛門のうしろにいる又重郎もそのとなりにいた穂苅嘉平も九左衛門の発言と同時に顔を上げて佐野伊織の顔を見た。播隆の背後にひかえている信者たちもいっせいに顔を上げた。播隆一行や、中田一族から二間ほどはなれて、中田家に関係ある者や附近の百姓が土下座していた。三つの鷹蔵の前には猟師たちの一群が坐っていた。すべて播隆の信者たちであった。

中田九左衛門の一言と同時に、声にならない声のどよめきが人々の間から起った。松本藩の処置に対する不満の声であった。誰からともなく発せられる声であった。

鷹蔵の中で、お鷹が羽撃《はばた》きをする音がした。

佐野伊織は床几から立上がって云った。

「拙者はそのようなことに答える義務はないぞ。ただひとこと申し添えて置くが、今日中に鎖は長尾組、一日市場《ひといちば》村名主、百瀬《ももせ》茂八郎にあずけるように」

佐野伊織は逃げるように帰っていった。

「お上のお達しとあればしようがねえずら、しかし、ちとおかしいじゃねえか」

穂苅嘉平が腕組みをして考えこんだ。

鎖はその日のうちに百瀬茂八郎宅へ届けられた。

百瀬茂八郎もいきなり鎖をあずかれと云われて驚いていたところだった。

更に二日たった。中田九左衛門宅でその後の情報の交換がなされた。

「播隆上人の名が上がるのを嫉妬して、松本の一部の寺が、寺社奉行にあることないこと云いつけたり、藩の役人を動かしたらしいことは事実だが、それだけが鎖を差し押えた原因じゃあなさそうだ」

穂苅嘉平がいった。

「上人様が槍ヶ岳へ登ったから凶作になったなどと大きな声でいう者はいねえが、かげで、そう云っている者がいることは確かずら」

猟師の作次郎がいった。

「寺の嫉妬《やきもち》にしろ、百姓どもの陰口にしろ、たいして根が深いものではなく、この鎖の差し押えはもっと深いところに根があるようです」

一日市場村名主百瀬茂八郎は、知人の松本藩士を通じて探って来た情報を洩らした。

「藩の中でもこの処置に反対なさる者が多いとのことです。原因は、上人様のことではなく、鎖を贈られた尾張のほうにあるらしいですな」

しかし、この情報をつかんで来た百瀬茂八郎にも、成瀬正寿と松本藩がどのようにからんで来るかは想像できないことであった。

「とにかく、私が鎖をあずかります。模様を見て、お山へ上げるように藩にお願いしてみますから、このたびはお帰りを――」

百瀬茂八郎は自分の責任のように頭を下げた。

「なに上人様に帰ろというのかね、そりゃあ酷っていうもんずら。わしは、御公儀の鷹庄屋として、代々この地に住んでいる。云わば、奥山のことはわしが御公儀からあずかっているようなものだ、そのわしをさし置いて、槍ヶ岳に鎖を上げてはいけねえなどというお達しはどうしてもがてんがいかぬ。鎖がいけないというなら、わしは、槍ヶ岳に綱をつけてえと思うがどうだね、鎖は差し押えられたが、綱を槍ヶ岳に懸けたらいけねえっちゅうお達しはねえ。この中田九左衛門が一身に替えても善の綱を槍ヶ岳にかけつらねて、イの一番に上人様に登って貰わねえと気がすまぬのだ」

中田九左衛門の決断によって、その翌日から縄の準備が始められた。

再び藩が文句をつけに来たら、中田九左衛門は、先祖代々伝わっている、奥山廻りの鷹庄屋の鑑札を出して藩に楯つくつもりでいた。

藩からは誰も来なかった。

数日後、準備成った一行は飛騨新道を通って奥山へ向った。

天保五年は比較的天候に恵まれていた。六月半ばから七月いっぱいにかけての槍ヶ岳の工事も順調に進んでいった。石工、鉄工その他十数名のものが槍沢上部の岩小屋（坊主小屋）に泊って、善の綱取つけ作業に従事した。

槍の穂への登攀路の手がかり、足がかりが、岩をけずって作られた。随所に、善の綱を懸けさげるべき、鉄釘が打ちこまれ、釘の頭につけた鉄の輪に善の綱が懸けさげられた。綱は十カ所にかけられ、延べの長さ約七十間に及んだ。

播隆が槍ヶ岳に善の綱をかけると聞いて、多くの人が槍ヶ岳に集まった。飛驒の鉄工八郎太と平兵衛は金槌、鞴《ふいごう》など鍛冶道具を背負って岩小屋までやって来た。松本新橋の大阪屋佐助は家業を休んで、この仕事に協力した。八郎太も平兵衛も佐助も播隆の信者であった。中田又重郎、穂苅嘉平、猟師作次郎の三人はこの工事の中心人物であった。山麓の村々から食糧が岩小屋に運びこまれた。

この工事には播隆の他に徳念が参加した。徳念は三十四歳、働きざかりであった。彼は岩登りをおそれなかった。石工たちに混じって、岩峰を上下して来ては、岩小屋や肩の平《ひら》の小屋掛けの休み場所にいる播隆に工事の進捗状況を伝えた。

天保三年、四年とつづいて不作であったが、天保五年は米は良好ではなかったが（往時は凶年の年には稲熱病《いもち》が発生し、その籾《もみ》を種にするので、翌年天候に恵まれても、不作になることが多かった）、雑穀はよくとれた。天候のよいせいもあって、人の集まりもよかったし、この工事が豊年につながる祈願であるということが人々を力づけた。

槍沢の雪渓もこのごろになると上部に僅かばかりの雪を残すだけで、ほとんど融けていた。

八月一日開山式の予定のもとに槍の穂の頂上には石工が登って整地した。三間に一間半の広場ができ、その一角（登頂口の反対側）に二尺の高さに台石が積みあげられ、そこに、松の大木を輪切りにして、その中に空洞を彫り開けた祠を置き、周囲に石を積みあげた。

文政十一年（一八二八年）に播隆が初登頂したときに納められた阿弥陀如来像の他新しく三体がその中に納められた。

槍ヶ岳の頂上の模様は一新された。最後に中田又重郎と穂苅嘉平が見廻ってから、播隆上人の登頂を乞うた。

播隆は茶の衣をつけて綱にすがった。六年前に初登頂したときの困難さはそこにはなかった。足がかりも手がかりもあり、善の綱が、次々と懸けられているから、それにすがっていけば危険はなかった。不自由な右足も気にならなかった。去年の天保四年ここに来た信者たちのうち、播隆とともに絶巓に立ったものは徳念ひとりで、あとは怖がって、登らなかったが、今年は全員が登頂した。面白がって日に何度も登る者があった。善の綱によって、槍ヶ岳は低くなった。

天保五年八月一日、巳の刻（十時）、播隆は槍ヶ岳の頂上に立った。

一点の雲もない快晴の日であった。彼は、頂上で多くの信者にかこまれて栄光ある槍ヶ岳開山式を行った。播隆のかたわらに徳念が立っていた。

9

槍の穂先に善の綱が懸けさげられたのは、播隆にとって、おはまとの対話の機会が、容易に得られるようになったことである。太陽が西の空の、ある高さにあって、しかも眼の前に霧の幕がさがったとき槍ヶ岳の頂上に立てばおはまと対面できるということは、播隆にとって、更に一歩、自分をおはまの死の瞬間の疑問解決に近づけることであった。

高野長英が云ったように、それが虹の一種であり、像は、すなわち、わが身の投影だという説が正しいかどうかを確かめる絶好の機会でもあった。わが身かどうかを確かめるには手を上げてふり動かして見れば分ることだと思った。異国でいうブロッケンの妖怪と御来迎とが同じものであるかどうかを確かめることでもあった。

そして、もし、それが、虹と、わが身の投影であったにしても、播隆は、なんらの落胆も変心も、ないだろうと思った。むしろ、太陽が、風が、雲が、水が、自然現象であり、尚かつ宗教的な対象から切り離せないものであるのと同じ意味で、その虹と投影と御来迎を別々に切り離しては考えられないだろうと思った。もし、雲の中に浮んだおはまに向って手をふり、その手が動き、明らかに、それがわが身の投影だということを確かめ、それ以上のなにものも感じなかったならば、おそらく、自分は、これまで長いこと歩きつづけて来た仏教の世界から脱落していかねばならないだろうと思った。高野長英に会って以来長いこと考えつづけて来たことであった。

天保五年八月一日は天気はよかったが風が強かった。絶頂に何時間もいることはできなかった。

「これから、御来迎をおがむ機会はいくどかあるだろう」

播隆はそういって、絶頂からおりた。六月なかばから七月一ぱいにかけて、頂上に御来迎は三度現われた。

飛騨の平兵衛も、松本の佐助も嘉平も作次郎もそれを見た。だが、播隆はその機会を逸した。笠ヶ岳で一度、槍ヶ岳で一度、その二度の経験がすべてであった。

播隆が槍の穂の途中までおりて来るとき、槍沢を登って来るひとりの男の姿を見た。人が来ても別に珍らしいことではなかったが、播隆は、その男が上に向って、なにかしきりに合図をしていることが気になった。

その男の方へ嘉平がおりていくのが見えた。播隆が槍の穂をおりると、そこに穂苅嘉平と小倉村の三吉が待っていた。

「上人様、すぐ山をおりておくんなして」

嘉平はまず結論から先にいった。

「松本藩から上人様を捕えるちゅうて、人をむけてよこしたそうだ」

松本藩が、なぜそんなことをしたのかくわしいことは分らなかった。三吉は中田九左衛門の命令を受けて、役人たちの先まわりをしてそれを知らせに来たのであった。

「いますぐ山をおりりゃあ、役人たちをやりすごすことができるが、ここにいちゃあどうしようもねえだ」

嘉平のいうとおりだった。槍ヶ岳へ通ずる道は一本だった。槍沢をおりる以外に道はなかった。

播隆とその信者たちは急遽山をおりることになった。案内に嘉平が立った。三吉はその足で槍沢をかけおりていって役人の動向を探った。

「どうやら役人どもは赤間岳の洞窟（赤沢岳下の洞窟）に泊るらしいぜ」

三吉が槍沢の末端に待っていてふたりに知らせた。

「そうかそいつはうめえぞ、役人どもが明日の昼ごろ岩小屋につくころは、こっちは上口地（上高地）の湯屋についてるずら」

嘉平は役人の泊っている岩小屋の方へ向って唾を吐いた。

役人に追われているという気持が一行を急がせた。一行はぎりぎりいっぱい暗くなるまで歩いて、徳沢の泉のほとりの杣小屋についた。その翌日は早朝に起きて上口地から中尾峠に向った。

嘉平と三吉は中尾峠まで一行を送って来て別れていった。

「なあに、しばらくのことさ、そのうちまた大手をふってお出でになれるときが来るずらよ」

嘉平はそう云って播隆をはげました。

松本藩がなぜ執拗に迫って来るのか、播隆には依然として分らなかったが、その後百瀬茂八郎が探ったところによると、成瀬正寿が寄進した鎖について、幕府はその鎖は犬山藩独立の祈願を捧げるためのものと解し、松本藩を通じて牽制策に出たもののようであった。

成瀬正寿の犬山藩独立運動に対して、幕府要路の者は二派に分れていた。積極的に犬山藩独立を支持する老中と、今さら独立でもあるまいと反対する老中とが対立しているという噂があった。

松本藩が鎖弾圧に出たのが、この問題と関係あるとすれば、松本藩主松平丹波守が、犬山藩独立反対派の老中松平和泉守乗寛に協力してやったいやがらせと考えられた。

播隆にとっては、犬山藩独立がどうであろうと、鎖が槍の穂にかけ得られなかったことは残念なことであった。だが槍ヶ岳には善の綱がかけられた。槍ヶ岳はほんとうの意味で開山されたのである。

播隆は中尾峠から槍ヶ岳の方に向って合掌した。そこからは槍ヶ岳は見えなかったが、播隆の心の中には懸けさげたばかりの善の綱がはっきり見えた。その麻綱のにおいまでした。

発願文

槍ヶ岳頂上の宝前に社堂を建立して四仏を安置し奉る

胴体立像　阿弥陀仏　一体

胴体座像　釈迦牟尼仏　一体

銅体座像　観世音菩薩　一体

木像　文殊師利菩薩　一体

右四仏は当岳寿命神等のため、永久に国司御無難、国家安全、五穀成熟の守護のために嶺岳の宝前に尺二寸四方の高木の堂中に勧請し奉る。神前に石垣を積上げ、境内において、九尺に三間の平地を、又槍百間の内、七十間の懸下《がけした》において、善の綱を求む老若諸人の機力を増し、絶巓の仏前に参堂至らしむべきために欽《つつし》んで、建立せしむ。

天保五甲午歳仲秋第一日

念仏行者　播隆建之

飢饉と法難

1

天保六年は春からずっと寒い日が続いた。梅雨になると、そのあがりが永びき、しばしば河川の氾濫《はんらん》があった。やっと一日、二日の晴天を見せたかと思ったら、秋のような風が吹き出した。七月に入ると凶年の兆候はいよいよはっきりした。稲は、その生長を思い止まったようであった。

播隆は重い気持で稲田を見ていた。八月になって天気が恢復したが、平年作は期待できなかった。美濃、尾張地方でそうだから、山間部の田は青立ちが多かった。松本の玄向寺の立禅和尚も、不作を嘆いた手紙を播隆によせた。

「今年は去年より作柄悪しく候、とても山などと申すべき者もござなく候」

凶作だから槍ヶ岳登山などしている余裕はないという意味らしかった。

「今年は弥三郎殿はなにぶん多忙の由にて、代人春太郎殿、コマクサ採取すすめおり候」

立禅和尚の手紙にはそんなことまで書いてあった。差し押えられた鎖については、

「事柄、こみ入り申し候間御自重にて歳月過ぐるを待つよりほか思案これなくと存ぜられ候」

とあった。立禅和尚も、犬山藩独立運動と鎖が関係しているらしいことを知っているようであった。

播隆はその年の夏から秋にかけて揖斐村城台山阿弥陀寺でその年の閏七月二十五日に死んだ父の供養のための念仏をつづけていた。播隆がそれほど長くこの寺にいたことはいままでないことであった。播隆が落ちつくと弟子たちも落ちついた。徳念のほか、隆志、隆旺、隆載など、隆のつく弟子たちがほとんど顔を揃えていた。

弟子はここ二、三年の間に急に増えた。弟子というより信者に類する者のほうが多かった。ほとんどの弟子は、おしつけられたものであった。信者の布施によって寺を保持していく以上、信者のいうことを或るていど聞かねばならなかった。弟子は播隆の名前だけにあこがれて来たものが多く、播隆の歩んで来たと同じように念仏行者として、清貧な修行生活をつづけようとする者はごく少数であった。彼等は隆を頭文字とする戒名をやたらに欲しがった。それらのすべては、ほんとうの意味での播隆の弟子ではなく、自称弟子というべきものであったから、播隆がいちいちその責任を持つ必要はなかっ

た。

播隆は、弟子は柏巌尼と徳念の二人しかいないと思っていた。それ以外の弟子は見掛け上の弟子であると考え、徳念とははっきり区別していた。徳念に向っては時にはきびしいことをいうことがあったが、信者とも弟子ともつかぬ自称弟子たちにはほとんど教えらしいことは云わなかった。

弟子が多くなるとその中に派閥が生じた。隆志は阿弥陀寺を彼の伯父芝山長兵衛が建てた関係で、阿弥陀寺においては強い発言権を持っていた。

弟子の筆頭は徳念であった。学問においても修行の年数においても隆志とは段違いであった。だが、隆志はその徳念を無視した。なにか徳念が口を出そうとすると、伯父の芝山長兵衛の名を出した。

「どうも、この寺に私がいることは、よくないことのように考えられます」

徳念が播隆にいった。

「私は上人様がこの寺に滞在中はほかの寺へ行っております。そして上人様が旅にでかけられるときは必ずお供をいたしたいと存じます。そのほうが万事うまくおさまるように思われます」

「ほかの寺というと祐泉寺か」

「はい、祐泉寺の海音和尚とは不思議に気が合いますし、近くには柏巌尼がおられます」

徳念は播隆の顔をまともに見ていった。

「柏巌尼が弥勒寺にいることがなにかためになるのか」

播隆は徳念から視線をはなさなかった。

「柏巌尼は上人様の第一の弟子、私は第二の弟子です。姉弟弟子ですから、私のようにひとりぼっちの身にはなにかと心のたよりになります」

徳念は臆することなくいった。相手は尼僧である。尼僧のそばにいることが、心のたよりになるなどということは取りようによってはおだやかではなかった。播隆はけわしい顔つきをした。

「いけませせぬか、同じく仏門にいる者を心のたよりにしてはなりませせぬか」

「心のたよりにするだけならいいが――」

あとは云わなかった。云っては自らが傷つくことであった。

「上人様、もしこの徳念という弟子が信用できないようでしたら、いま、ここで破門して下さい」

播隆は、ひとことも云えなかった。気を廻しすぎたことを徳念の前で恥じ入った。

徳念が祐泉寺に行くという日にひょっこりと弥三郎が訪ねて来た。

弥三郎は前よりも肥ったようであった。肥るといよいよ細い眼になり、その細い瞼の奥でじっと人を見る眼はいままでよりも陰険にみえた。

「なかなか景色がいいじゃないですか、揖斐川の流域がひと目で見渡せます」

弥三郎は眼を揖斐川に沿って動かしていたが、

「このあたりの作柄もよくありませんね、稲の色が全体に青味を帯びています。まず六分か七分というところですかな」

「弥三郎さんは稲のことに急にくわしくなりましたね」

徳念が口を出すと、

「当り前です。私は去年から米の買いつけをやっておりますから」

「米の買いつけですって？」

「そうです。時勢は目まぐるしく変っていきます。商売は多角経営でないとやっていけませぬ、私は儲けることにはなんでも手を出します。蘭方医学が流行して来たのを見て、私は蘭方薬を売り出しました。昔売ったような、にせものの薬ではありません。ちゃんとした先生の指導のもとに製造しているのです。これを蘭薬ふうな包み紙に入れ、漢字のかわりにオランダ語を書いた袋に入れて売ると、とぶように売れます。このごろは、富山の薬売りに逆に売ってやっております。流行で売れるのではなく、効くから売れるんです。このごろはにせ物がでるくらいです。その蘭方薬で儲けた金で私は去年から米の買いつけをはじめたのです。大凶年が来るということを、あるお方から聞きましたのって云った。

弥三郎はへらへらと笑った。肥っても笑い方は前と同じだった。播隆がたまらなくなって云った。

「これ以上凶年がつづいたら、飢えて死ぬ人が出るだろう。そういう不吉なことをいう人はどなたかな」

「うちにごろごろしている先生です。その先生の云われるには、天保二年から四年つづいた比較的寒冷な気候の移り方が安永八年、安永九年、天明元年、天明二年とつづいた寒冷な気候にすこぶる似ているというのです。天明の大凶年は天明三年から始まり五年間つづきました。だから、もしこの天保の気候が天明と同じように進むとすると、これから大凶年が始まるということになるのだそうです」

弥三郎は物騒な話をした。

「その先生というのは、天明の大凶年を知っておられるのか」

「冗談いっちゃあいけません、その先生はまだ二十代だ、天明の飢饉を知る筈がないじゃあないですか。調べたのですよ、いろいろの昔の資料を元にして調べたのです。このようなことをシーボルト先生はペリオデといっておられたそうです。天候の繰りかえし性とか、天候の類似性とかいうのだそうでございます」

「その先生というのは、いつぞや私の足を治療していただいた高野長英先生ではないかな」

「高野先生はもういません。今の先生は……」

といいかけて弥三郎は鼠に似た眼を光らせて、

「誰でもいいじゃありませんか、兎に角私はその先生に賭けました。あり金を投げ出して米を買いこみました。去年は東北の方はいけませんでしたが、暖かい方では比較的良作だったでしょう。だから気の早い者は、凶作は去年で終ったと見て、買いこんでいた米を売りに出した者もありました。私はそれをじゃんじゃん買いこみました。ところが今年はこの不作でしょう、儲かりますがな。売れば儲かりますが私はまだ売らないで待っています。凶作が続いてごらんなさい、米の値段は、さらにはね上がります」

播隆は不愉快な顔をした。弥三郎とそれ以上話しているのがいやになった。徳念は、やや頬を紅潮させて、

「他人の弱味につけこんで儲けるなどということはよくないことですね。その先生という人もあなたに儲けさせるために、シーボルト先生から学問を教わったのではないでしょう」

「しかしね徳念さん、商人ってものは本来人の弱味につけこんで生きてる者なんです。商人として生きられるかどうかは、時勢の肌合に触れて、その弱味につけこむことです。その先生はね、春先の川の水のつめたさで、その年の天候をあるていど予想できること

があるといっておりました。それを聞いて私はすぐ女の肌を思い出しました。女の肌のあたたかさ、つめたさは女の心を現わすものです。女を攻めおとすにはその肌のあたたかさが理解できればいいのです」

弥三郎がそういったとき徳念はうつむいた。けがらわしいことを聞く耳を持たないと顔をそむけるのとはなんとなく違っていた。弥三郎の話の内容を理解した上での羞恥《しゅうち》のように見えた。若い僧の中には医者に姿を変えて、ひそかに女を買いにいく者もあったが、徳念にかぎってそんなことはあり得ないことだった。徳念は童貞である。女の肌を知っている筈はない。

播隆は徳念がうつむいたのは、たいして理由のない偶然だと思った。

「いやどうも、つまらぬことを話してしまいました。ところで徳念さんは、これからどちらへ」

弥三郎は徳念が美濃太田の祐泉寺へしばらく行っているのだと聞くと、

「柏巌尼によろしく云って下さい。なにか困ったことがあったら手紙をよこせとね」

弥三郎はそういいながらも徳念の顔に鋭い視線を投げていた。

2

天保七年になると飢饉は全国的な規模になった。七月には、越前の勝山、加賀の石川、能登で一揆が起った。駿府、甲斐などの幕府直轄地でも打ち毀しが起り、甲斐の郡内では貧農が武装蜂起して、甲府城下に迫るという事態が生じた。九月になると一揆打ち毀しは全国的にひろがっていった。奥羽地方の飢饉は特にひどかった。一揆打ち毀しをやるにしても、米を持っている者がいなくなった。藩の所有米も底をつくありさまだった。この年の冬、奥羽地方だけで十万人以上の餓死者を出した。

この惨状に対して幕府の政策は手ぬるかった。幕府は、米産地に対して、江戸、大坂等の消費地に廻米することを命じたことと、酒造石数を例年の三分の二に減らしたこと、天保通宝（百文銭の銅銭）を鋳造濫発したぐらいのことであった。

難民は土地を棄て家を棄てて都会へ向った。江戸、大坂へ出ればなんとかなるだろうと思った。御救い小屋が各地に設けられて、一日一人かゆ一ぱいが当てがわれたが、この米にさえ窮するようになった。幕府は、品川、板橋、千住、新宿に御救い小屋を作って、江戸に入ろうとする難民の救済よりも阻止に当てた。一椀の粥《かゆ》を与えてから、故郷へ帰るように説得した。云うことを聞かない者は、棒でなぐられた。御救い小屋ではなくて、追殺し小屋だといわれるような苛酷な処置を取って江戸市中への飢民の流入を防止した。

天保八年二月、大坂で庶民の窮状を見かねて、大坂町奉行与力大塩平八郎が反乱を起した。打ち毀し中に大火が起った。大坂の打ち毀しは更に地方に伝播していき、もはや一揆打ち毀しのない国はなくなっていった。春から夏にかけて飢饉に追いうちをかけるように諸国に疫病が流行した。天保八年は比較的天候に恵まれていたが、打ちつづいた凶年のため、農民は土地をはなれており、土地に残っていても種籾、種豆までも食いつくしていた。従ってこの年は天候による凶作年ではなく、二次的に発生した凶年であった。幕府は難民救済を各藩に文書で通達することと、質の悪い大判金（天保八年に五両判、一分銀）を濫造して、物価高をまねき人心を更に不安にさせた。

飢饉になってからの播隆は多忙であった。彼は美濃、飛騨、尾張にかけて、ほとんど休むことなく法話をつづけて歩いていた。凶作がつづき、疫病が流行し、おそかれはやかれ死なねばならないという見とおしに立った者は、現世の極楽――腹いっぱい食べることのために生命をかけた打ち毀しをやり、強盗を働いた。それをする勇気のないものは現世にみきりをつけて来世の極楽を望んだ。

各地の寺から播隆に法話を依頼にやって来た。偉い坊主の法話を聞き、一緒に念仏を唱えると極楽行きは確実だと考えた者が集まって来た。

天保八年の春、播隆は犬山街道から少しはずれた古瀬という村の近くを歩いていたとき、路傍の石の蔭からぬっと出た手に衣のすそをおさえられた。

老婆が倒れていた。そのそばに青黒くふくれ上がった顔をして樽のようにむくんだ足をした男がいた。播隆の衣の裾を押えたのはその男だった。

「母がまもなく死にますで、母が極楽にいくように祈ってやってくだされ」

男はそういって、手の平に握りしめていた天保銭を播隆にさし出した。

老婆は痩せ細っていた。骨と皮ばかりであったがまだ生きていた。とろんとした眼で播隆を見つめていた。

「百文あれば、ふたりがまだ幾日か生きられるだろう。なぜこの金を使って生きようとしないのです」

播隆がいった。

「生きていても、せいぜい四、五日で、死ぬのは分っている。それなら、いまここで、その金で母を極楽に導いて貰った方がいい」

男はそういった。

「銭では極楽へはいけない」

「それだけではたりないのか」

男はうらめしそうに播隆を見た。

「銭では極楽へはいけぬ、極楽へ行けるのは一心不乱に生きよう生きようと願う人だけだ。自ら死をのぞもうとするものは極楽へはいけぬ」

播隆は弟子たちに云いつけて、老婆を背負い、男の手を肩に掛けて、近くの寺まで連れていってやった。

「いいか、生きよう生きようとするのだ、生きることをあきらめたら、極楽へは行けぬぞ」

老婆の耳元で、そういってやると、老婆はかすかに、うなずいたようだった。そしてなにか、自分の息子に云おうとした。口が動いただけで言葉にはならなかった。そして老婆は動かなくなった。

老婆にすがりついて泣いている息子に播隆はいってやった。

「お前の母は極楽へ行ったぞ。お前も、けっして生きることをあきらめてはならない」

播隆は、その男の持っている天保銭に更に一枚の天保銭を加えてやった。

播隆の法話は生きる念仏だと云われて、どこへ行っても好評を受けた。念仏を唱えてさえいれば、誰でも極楽へ行けるという浄土教の教えは平時は通じたが、飢えに迫り、疫病に苦しんでいる天保の世の人々には、絵そらごとにしか思えなかった。死がすぐそこにせまって来ると、極楽は現実の問題として必要だった。なにか、もっと確実に、極楽へ行ける実証を与えて貰いたかった。子どもだましの念仏極楽往生ではなく、誰にでも分るように、極楽行きの方法を説いて貰いたかった。

或る農家の女が芋がらを食べて死んだ。その芋がらは、凶年のために、先祖が壁の中へ塗りこんだものであった。あまりにも年代が経ちすぎていた。他の者は嚙んだだけで吐き出したが、その女はそれを食べて死んだ。

「その女こそ極楽へ行ける人だ。なぜならその女は一心不乱に生きようとしたからだ」

播隆は村人たちにそう教えた。

「正しい方法で、一心不乱に生きようと努力する人だけに御仏の御利益は与えられる。凶年はまだまだつづく、どうして生きつづけるか考えろ」

播隆はそう教えた。

「正しい方法なんてない、人のものを横取りして食って生き延びるか、おれのように、横取りされて死ぬかどっちかだ」

死にかけた男がそう云った。それには播隆は答えようもなかった。

3

天保八年夏、播隆は弟子を連れて、飛驒の高山から、大萱村へ三里の道を歩いていた。五十五歳になった播隆のうしろ姿には老いのかげが見えていた。飛驒高山の大応寺から法話を頼まれて来たついでに、久しぶりに恵比寿峠を越えて高原郷を訪れ、天保の大飢饉に苦しむ人たちに、精神的救いの手を伸ばしてやろうと考えたからであった。高原郷は播隆にとって、もっとも思い出の深い土地であった。一介の乞食坊主でしかなかった播隆が、上人様とあがめられるようになったのは、この土地であった。いわば高原郷は播隆を世に出した母体であった。第二の故郷ともいうべきところであった。

大萱村は、笠ヶ岳登山の折も、槍ヶ岳登山の帰途にもしばしば泊ったことのある村だった。播隆と名主の横山六兵衛とは昵懇《じっこん》の間柄であった。

播隆の一行は、日はまだ高かったが、大萱村で泊ることにした。

大八賀川を渡り、小木曾村を通過したとき、老人が、播隆を見かけてかむりものを取って云った。

「上人様、大萱に行きなさるなら、やめらさったほうがいいと思いますがのう」

老人は播隆を知っていた。老人のいうことを綜合すると、恵比寿峠を越えて来た高原郷の難民が、大萱村で打ち毀しをやった直後だから泊るところもないし食べるものもないだろうということだった。

大萱村に入ると、気のせいか、村人の眼つきはおびえているようだった。播隆の一行だということをはっきり確かめてから頭をさげていく村人が多かった。

大萱村の名主横山六兵衛は蔵の前で、腕を組んで考えこんでいた。打ち毀しの痕跡はなかったが、庭のあちこちに椀の欠けたのが捨ててあったり、箸の折れたのがあったり、生垣がこわれたり、焚火の跡が、幾つもあったりした。大勢の人がこの家の庭にいた気配は濃厚だった。

「えらいおぞい目に会いましてのう」

横山六兵衛は、恵比寿峠を越えて来た難民に食べ物を強奪された話をした。

「人間飢《かつ》えるほどおそがい（おそろしい）ことはありませんでな。なんもかんもが見えなくなってまうで」

難民は、食べ物を出さねばぶちこわすと横山六兵衛をおどかして、蔵をからにした。

「来年の種籾まで持っていってまった」

六兵衛はそういって嘆いた。

難民はおよそ五百人あまり、統率者はなかった。飢えが彼等を統率し、指揮していた。打ち毀しにまでいかなかったのは、粥の炊き出しが早かったからであった。しかし、粥が腹にたまった難民は、粥以上のものを要求した。そして彼等は半ば暴徒化して、蔵を開け、米を奪ったのである。

「上人様たちにお泊りいただきたいんじゃけどな、さしあげる米がのうなりました」

六兵衛はそうはいいながらも、播隆に一泊をすすめ、翌朝には、どこからどう探し出して来たのか、ちゃんと白米を炊いて食べさせてくれたほか、旅の途中の口漱《くちすすぎ》だといって、炒《い》り米を用意してくれた。だが、六兵衛は、播隆の一行が恵比寿峠を越して高原郷へ入ることには反対した。

「高原郷の上流一帯の不作は特にひどいそうでしてな、一村のうち半分は餓死するというところもあったそうや。そんなおぞいところへ行ってもいいことがある筈がないやろ。やめとかさったほうがええぜ」

しかし播隆は予定を変えなかった。高原郷がそのような状態であればあるほど見舞ってやらねばならないと思った。

播隆の一行は恵比寿峠に向った。峠のあちこちに腐爛《ふらん》死体がころがっていた。食を求めて、ここまで来て行き倒れた者たちであった。ほとんど裸のままであった。悪臭がひどく、弟子たちは鼻をつまんで走って通ったが、播隆はその死体をいちいち山の中へ引きずっていって埋葬し、念仏をとなえてやった。播隆に力を合わせて死体の処理に当ったものは徳念ひとりであった。

恵比寿峠を越え、折敷地村、五味原、蓑谷を過ぎて、高原川渓谷への下り道にかかったとき、馬の背に青草を積んでいる村人に会った。男は、一行の姿を見かけると、ぎょっとしたような顔をしたが、そのまま一ものも云わずに、馬を引き立て、急いでおりていった。

その男が高原郷の者であることは間違いなかった。どうやらその男は播隆の顔を知っているらしかった。逃げるように山を下っていったのがへんだった。沢沿いの道を大滝まで来ると、すぐ下に鼠餅《ねずもち》村が見えた。高原川が西陽を受けて光っていた。

播隆の一行は鼠餅に入った。

村はしんとしていた。死に絶えた村のように静かであった。時折、人を見掛けたが、一行に挨拶しようとする者はなかった。彼等は顔をそむけた。家の戸口に立って一行の近づいて来るのを見ている者もあったが、眼が合うと、いそいでかくれた。

「どうもおかしいですね」

徳念がいった。

「なにか、この村の者は私たちに敵意でも持っているのでしょうか」

隆旺がいった。

「いやそうではない、長年の凶作のために人々は笑いを忘れてしまったのだ」

播隆は弟子たちをいましめた。無理しても、本覚寺まで行きたいと思った。播隆も、村人の表情に、なにかしら不安なものを感じていた。

あたりが急に明るくなった。高原川沿いの河原の道に出たのである。うしろから彼等を呼ぶ声がした。かなりの年配の男が追って来るのが見えた。菅笠《すげがさ》を持ってはいるが旅姿ではなかった。ちょっと隣り村あたりまで行って来た帰りのような姿だった。

「上人様、私は鼠餅村の名主徳右衛門と申すものでございます。いつぞやお会いして、上人様からありがたいお話をきかせてもらったことがあります」

徳右衛門は息を切らせていた。

「上人様、えろ申しにくいことじゃが、このへんをうろうろしとらっさると、たいへんなことになるかも知れんでな、本覚寺までいそいで逃げておくれっさい。上人様がお出でになるということを聞いて、たわけ者どもが、竹槍を持って騒いどるんじゃで」

「竹槍を持って？」

播隆はその竹槍に突かれたような顔をした。

「そういな、高原川のかみかたの村々は、ここ何年もつづいて不作ですんじゃ。ひどい村では、村の人間の半ばは飢えて死にました。こういう悪い天気が幾年もつづくのは、上人様が、高原川の上流の槍ヶ岳をけがしたからだと申すものがありましてなあ――いよいよ食べる物がのうなってみんな気がへんになってしまったんじゃろ。まあかんにんしてやっておくれっさい」

播隆は徳右衛門の顔をじっと見詰めていた。尾張、美濃、そして飛驒の高山と播隆は行脚をつづけていた。どこへ行っても播隆は救世主のように迎えられた。この天保の大飢饉の最中、ただひとり、あきらめるな、つよく生きろ、生きようと一生懸命になる者だけが極楽へ行けるのだと教えて歩く播隆の法話を人々は涙を流して聞いていた。槍ヶ岳を開山したのも、その頂へ善の鎖を懸けようとするのも、すべて播隆がこの苦痛から人々を救うための行いなのだと随喜《ずいき》の涙を流していた。

山ひとつ越えて、高原郷へ入った途端、竹槍が彼を迎えようとは思ってもいないことであった。

播隆は徳右衛門から眼をはなして高原川沿いの僅かばかりの畑地へやった。例年ならば、いまごろは蕎麦《そば》の畑が、いっせいに白い花を咲かせて、初雪が降ったように白く見えるのだが、今年はまだ花が見えなかった。稗《ひえ》の穂も出ていなかった。このあたりでこうだから、高原川の上流の作物は、おそらく収穫はないものと予想された。

美濃、尾張の穀倉地帯とは比較にならないほどここは苦しいのだ。おそらく彼等は、この苦しみへの怒りを、まず身近な者に向けたのだろう。物持ちに向け、名主に向け、代官に向け、そして、もはや鬱憤《うっぷん》を晴らすべきなにものもなくなったところへ、播隆が現われたから、彼に向けたのだ。播隆はそう考えた。

「さあ、はやいとこ逃げておくれっさい」

徳右衛門は対岸を警戒しながらいった。だが、そのときにはすでに暴徒が対岸の道を、橋のほうへ向って走っていくのが見えた。播隆の門弟たちは、竹槍の数を見て顔色を変えた。

「こいつぁ埒《だち》あかん、上人様、気違いどもが橋を渡らんうちにはやく……」

一行は河原沿いの道を急いだ。若い弟子たちは走れたが、播隆は凍傷を受けて以来右足が不自由だから走ることはできなかった。

竹槍の一隊は二つに分れて、一隊は橋を渡って上手から襲《お》しよせる形勢を示し、一隊は下流から川を渡って来る様子だった。

播隆の一行は河原で挟みうちになる恰好になった。

「お前たちは逃げろ」

播隆はいった。若い弟子たちの足で逃げられないことはなかったが、徳念が播隆の傍から動かないのを見ると、若い弟子たちも逃げるわけにはいかなかった。播隆は弟子たちにかこまれて河原に立往生した。

一行が止まると、対岸の暴徒の群も止まって、河原へおりた。どうやら浅瀬を探して、川を渡ってくる様子だった。竹槍で、しきりに水深を測っていた。

やがて一人が裸になって、着物を竹槍に結びつけて肩にかついで水へ入ると、次々と男達はその真似をした。

「逃げましょう、このままでいたら殺されます」

隆旺が真青な顔をしていった。

「逃げても無駄だ、彼等はすぐ追いつくだろう」

徳念がいった。弟子たちが慄えているのに徳念だけは慄えてはいなかった。徳念は、播隆をかばうように一歩前に立って河を渡って来る暴徒を睨みつけて云った。

「私は法難などといってあきらめてはいないぞ、私は暴徒と戦う。上人様をお守りするために戦うのだ」

徳念は河原に飛びおりると、石を拾ってふところに入れた。だが他の弟子たちは、徳念のあとについてはいかなかった。ひとかたまりになって慄えているだけだった。

播隆が徳念のあとを追うように河原におりて、徳念に云った。

「石を捨てろ」

「なぜ捨てるのです。この石で上人をおまもりするのです。黙って殺されてなるものですか」

播隆はその徳念の顔の中に、徳念の父、高木村の徳市郎の顔を見た。富山一揆の指導者徳市郎の血を享けた徳念だけのことはあって、やはり他の弟子たちと違って根性はあるのだなと思った。

「石は捨てなさい。徳念、お前が私の弟子ならその石を捨てるのだ。はやく捨てるのだ」

徳念は不承不承に石を捨てた。

はだかになった暴徒は胸までつかって河を渡り切ると、河原で着物を身につけた。背の低い男が河原の大きな石の上に立って、なにか大きな声で叫んでいた。どうやらその男が、暴徒の指導者らしかった。

暴徒は、前景気でもつけるかのように、石の上の指導者の合図に合わせて叫び声を上げると播隆とその弟子を目掛けて押しかけて来た。

彼等が走り出したのと、播隆が彼等の方へ向って歩き出したのとほとんど同時だった。徳念ひとりだけがそのあとに従った。凍傷で右足指三本を失って以来、播隆は右足を引きずる癖があった。足を引きずりながらも、彼の歩調は一定しており確実だった。

播隆が暴徒に向って歩き出したことは暴徒たちに少なからざる驚きを与えたようだっていた。彼等は逃げ廻る野良犬を追いつめるように坊主どもを追いつめていくことを想像した。逃げずに真直ぐ向って来ることなど思いもよらなかった。彼等は機先を制せられたように河原に足を止めた。

「やい凶作坊主、きさまは槍ヶ岳が飛驒の山じゃってことを知っとるのか、おれたちにことわりもなしに勝手に飛驒一の山へ登って、山をけがしたもんで、山の神様が怒らっさったじゃ、そんでこんなざまになったんじゃぞ、見てみィ、てまえが槍ヶ岳へ登って以来ずっと凶作じゃわい。米だけじゃあのうて、麦も粟も稗も穫れんのじゃぞ、おれたち百姓は食うものがのうてどんどん死んでいく、きのうおれの村では十人死んだ。隣り村では六人死んだ。やい凶作坊主、よくもこんなおぞい目に逢わしゃあがったな」

播隆はその男の顔を知っていた。十四年前の文政六年に笠ヶ岳に登って、一人だけ御来迎に接しなかった利吉だった。岩魚の置き鉤《ばり》を横取りしたから御利益がないのだと懺《ざん》悔《げ》した利吉だった。

「あなたは、利吉さん」

播隆は声を掛けた。そして利吉のあとにつづく男たちの顔を見た。播隆の視線を感じると、眼を伏せた男が三人ほどいた。そのひとりは初之助だった。御来迎の中に亡き母を見たといった初之助だった。与吉もいたし、五郎四郎もいた。あのとき御来迎の奇瑞に涙を流した青年たちが、いまそこらあたりの竹藪から切って来たばかりのような瑞々しい竹槍を持っていたのである。

「お前たちは……」

播隆は、そういったとき更に二、三歩前に出ていた。

「お前たちは、わしを殺しに来たのか、そうすれば、気がすむのか、槍ヶ岳はたしかに、半分は飛騨の山で半分は信濃の山だ。槍ヶ岳にわしは登った。だが山を穢《けが》すようなことをした覚えはない。しかし、お前たちが、この凶年をわしのせいにして、わしを殺せば、ほんとうに豊年になるのだと思うならわしを殺すがいい。わしはけっして命をおしみはしない、それでお前たちの心が安まり、農事に精出せるようになるならばそれでいい」

播隆は利吉の竹槍に向って真直ぐ歩いていった。利吉が竹槍をかまえ直した。先がぴくぴく動いた。播隆はふとそこに槍をかまえている自分自身の若い日の姿を見た。槍をかまえて鉄砲足軽を追いつめていく岩松を、そこに見た。

播隆は竹槍の穂先へ近づいていった。おはまはあのとき、こんな気持ではなかったのだろうか、足軽をかばうのではなく、彼女自らが、死にたい――岩松の槍につかれて死にたいと瞬間的にそう思ったのではなかろうか。槍を見たとき魔がさしたのではないだろうか。死への恐怖が、死への誘惑に逆転したのではなかろうか。彼女は瞬間にそのような倒錯を起して、自ら、自分の身体を槍に投げかけたのではなかったろうか。

――そうだあのとき、おまえは槍の穂先に向って積極的に身を投げかけた。つまり自殺的行為をやったのだ。それは勇気の要ることだった。いったい、なぜその勇気を出す必要があったのだ。自殺しなければならない必然性があったのだ。播隆は、利吉のかまえている竹槍の穂先に向って歩いていった。死を怖れているのでも、死を望んでいるのでもなく、なにか、遠くに行った自分の心を追っていくような気持だった。死んではいけないと思った。まだ槍ヶ岳に鎖を懸ける仕事が残っているのだと、頭の隅のほうで考えながら、播隆は利吉の槍に向って歩いていった。死んではならないと思いながら、その竹槍の穂先に彼は牽かれた。ほとんど無意識だった。

利吉には武器を持たずに一歩一歩つめよって来る播隆が不気味に見えた。竹槍を持っているのは自分ではなく、播隆が竹槍を持って自分を追いつめて来るように思われた。利吉はじりじりと後退していった。播隆の眼は竹槍の先と利吉の眼を等分に見較べていた。やがて播隆の眼が竹槍からはなれて、利吉の眼に固着されると、利吉は、それ以上そのままの姿勢ではいられなくなった。その竹槍で播隆を突くか、それとも、播隆の眼に突き殺されるかどっちかだと思った。
利吉の身体が大きく傾いた。利吉は川縁までさがって、足を踏みはずしたのである。利吉は竹槍を抛《ほう》り出して川の中へうしろ向きに倒れた。利吉は一間ほど流されて川から岸に這い上がると、河原を走って逃げた。暴徒はそのあとに従って逃げ去った。

高原郷上宝村村誌によれば、
天保七年五月以来、降雨多く、六月に至つても、降りやまず、農作不熟にして頗《すこぶ》る困窮す。天保八年、早春より国内食糧欠乏し、細民争ふて草根、木芽、樹皮を採食し、餓死道に充つ、あまつさへ五月下旬より疾病流行し、餓死、病死相つぎ、野に山に死屍《しし》横たはり、惨状目をおほはしむ。中略。人々難渋いたし、飢ゑ死多くあり、なかには川にいりて死に絶えるものもあり、くびをつなぎし者もあり、飢ゑし者多くありし事にて、乞食非人に出しもの多くあり、ある夜中、橋下にふせり居りし乞食を見るに、その人数八九十ばかり居、これを思ふて察すべし、飛騨白川郷鳩谷村組下五ヶ村の内にて餓死候者凡三百人余りと聞きしに、その外の村々にても、飢ゑ死多く、小白川村人別、百二十人有りしに、その内飢ゑ死者百四人あり、残りの人唯、十六人に相成り申候。

4

天保九年になっても播隆は足を引きずりながら行脚をつづけていた。名古屋の石切町慈誓寺、愛知郡熱田町円福寺、知多郡小川村善導寺と彼の説教の旅はつづいた。

播隆は生きるための念仏を論じながら、一心不乱に生きようとすることと、一心不乱に山に登ることとが同じことであると、話を槍ヶ岳開山に持っていくことがあった。

「山を登ることは人間が一心不乱になれることです。一心不乱になって念仏が唱えられる場所が登山なのです。悟りに近づくことのできるところなのです。悟りとはなにごとにも心が動かされなくなることです。死をおそれなくなることです。われわれは凶年の山をまだまだ登らねばならないでしょう、一心不乱に登ることです、けっして、凶年に負けてはいけません、登るのです」

播隆が寺に杖をとどめると、彼の法話を聞くためにおびただしい人が集まって来た。生きる念仏は、この世をあきらめかけていた人々に力を与えた。一心不乱に生きようとする人こそ極楽へ行けるのだという播隆の話は、彼等を納得させ、奮起させた。

播隆は彼が遍歴した美濃地方の八百津、伊岐津志、兼山、和知、美濃加茂、犬山、関、各務等三十二カ所に名号碑を建立した。

刈谷の近くの村の名主が疫病にかかった。播隆はその臨終に迎えられた。床の間に阿弥陀如来が雲に乗って来る極彩色の掛け軸があった。如来の五本の指のあたりに、五色の糸が縫いつけられていた。

「さあ、上人様、この糸を持たしてやって、極楽へ行くように念仏を唱えてやってくださいまし」

その男の妻女がいった。

こういう仕掛けのある掛け軸が売り出されていることは播隆も知っていたが、見たことは、はじめてだった。彼は、何人かの死人の手に握られてよごれている五色の糸を、もはや八分どおり死にかけている老人の手に握らせて名号を唱えた。淋しい気持だった。僧として辱しめを受けたような気持だった。

その翌日、播隆は名古屋の陽蓮寺の和尚、律如から至急名古屋へ来るようにという通知を受取った。

播隆はすぐ犬山城主成瀬正寿と差し押えられた鎖のことを思い出した。

天保九年九月の末であった。

陽蓮寺に集まった侍は八人いた。いずれも成瀬家に仕える若い侍たちであった。

「播隆殿、すぐ信濃に向っていただかねばならない事態になり申した」

小山庄左衛門と名乗る侍がそのわけを話し出した。昂奮してしゃべるので半分は分らなかった。鎖を松本藩に差し押えさせたのは、老中松平和泉守乗寛であった。彼は成瀬正寿が播隆に五百五十貫の鉄鎖を寄進したのは、犬山藩独立を播隆に祈願させる下心があってのことではないかという、寺社奉行からの情報を手に入れるとすぐ、松本藩に命じてその鎖を差し押えさせたのであった。

成瀬正寿は、尾張藩主徳川斉温《なりはる》にこのことを報告した。幕府のやり方が憎らしいと、涙をためて云った。尾張藩主徳川斉温は、かねてから老中、大老のやり方に不満を持っていた。徳川斉温のみならず、尾張藩は、八代将軍吉宗以来、幕府につめたい眼を持って見られていた。徳川斉温は、老中松平和泉守乗寛を軽挙の行動をしたといって責めた。そして、その場で徳川斉温は成瀬家の永年の功労にむくいるために、犬山藩独立を積極的に支持したい意向を示した。御三家の尾張藩主が正式に成瀬家独立を支持したとなると、犬山藩独立反対の立場をとっている幕府はすこぶるやりにくいことになった。

尾張藩は正式に松本藩に、家老成瀬正寿の寄進した鎖の差し押え解除を申しこんだ。尾張藩と松本藩では格が違った。松本藩主松平丹波守は、考えに考えた末一日市場村名主、百瀬茂八郎宅にあずけて置いた鉄鎖を上口地（上高地）へ持ち上げるように命じた。鎖は上口地湯屋へ持ち上げてある。折を見て槍ヶ岳へ懸けさげるよう手配したい、という松本藩の正式回答文書が成瀬家にとどけられたのは天保九年の九月半ばごろであった。

そのとき、成瀬家で、催促に催促を重ねた末の返事であった。成瀬正寿は病床にあった。

「余の生きている間には、鎖は、槍ヶ岳には懸からぬだろう」

正寿は鎖の一件の報告を受けたときそういった。その言葉が余が生きている間に犬山藩独立はむずかしかろうと云ったように家来たちに感じ取られた。鎖を槍ヶ岳に懸けさげることは、成瀬正寿が犬山藩独立の執念を幕府に示す最後の機会であった。家来たちは、正寿の生きている間に、犬山藩独立の端緒をなんとかしてつかみ、そのことを正寿に知らせてやりたかった。家臣として当然なことだった。若手家臣団たちの間に鎖懸けさげを強行しようという意見が出た。

鎖を槍ヶ岳頂上に懸けさげることは成瀬正寿の意志を通すことであり、鎖懸けさげに成功すれば、犬山藩独立に反対していた老中はその面目を失い、犬山藩独立に賛成している老中の発言力が強くなり、犬山藩独立を早めることになるだろうという推測であった。犬山藩独立は、もうひとおしというところまで来ていたのである。

「松本藩が鎖を上口地に上げたということは、われらの眼をくらます手段であり、時をかせぐためである。ここで反対派に時を貸したら犬山藩独立はできないかも知れない。われわれは実力を持ってしても、鎖を槍ヶ岳に懸けねばならない。そう決まったのだ。出発は明朝、木曾路をいくことにする。貴僧及び弟子一人、それに、警護の者としてわれわれ八人が同行する」

小山庄左衛門は播隆に対して一方的に宣告した。

「警護と申されましたか？」

「そうだ警護だ。幕府は表立って、われ等の行動を阻止はできない。彼等がやる手としたら、貴僧を斬ることである。貴僧が死ねば、鎖を槍ヶ岳にかけてもなんにもならぬ。槍ヶ岳開山の先導師播隆がその鎖を懸けることに祈願の意味があるのだ、おそらく幕府もそう考えているだろう」

播隆はそこまで話がこじれているとは知らなかった。彼はいつの間にか、尾張藩と幕府との争いに捲きこまれていたのである。

「今後貴僧はすべてわれらの指示どおりの行動をとって貰いたい。勝手なことは許さないぞ」

その場の最終結論であった。播隆は、かたちこそ変ったが捕虜と同じ境遇に置かれたのである。揖斐の阿弥陀寺に帰ることもそこにいる弟子たちに手紙を出すこともできなかった。丁度そこに居合わせた隆旺は、播隆と共に信濃へ行くことを申しわたされた。

「いまから松本へ行って、準備をしても、とても今年中には間に合いませぬ、おそらく槍ヶ岳にはもう雪が来ているでしょう、一雪降ったら山は登れませぬ」

その播隆の言葉も山を知らない侍たちには取り上げられなかった。

「全部の鎖を持ち上げなくてもいい、一番短い鎖一本でも今年中に槍ヶ岳に懸けるのだ」

播隆とその弟子隆旺は八人の侍に囲まれて、その翌日名古屋を出発した。播隆はひどく固くるしい想いをした。自分の身体のようではなかった。護衛されているのではなく監視されているような気持だった。

関所では播隆一行の旅行に対して異常なほどの関心を示した。

馬籠《まごめ》の峠を越えたころから、一行の前後につきまとっている者が気になった。商人だったり、木樵《きこり》だったりした。数人の者がかわり合って見張っていることは明らかだった。

「斬って捨てましょうか」

一番腕の立つ武藤兵庫がいった。小山庄左衛門がそれをおしとどめた。

木曾の藪原《やぶはら》の宿では、便所の近くにひそんでいたあやしい男を見つけて安田主膳が斬りつけた。男は泉水をとびこえて逃げた。どうやら一行の身辺を窺《うかが》っていることは確かのようであった。

寒い、淋しい木曾路であった。既に落葉期に入っていた。落葉がかさこそと鳴った。

播隆は流人の気持を考えた。彼は侍たちとは話をせず、ひたすら名号を唱えていた。いつ殺されてもいいだけの心の準備はできていた。

松本に入ると、松本藩から屈強《くっきょう》な侍が二十人ほど一行を迎えにやって来た。口では、型どおりの問答を交わしていたが、ほんのちょっとしたことで斬り合いになりそうな雰囲気だった。隆旺はふるえつづけていた。おそろしさのあまり足が出なくなって播隆に叱られた。播隆は前後左右を成瀬家の侍に囲まれて歩いていた。

小倉村の中田九左衛門は、ものものしい一行の到着が予想外だったので、迎える言葉を知らなかった。その驚いている中田九左衛門に向って、小山庄左衛門がいった。

「今夜中に、鍛冶職、石工、人夫どもをできるだけ多く集めて置くように。上口地に置いてある鎖を、至急に槍ヶ岳に懸けたいのだ。金はいくらでも出す」

中田九左衛門は、ただびっくりしているだけだった。

翌朝になったが、石工も、鍛冶職も人夫も集まらなかった。来たものは、中田又重郎、穂苅嘉平、作次郎、大阪屋佐助の四人だった。

「石工と鍛冶職はどうしたのだ」

「それがどうしても集まらねえので」

九左衛門は恐縮した。

「松本藩の妨害だな、よし、鍛冶職と石工のところへ案内せい、刀にかけても引張って来るぞ」

成瀬家の家来たちが激昂して、中田九左衛門を引き立てて、三郷村の鍛冶屋六兵衛のところへでかけようとしているところへ、名古屋から早馬がついた。名古屋から松本まで、ほとんど寝ずに馬を乗りつぎして来た鬼頭正之進は、書状を、小山庄左衛門に渡すと、残念だと、ひとことといった。成瀬正寿が死んだのであった。

「こうなったら、主君の弔い合戦のつもりで、鎖を上げよう」

成瀬家の家来たちは悲しみを鎖懸けさげ工事にふりかえようとした。その夜松本藩から岩本平太夫という侍が来て、小山庄左衛門に云った。

「当地の鍛冶職、石工、人夫等御入用の節はどうぞ当藩にお申し越しいただきたい、当藩も鎖を槍ヶ岳にかけることに、及ばずながら協力させていただきたい」

打ってかわったような挨拶だった。犬山藩独立運動の旗頭の成瀬正寿が死んだからには、まず犬山藩独立問題はお流れになるだろうと見たのであった。そうなれば松本藩にとっては鎖のことなどもうどうでもよかった。岩本平太夫は、松本藩主松平丹波守の揶《や》揄《ゆ》と儀礼とをかね合わせた使者として小山庄左衛門を訪ねたのであった。

その翌日、天保九年十一月一日は朝から雪が降った。その年の初雪であり、その日を境として、飛騨新道は閉鎖された。上口地へはもう行けなかった。

播隆は中田九左衛門宅の庭の一隅にある祠《ほこら》の前に立って、合掌したまま、一日中名号を唱えていた。雪は暗くなっても止まなかった。手に取ればさらさらとこぼれるような雪であった。播隆は五十七歳を迎えようとしていた。

終章

1

天保の凶作は天保八年を頂点として漸次、平静に戻っていった。天保九年、天保十年は奥羽地方を除いて、全国的に見ると作柄は悪い方ではなかった。天保十年の春になると京都で豊作踊りが流行した。暗い飢饉の夜から豊年の夜明けを迎えようという期待もあったが、天候が順調になって来たのも確かであった。

天保十年三月二十日、第十一代尾張藩主徳川斉温《なりはる》は江戸市ヶ谷の藩邸で死亡し、同年の十二月二日、老中松平和泉守乗寛はその職を去った。天保九年十月二十七日に成瀬正《まさ》寿《なが》がこの世を去って僅か一年の間のことであった。犬山藩独立派と反対派の巨頭が相継いでその姿を消した以上、上口《かみぐち》地（上高地）に置いてある鎖は自由になったも同然であった。

播隆は天保十一年に年がかわると松本の玄向寺、小倉村の中田九左衛門、又重郎、穂苅嘉平などに手紙を送って、いよいよ今年の夏、槍ヶ岳の穂先に鎖を懸けさげる決意を示し、その下準備を依頼した。播隆は五十八歳になっていた。

折返し現地から播隆の到着を首を長くして待っているから雪が解け次第、出向せられたい旨の返書が来た。

播隆は四月に城台山阿弥陀寺を出立して、美濃太田の祐泉寺に来ると、ここで海音和尚と、槍ヶ岳出向について打ち合わせをした。信者で、播隆と同行したい者があったから、その待ち合わせや、久しぶりで大がかりな工事をするのだから、腕のいい鍛冶職人、石工などを探してつれていくためであった。なにもかも現地におぶさりかかるのは心苦しかった。

槍ヶ岳出向の準備は、弟子たちがやった。播隆が手を出そうとすると、弟子たちに、上人様はじっとしていて下さいと云われた。徳念が采配《さいはい》を振っていた。播隆は何年かぶりで小康を得たような気持になった。弟子たちの報告を聞き、日課念仏を唱え、そして、さらに余暇の幾許《いくばく》かの時間を弥勒《みろく》寺の柏巌尼の前に坐った。

「わしの肖像画を描きはじめたのはいつごろだったかな」

播隆は柏巌尼に訊いた。何枚描いても、柏巌尼はできがよくないとか、気に入らないとか云って、焼き捨ててしまうから完成したものはなかった。

「文政六年の秋からです」

播隆は、年数を数えた。十七年経っていた。そのとき柏巌尼は二十四歳だったから今は四十一歳ということになる。それにしても、いつも瑞々しい顔をしているなと思いながら、柏巌尼の、このごろやや肥りぎみになって来た姿に眼をやっていると、突然柏巌尼は絵筆を置いて、坐り直していった。

「上人様、私をこのたびの槍ヶ岳登山の一行に加えてくださいませ、いろいろと考えた末、どうしても、私は槍ヶ岳へ登りたいのです」

「いろいろと考えた末……」

「はい、私はいまだに迷いつづけています。私がこの迷いから脱け出すには、なにかいままでとは違った世界に立って自分を見直さねばならないのだと思います。いつぞや上人様は、槍ヶ岳へ鎖を懸けたら誰にでも登れるようになる、と申されました」

「たしかにそう云った。私は槍ヶ岳を女人禁制の山などにしたくはない。鎖をかけたら、中田又重郎殿のお内儀も、穂苅嘉平どのの娘子も登るといっておられた。だが、まだその鎖はかかってはおらぬ、これから懸けるのだ、今年の夏中には懸けさげの工事は終るだろうから、来年の夏にでかけたらどうかな」

播隆は静かにいった。

「私をつれて行かれるのが御迷惑なのですか、この柏巌尼と一緒に行くのがいやなのですか」

「ばかなことをいうものではない。お前はわしの第一の弟子である。つれていきたいが、今年はむりだ。石工、鍛冶職、人夫その他で岩小屋はいっぱいだ。お前の居場所もないだろう」

「でも私は槍ヶ岳へ登りたいのです。そうしないと私はたいへんなことになるかも知れません」

柏巌尼は播隆の膝に手のとどくところまでいざりよって来て云った。嘘をいっている眼ではなかった。心の中になにかが起っていて、それが口に出せないでいる眼であった。

「まだ修行がたりぬ、念仏の唱え方が足りぬな、柏巌尼」

「どうしてもだめでしょうか、上人様」

「だめだな、今年はだめだ」

柏巌尼は気負いこんでいた肩をがっくりと落とすと、

「そうですか、それなら私は、上人様の不在中に地獄に堕《お》ちていくかもしれません……でもそれまでに、この肖像画だけは描き上げて置きます」

地獄に堕ちるというい方は、ちとひどすぎるので、播隆がそのことについて、問い糺《ただ》そうとしたとき、寺男が入って来て徳念と隆志が来たことを告げた。柏巌尼は絵道具をまとめると静かに出ていった。障子を開け放してあるから、竹藪がよく見えた。

播隆は柏巌尼のうしろ姿になんとはなしに眼をやりながら、柏巌尼はそのまま竹藪の向うに去って再び帰って来ないのではないかと思った。そんなことを考えたことは一度もなかった。柏巌尼のうしろ姿は、おそるべき煩悩を背負って歩く女に見えた。播隆は、もう一度柏巌尼に声を掛けようと思った。柏巌尼の心の悩みを聞いてやり、導いてやらねばならない、と思った。

いい争うような声がして、徳念と隆志が入って来た。

「隆志がどうしても、槍ヶ岳へ行きたいと申して揖斐《いび》から出て参りました」

徳念がいった。

「私は今度こそ上人様と同行いたしたいと思っております。この前もその前も私は揖斐に留守居をしておりました。今度、鎖を懸けおわれば、事実上、槍ヶ岳開山は終ったことになります。今度だけはなにとぞお供をさせていただきたいと思って出て参りました」

播隆が阿弥陀寺を出立するときは、留守のことは、私が引き受けますから御心配なくと云っておきながら、いまごろになって、急にこんなことを云って来るのは、隆志の生れながらの気ままな性格から来るものだった。播隆は眉をひそめた。

「だが、揖斐の阿弥陀寺の留守居は誰がやるのだ、長いこと寺をからにするわけにもいくまい」

「徳念さんがおられるでしょう、たまには徳念さんに留守番をさせても、悪いことはないでしょう」

勝手ないい分だと播隆は思った。伯父芝山長兵衛の威光をかさに着て、兄弟子徳念を追い出したくせに、都合次第で、今度は徳念を留守番にしようとは余りに虫がよすぎると思った。播隆は腹が立って来た。腹が立つなどということはついぞないことだったが腹が立った。

「ここに伯父の書状がございます」

芝山長兵衛の書状は重いほどの厚みがあった。播隆が徳念を依怙《えこ》贔屓《ひいき》でもしていると思ったらしく、きついことばで、今度は甥の隆志を槍ヶ岳につれていってやってくれと書いてあった。内容は依頼状だが、書き方は命令口調であった。甥の隆志のいうことを頭から信じこんでいるようであった。阿弥陀寺が建てられてから、そろそろ十年にもなろうというのにいまだに寺は播隆の思うようにならないのだと思うとまた腹が立った。

播隆はきっと眼を見張って、隆志にその不心得をさとそうとした。その瞬間、播隆は眩暈《めまい》がした。後頭部の一部をなにかむなしいものが流れ去ったように感じた。播隆はうずくまるようにして、眩暈をこらえた。

「どうかなさいましたか」

隆志がいった。

「いや、なんでもない」

播隆にはこの現象がはじめてではなかった。一昨年の冬、松本から帰る途中、木曾福島の宿で、この眩暈に襲われて以来、しばしば、やって来るものであった。腹を立てたり、念仏行を長く勤めたりするとこの現象が起きた。腹を立ててはいけないのだ。腹を立てることは身体に毒だということを教えるためにこの眩暈がおこるのだ。病気ではない、五十八歳という年のせいだと播隆は考えていた。

「上人様、やはり、私が阿弥陀寺へ残りましょうか」

徳念がいった。徳念は播隆の身体の異常に薄々気づいていた。こういうときには師を刺戟してはならないと考えながら、播隆が、隆志の申し出をはっきり拒んで、予定どおり、徳念を槍ヶ岳に同行することを弟子たちの前ではっきりいうだろうと期待していた。いままでのいきさつからするとそれ以外のことは考えられなかった。

「そうか、徳念、そうしてくれるか」

播隆は気を静めることに懸命だった。この身体の異常は、死への警鐘に思われた。死ぬのはおそれなかったが、槍ヶ岳の頂上に鎖を懸けさげるまでは死んではならなかった。播隆は、腹を立てないために、そう云ったのである。眩暈と同時に、弟子たちの指導に対する目安が狂ったのであった。隆志のわがままを叱るだけの気力が、湧かなかったのである。

徳念はしばらくそこに立っていた。播隆が云い直すのを待っているようだったが、やがて、すべてをあきらめたように、播隆に一礼すると、足音を立てないように、静かに外へ出ていった。

「上人様、都々逸《どどいつ》という歌が天保の飢饉以来全国でうたわれているのを御存じですか」

隆志が徳念のあとを見送りながら云った。天保の飢饉で多数の人が死ぬと、その反動として、世の中に刹那《せつな》主義的な空気が瀰漫《びまん》した。為永春水の「春色梅児誉美《しゅんしょくうめごよみ》」などの人情本が版を重ね、卑俗な歌が流行した。都々逸もそのひとつであった。

「その都々逸がどうかしたのか」

「はい、この町の茶屋でこんな都々逸が歌われているということを聞きました」

隆志はその歌詞を棒読みにした。

黒い衣に　高下駄履いて
誰を待つやら　木曾川土手《かわらどて》
白い梅咲きゃ　うぐいすとまる
黒い羽根して　ほう法華経《ほけきょ》

隆志は意味ありげな笑い方をした。

徳念はこの町に滞在するときは好んで一本歯の高下駄を履いていた。かつて播隆がそうやったのを真似たのである。黒い衣に高下駄履いてというのが徳念を指すとすれば、誰とは何者だろうか。白い梅から柏巌尼を連想した播隆は、はっとなった。柏巌尼が地獄へ堕ちるかもしれないといったことを思い出した。

眩暈がまた来そうだった。昂奮してはいけないのだ。播隆は眼をつむって静かに呼吸をととのえた。徳念と柏巌尼との間に、俗世の男女関係などあってなるものか、徳念は四十歳、柏巌尼は四十一歳の分別盛りだ。姉弟弟子としての関係を世間の人はなにかそこに淫《みだ》らなことがあるように見るのだ。世間の眼が誤っているから、そんな都々逸が歌われたのだ。

「都々逸などつまらぬものに耳を傾けるな、その暇があったら経を読め」

播隆は隆志を叱った。

播隆は弥勒寺から祐泉寺までのほんの二丁ばかりの道を歩くのに呼吸が切れた。どうも身体が普通でないような気がした。

祐泉寺についてしばらくすると海音和尚が播隆を書院に請じ入れた。

「あなたは今度の槍ヶ岳登山に徳念のかわりに隆志を連れていくそうですな、隆志をつれていくのはいいが、なぜ徳念をつれていかぬのですかな」

「城台山阿弥陀寺に、一夏の間、住職もその代理をも置かないというわけにはいかないでしょう」

「そのことなら、徳念でなくてもよかろう、隆旺だって充分務まるでしょう」

海音和尚は、その大きな身体の中からつとめて低い声を出そうとするのがつらいらしかった。

「なにか私に申されたいことがあるようですな」

播隆は姿勢を正した。海音和尚とは旧知の仲で、なにもかもかくさず云えたのだが、きょうの海音和尚の云い方はいつもと少し違うように感じられた。そう思うのは自分自身の体調のせいかとも思いながら、播隆は海音和尚の眼の動きを見まもった。

「つまりな、わたしは、あなたの弟子の扱い方について、ちっとばかり文句をつけたいのじゃ。あなたには、たくさんの弟子があるが、柏巌尼と徳念のほかにはろくな弟子はいない。どれもこれも親のすねかじりの坊主どもで、ただ播隆の弟子だという名前欲しさに、あなたのまわりをついて廻っているような坊主どもだ。あなたはもともと弟子を持つことは嫌いだから、従いて来るものがあれば勝手について来るがいい、教えというものは与えられるものではなく、自ら修行して得るものだというような態度をとっておられるようだが、それならそれで、それを徹底的にどこまでも押していって貰いたいのじゃ」

「私は学問もない、偉くもないただの修行僧だと弟子たちにかねがねいっています。私はほんとうにそう思ってそのように押しとおして来ているつもりですが」

「それならなぜ、ここまで来て迷いなさるのじゃ。徳念を隆志にかえたのは迷ったことになりませぬか、隆志などという坊主は阿弥陀寺にはりつけて置けばいいのじゃ」

「なぜ海音殿はそれほど徳念に執着なさるのです。徳念はいままで、何度も槍ヶ岳へ行った。今後も行こうと思えばいつでもいける」

「いや、今度こそいかないと徳念の身にたいへんなことが起るかも知れないのじゃ。徳念はこの寺で私の脇僧をしていることが多かった。私は彼をよく知っている。すばらしい僧だ。将来あなた以上に立派になる僧だが、いま彼は迷っている。その迷いは彼がこの地を離れることによってのみ解決されるのだ。おそらく彼は今度、槍ヶ岳に鎖が懸かったら、その鎖をまもるために、松本の玄向寺に止まるだろう。そのことを彼は私に相談したことがある」

「その迷いとは柏巌尼との噂に関係があるのですか」

「ある。それはもはや噂の領域を越えている」

「たしかめられたのですか」

「心の動きは眼に浮ぶ、経を読む声に現われる」

「徳念のことは、あなた以上に私は知っているつもりです。私は徳念が十三歳の時から一緒だったのです。徳念は迷っても、必ず、その迷いから抜け出すことができる男です。城台山阿弥陀寺へ行くことも、松本へ行くことも此処をはなれることだと思うのですが」

「此処と揖斐村城台山とは十二里しか離れてはおらぬ、飛脚の足なら一日で行く」

「私は徳念を信ずる。同時に柏巌尼をも信ずる。たとえ二人が迷っていたとしても、地獄へ堕ちるようなところまではいかないうちに迷いから抜け出るでしょう。むしろ徳念は槍ヶ岳へ連れていくより、城台山にひとりで置いて、自ら迷いから抜け出させたほうが彼の身のためになることだと思います」

播隆は、なにかにこだわっていた。海音和尚のいうことを素直に聞けない自分が、いつもと少し違っていることを意識していた。海音和尚のいうことに、なんとなく反発したい気持になるのも、それまでの播隆とは違っていた。播隆はすべてそれは、修行の足りないせいにした。肉体的な原因によるものだとは気づいてはいなかった。

海音和尚は深く大きなためいきをついて立上がった。どうしようもないといったふうな顔で障子を開けた。木曾川の流れの音が聞えて来るけれど木曾川は見えなかった。霧が河原に沿ってゆっくり流れていた。

2

鎖懸けさげの工事は、飛騨新道の雪がまだ解けきらないうちから始められた。上口地の湯屋に鍛冶場ができて、まず鎖の改造から始められた。

中田又重郎と穂苅嘉平が略図を書いて、鎖の長さと形を指定した。鎖の他に、岩壁に打ちこむ岩釘も作らねばならなかった。鎖よりも鉄梯子《てつばしご》のほうが便利なところには、その用意をしなければならなかった。

成瀬正寿の寄附による鎖のほかに一般の喜捨《きしゃ》によってあつめられた鉄がかなりあった。使いふるした鎌《かま》、鍬《くわ》、鋤《すき》などの類が多量に集められていた。

寄進の量の多寡は違ってもそれを寄進した人の心は同じだから、寄進された鉄はすべて鎖に作りかえられていった。

それまでは鳥の声と梓《あずさ》川のせせらぎと、風の音しか聞えなかった上口地に、終日鉄を打つ金槌の音が響いていた。

第二期の仕事は、でき上がった鎖を、橇《そり》につけて、残雪を利用して槍沢まで引き上げる仕事であった。鎖を運ぶための細長い橇が準備され、それに綱をつけて残雪の杣道《そまみち》を、上口地、明神、徳沢、横尾、一之股、二之股、槍沢と運ばれていった。一之股、二之股は、川の底の石を取りかたづけて、橇につけたまま、強引に曳き渡した。問題は、槍沢の雪渓をどうして引張り上げるかということであった。意見は幾つかに分れたが、

「それじゃあ、実際にやって見て決めずか」

という中田又重郎の言葉によって決まった。

橇のまま曳き上げるよりも、鎖をそのまま長く延ばして、雪の上を、ずるずる引き上げていくのが一番手取り早いことが、実験によって証明された。

鎖が槍ヶ岳の肩の平《ひら》に集められるころには、石工の手によって、鎖を取りつける工作が始められた。工事は根元から始められた。石工はまず、岩釘を岩に打ちこみ、釘の頭に鉄環を取りつけ、それに綱をとおして、自分の身体を固定してから石鑿《いしのみ》をふるった。鎖は槍の穂の基部から一つずつ順序よく懸けさげられていった。滑車が取りつけられ、新しい鎖がつぎつぎと岩壁上を吊り上げられていった。鎖と補助綱と、滑車とが入り乱れていた。だがそれらの大工事も、遠くから見ると、巨大な岩峰にとりついている僅かな人間のうごめきにしか見えなかった。

「気をつけてくださいよ、怪我《けが》のないようにしてくださいよ」

播隆はそれだけを叫びつづけていた。ここまで来て犠牲者を出したくはなかった。

総重量五百五十貫の鉄鎖も、八つの鎖と二つの鉄梯子に作りかえられると、一個当りの重量は、五十貫そこそこで、滑車を使えば、持ち上げるのはそれほど困難なことではなかった。ただ足場が悪いので、多数の人がこの仕事にかかることができないことと、その日の天気であった。風の日も雨の日もいけなかった。働ける日より、働けない日のほうが多かった。つぎに問題になったのは工事にたずさわる人の居住施設と食糧であった。槍沢の岩小屋は三十人の人員を収容するにはあまりにもせますぎた。

脚気《かっけ》になって山をおりる者があった。手、足に受けた疵《きず》が化膿して下山する者もあった。

「こうなったら、新手をどんどん繰り出すしかしようがねえな、そうしないと今年の夏中にはでき上がらないかもしれないという不安があった。

中田又重郎と穂苅嘉平が話しているのを播隆は聞いた。そうしないと……」

八月に入って大暴風が山を襲った。足場が破壊されて仕事は二、三日あともどりしなければならなかったが、その暴風のあと、すばらしい晴天が七日ほどつづいた。

「いまだ、いまのうちにやらないと雪が降るぞ」

中田又重郎と穂苅嘉平は声を嗄《か》らして叫んでいた。雪が降ったら来年に持ち越しである。そうはさせたくないと思う二人の心の底には播隆の健康があった。

播隆がいままでの播隆でないことはふたりにもよく分っていた。槍の穂に合掌したままの姿勢で立っている播隆の足下に死の影があった。ふたりには播隆が死の影を踏んで立っているように見えた。

天保十一年八月十三日、工事は完了した。

槍ヶ岳の完全開山は成されたのである。

3

鎖は播隆の手につめたかった。どっしりとした鎖の重みは、それを手に持っているだけで安定感があった。槍ヶ岳の絶巓《ぜってん》から、段階的に懸けさげられた鉄鎖をたぐっていけば、石鑿でけずり取った足場がつぎつぎと現われて来た。急ぐことはなかった。まわりの景色を見ながらゆっくりと登っていっても危険なことはなかった。

善の綱にかわった善の鎖は、槍ヶ岳の景観をいささか傷つけたが、それによって、大地と天上とは連結されたように見えた。

二カ所ほど、鉄梯子が掛けられていた。上の方の鉄梯子は、初登攀《とうはん》の際、播隆が滑落したところに懸けられていた。

播隆は上の方の鎖まで登って来てひと呼吸《いき》ついた。前に中田又重郎、うしろに穂苅嘉平がついていた。播隆は鎖が懸けられても、ひとりで登ることのできなくなった自分の身体を恨めしく思った。小倉村を出発するときからそうだった。呼吸切れがして、他人と一緒には歩けなかった。以前は弟子たちの先に立って歩いたが、今度は一緒に小倉村を出た弟子たちよりも二日遅れて、槍沢の岩小屋についた。眩暈がしばしば彼を襲った。眩暈がして、危うく倒れようとするところを穂苅嘉平に支えられたこともあった。

播隆は、死を予期していた。僧として、それが悟りの意味における涅槃《ねはん》であるならば何等怖れることはなかったのだが、播隆は眩暈の回数が増えて来れば来るほど、焦躁した。高原郷の河原で竹槍の穂先に立ったときも、成瀬家と松本藩との間に挟まって死を考えさせられたときも、そして、何回となく、この槍ヶ岳に来て死ぬような目に逢ったときも、いつでも死ぬときの心の用意はできていたのに、いまは死をおそれていた。死そのものを怖れるのではなく、おはまに会って、おはまの許しを得るまでは死んではならないと、死に対して条件をつけていた。

だが、御来迎は播隆にそっぽを向いた。この夏も、二度ほど御来迎が現われたが、播隆はそれを見ることはできなかった。

そして、鎖が取りつけられて、容易に登れるようになると、今度は彼の身体がいうことをきかなくなったのである。鎖をたよって、誰でも容易に登れるのに、播隆は、前後にいる中田又重郎と穂苅嘉平に支えられ、念のために、綱でその二人と結び合っていた。自力で登っているとは見えない状態だった。頂上近くになると、播隆は抱きかかえられるようにして登った。

頂上にもう一息というところで播隆はもたついた。そこにある大きな石を乗りこえることができなかった。あぶら汗がひっきりなしに出て来て、眼に入った。呼吸がいまにも止まりそうに苦しかった。突然、眩暈が来そうだった。

頂上に待っている者と、下から見上げている者たちは、播隆の、ほとんど死力をつくしての登攀を呼吸を呑んで眺めていた。

頂上から、佐助がおりて来て、播隆の身体に、新しい綱を結びつけた。頂上にいる人の力で、強引に引き上げようとしたのである。播隆の身体が、動き出した。下から押す人と上から引張る人が声を合わせた。

播隆は最後の岩を越えた。

彼は頂上にしばらく伏せたままで、呼吸を整えていたが、やがて、起き上がると、祠《ほこら》に向って正座して名号を唱え出した。

山の天気は変りやすい。いまはよくても、いつ霧が出て来るか分らなかった。御来迎の出るには条件があった。日を背に負って、前に霧の幕が垂れ下がったときでなければならなかった。播隆はその条件の時刻に間に合うように登って来たのである。霧は出なかった。

眺望がかぎりなく遠くまで届いた。嘉平さえも、あれはなんという山ずら、と小首をかしげるほど遠くの山がよく見えた。霧はとうとう出なかった。播隆は落日とともに頂上をおりねばならなかった。

その翌日は朝から霧で、一日中霧がつづいた。霧に濡れた鎖はさらにつめたかった。播隆は二日つづけて岩小屋と槍ヶ岳の頂上を往復したが、三日目はもう動けなかった。一日休んで四日目に登頂をくわだてようとしたが、小屋を出て、すぐ眩暈に襲われた。

又重郎も嘉平も、播隆が御来迎を求めて、決死的登山を試みようとしていることをよく知っていた。だが、これ以上は無理だった。もはや、登頂の許される身体ではなくなっていた。その日の午後になると、北風が吹き出し、夜中気温が急降した。洞窟の中で名号を唱えていた播隆の舌がもつれた。名号とは思えないような発音になっていた。

又重郎と嘉平は播隆を無理にでも槍ヶ岳からつれおろすことにした。

その翌朝、播隆は岩小屋の前に立って槍ヶ岳に別離の名号を唱えた。

彼は文政七年の秋はじめてこの地を訪れてから十六年間の歳月の経過をふりかえった。鎖を懸下するという大きな仕事が完了した満足感はなかった。彼の心はむしろ空虚であり、おはまとの再会を拒否されたことで痛んでもいた。

弟子や信者たちを先に玄向寺にかえして、播隆は、嘉平と又重郎の介添えを受けながらゆっくり山をおりていった。しばしば止まってふりかえった。おそらく二度と訪れることはできないだろうその景観を記憶に止めようとした。

槍ヶ岳に鎖がかかったというので登山して来る人がかなりあった。善の綱をかけられて以来槍ヶ岳へ登る人が多くなり、道はよく踏まれていた。登山者に会うと、播隆は挨拶のかわりに名号を唱えた。山葵《わさび》沢で、水を飲みに来た羚羊《かもしか》に会った。羚羊は三人の顔をじっと見ていたがぴょこんと一つ首をさげて繁みに姿を消した。

「つの(かもしかのこと)の奴め、上人様にお辞儀して行きゃあがった」

嘉平が笑った。

蝶ヶ岳に立った播隆は、コマクサの群落をもう一度見たいと嘉平にいった。はじめてここを通ったとき一面に咲いていた桃色に匂う天女の冠は、どこにもなかった。

「まず、この辺の山はどこへ行っても、コマクサは見られねえずら。えれえことだ」

嘉平がいったえれえことだということの中には、弥三郎の濫獲に対する怒りが含まれていた。

大岳（大滝山）の中小屋は荒れほうだいになっていた。小屋とは名ばかりだった。

「なにしろ天保の飢饉が長かったので、小屋の修理にまでは手が届かなくてなあ」

嘉平はそのように説明した。

その夜はひどく寒く、雨戸のない小屋では、外にいるのと同じようであった。その翌朝、小屋を出るとき播隆はよろけて転んだ。それから小倉村まで播隆は丸一日を要した。誰がなんと云っても、播隆は人の背に負われることをこばんだ。

中田九左衛門宅には玄向寺から廻送されて来た手紙が播隆を待っていた。差出人は一念寺の蝎誉和尚だった。

それは、見仏上人の死を報じて来たものであった。播隆はその手紙を持ったまま倒れた。松本から来た医者は、中風だと診断した。

「動いてはいけない。この病気には、動くのが一番いけない」

だが、播隆は、医者のすすめを聞かなかった。十月に入ると急に寒くなった。美濃の阿弥陀寺へ帰ると云い張った。

その言葉も、もつれ勝ちだった。播隆は徳念と柏巌尼のことが急に心配になったのである。祐泉寺の海音和尚に二人のことは心配ないと云い切っていながら二人のことが心につかえて眠れなかった。彼の身体が弱るのと同じ速度で、二人の弟子についての心配事が頭を持ち上げて来たのであった。もし、なにか起きそうになったとしても、いま行けば未然に防止できるような気がした。

播隆にとっては柏巌尼と徳念は弟子以上のものであった。

小倉村を去るに臨んで播隆は中田又重郎と穂苅嘉平にいった。

「私は、槍ヶ岳開山について、いろいろとまことしやかなことを云ったり、書いたりしたが、そのどれもほんとうのものではない。槍ヶ岳開山の意味がほんとうに分っている人は最初からこのことに尽力して来たあなた方お二人だけだろう。山は登って見なければ結局は分らない。私もほんとうはまだ分っていないが、もはや登れなくなった。どうかお二人で私のあとを継いで下され、槍ヶ岳の絶巓にかけた鎖をお守り下され」

そして播隆は二人に向ってもつれる舌で名号をとなえた。

4

播隆は五人の弟子にかこまれて木曾路に入った。奈良井まで来ると、播隆は弟子の隆志を揖斐阿弥陀寺の徳念のところへ先に走らせた。

「わしの命は長くない。死ぬまでにぜひ云っておきたいことがあるから迎えに来るように徳念に伝えてくれ」

死の近いことを自ら云い出したことによって、播隆はむしろ安堵感を覚えた。

木曾の藪原で播隆は再び倒れた。彼は民家の離れを借りて静養しながら第二の使いとして隆旺を美濃の祐泉寺の海音和尚と柏巖尼のところへやった。

「間に合えばよし、間に合わぬこともあろう。海音和尚にはかずかずの御好意を深謝していると伝え、柏巖尼には身体を大事にするようにと伝えてくれ」

播隆は藪原で三日静養しただけでまた旅に出た。弟子たちが止めても聞かなかった。播隆は死と競争していた。死ぬ前に徳念と柏巖尼に会いたかった。それだけが心残りだった。

第三の使いの隆戴は上松の宿場から、飛騨の椿宗《ちんじゅ》和尚のところに走った。

「槍ヶ岳に鎖のかかったことを報告して、長年の御恩を報ずることもできずに先立つ、この播隆をお許し願いたいと伝えて来るのだ」

野尻まで来るとほとんど口が利けなくなった。播隆は四番目の使者として隆磬《りゅうけい》を山城国伏見の弥三郎のところに送った。

「弥三郎殿に会ったら、生前中の御好意に対して厚く礼を述べ、私の遺骸は火葬にして、八尾《やつお》のおはまの墓に埋めるように……」

しかし、播隆の口はもつれ、隆磬には弥三郎の一語以外はなにごとをも聞き取ることはできなかった。

最後に残った弟子は隆悟という少年僧であった。年齢は十五だったが、よく気が利くから、播隆は最後に隆悟を残したのである。隆悟は十三歳のとき播隆の弟子になった。出身は美濃国揖斐郡春日村川合藤田善兵衛の子であった。

隆悟は、病める播隆を駕籠で美濃まで送る計画を立てた。そのくらいの金は播隆のふところにあったが、それまで、馬や駕籠に絶対に乗ったことのない播隆が承知するかどうかが問題だった。

隆悟はそれを強行した。一日も早く、美濃へつれてかえるにはこうするよりほかになかった。一日を争う生命だと思ったのである。隆悟は、いやがる播隆を駕籠に乗せた。

播隆が弟子の隆悟とともに美濃太田の中仙道に面した脇本陣、林伊左衛門宅に運びこまれたのは天保十一年十月十五日の昼すぎだった。

隆悟は林伊左衛門宅に師の播隆が運びこまれるのを駕籠の脇で黙って見ていた。大任を果したという感激が涙になっていた。

玄関の敷居には一尺角くらいの栗の木が渡され、その上を、城門のような大戸が滑るようになっていた。

隆悟はびくびくしながら敷居をまたいだ。家の中は暗くてなにも見えなかった。おおぜいの人の立ち騒ぐ声だけが聞えた。巨大な穴蔵に入ったような感じだった。

眼が馴れて来ると、広いたたきのずっと向うに、勝手場があり、そこで水を使う音がした。

二十人ほどの人が、並んで腰かけられるほど広いあがり框《かまち》があって、その下に踏石台がずらりと並んでいた。隆悟はどうしていいやら当惑した顔で、そこに突立っていた。

「おや、上人様のお供の坊さんじゃあないか、さあさあお上がりなさい」

その家の女が台所の方へ声をかけると、下女が盥《たらい》に湯を入れて運んで来て踏石台の上に置いた。

隆悟は草鞋《わらじ》を脱いで、その盥に足を入れようとしたが届かなかったので、雑巾を湯にひたして足を洗った。

天井の低い暗い廊下を通って、庭の見えるところに出た。

播隆の寝室は庭に面した八畳間だった。播隆はよく眠っていた。枕元に海音和尚と医者が心配そうな顔をして坐っていた。

「よく上人様を駕籠にお乗せしてつれて来てくれた、疲れたただろう、休むがいい」

海音和尚にやさしい言葉をかけられると、隆悟はまた涙ぐんだ。

播隆はほとんど物が云えなかった。音声はでるがそれは言葉にはならなかった。それでも相手が誰だかは識別できるようであった。

徳念と柏巌尼ということばだけは不思議に聞き取ることができた。林伊左衛門宅につたときからそれをずっと云いつづけていた。

その徳念と柏巌尼は、師の臨終の床に来られない身になっていた。居どころもわからなかった。ふたりは示し合わせて、寺を出て、どこかに消えてしまったのである。播隆の最も信頼を置いたその二人の弟子が播隆を裏切ったことを彼には告げられなかった。播隆がふたりの名をしきりに呼ぶと、海音和尚は、大声で云った。

「徳念はもうすぐ来る。柏巌尼は風邪をこじらせて寝ているから、明日あたりは顔を出すだろう」

播隆は海音和尚が同じことを二回も三回もつづけていうと、その言葉の裏を感じ取ったようであった。それからは徳念と柏巌尼のことは口に出さなかった。食事はほとんど口にしなかった。眠っている時間のほうが多かった。

椿宗和尚がかけつけたのは十月二十日の昼ごろだった。椿宗は間に合ってよかった、よかったと云いながら、播隆の枕元に坐って大きな声で云った。

「あなたは後からやって来て、わしを追い越し、わしのとうてい及びもつかないような大仏業をやり遂げ、そして、わしより先に涅槃《ねはん》の座につこうとしている」

その椿宗和尚の大声も、ごくわずかだけ、播隆の表情を動かしたに過ぎなかった。

その日の夕刻になって弥三郎が到着した。弥三郎は落ちつきを失くしていた。

「いったいどうしてこんなことに」

弥三郎は、そうなった責任の所在をたしかめるように、集まった人たちに眼を向けた。

海音和尚は、播隆が槍ヶ岳に鎖を懸け終ったころから言語がもつれ出し、木曾街道の途中で、病勢が悪化したことを話した。

「徳念も柏巌尼もいない今となったら、あなたが、播隆上人にもっとも身近な人だ、ずっと、そばにいておやりなされ」

「むずかしいのでしょうか」

弥三郎は声を落としていった。

海音はそれには答えず首を大きく傾けた。

夜半、播隆が眼を覚した。そこにいる弥三郎を認めると表情が動いた。

「しっかりなされ、私が分りますか」

播隆はそれに眼で答えた。なにか云おうとして口が動いた。発声音は聞えたが、なにをいっているのやら分らなかった。弥三郎は播隆の口元をじっと見ていた。意志が通じないことのもどかしさが、播隆の顔に翳《かげ》となって動いていた。

弥三郎は播隆の顔をじっと見ていた。言葉で分らなかったら、眼つきで聞き分けようと思った。播隆は云おうとしていることが弥三郎に分らないとなると、その言葉の中から、もっとも必要な単語だけを並べようとした。弥三郎は、それが、どうやら八尾とおはまといっているように聞えた。そう思ってよく聞くと、そうとしか聞えなかった。播隆は頼みこもうとしている眼をしていた。なんとかして、弥三郎に理解させようとしているようであった。

「岩松さん、お前さん、八尾のおはまさんのお墓のことをいおうとしているのではないのかね」

弥三郎は、播隆に向って、岩松さんと呼んだ。わざとそう呼んだのではなく、おはまの名前が出れば、それに合うのは当然岩松さんでなければならなかった。

播隆は眼でうなずいた。

弥三郎は周囲を見た、誰もいなかった。

「岩松さん、そのことなら心配することはない。もしお前さんが死んだら、八尾のおはまさんのお墓へちゃんと葬ってやろう」

播隆の顔に喜びが浮んだように見えた。安心した顔であった。

播隆が名号を唱え出した。名号としては聞えないが、一定の間隔を置いて、口が動くので、弥三郎には播隆が名号を唱えているのだと分った。眼が名号を唱えている眼であった。ほとんど音としては聞えず、口唇が動いているような感じだった。

弥三郎は、播隆に死がせまっていることを感じた。弥三郎は播隆の両手を胸のあたりで合わせてやった。筋張った、やせた、荒れた、手であった。名号を唱える口の動きが、時々止まって、また動いた。止まっている時間が長くなっていくようだった。

弥三郎は播隆の顔を覗きこんだ。播隆は明らかに死への道を急いでいた。弥三郎は、悲しみより先に、あとに残された自分自身の孤独な姿を思った。まだまだ播隆に対する彼のつぐないは終っていなかった。播隆に云わねばならないことを云ってもいなかった。そのうち、そのうちと思っていて、つい、ここまで来てしまったのだ。

今、播隆に死なれることは、動かしがたいほどの心の借財を、一生背負って歩かねばならないことになる。播隆はまだ生きている。ほとんど死にかけているように見えてはいるが、彼は生きている。播隆にゆるしを乞う機会は今を置いては永久に来ないのだ。

弥三郎は播隆の耳元に口を寄せた。

「岩松さん、おれはお前さんに謝らねばならないことがあるのだ。岩松さん、おはまさんを殺したのは、お前さんではない。実はおれなのだ。おれが殺したのも同然なんだ」

弥三郎は播隆が聞いているかどうかを確かめるように彼の眼を覗きこんだ。眼は空間の一点にそそがれていた。聞いているとは思えなかったが、聞いていないと否定もできなかった。

「おれは、あの日、岩松さんが、足軽の槍を奪ってあばれ出したのを見ると、捲き添えを食うのが怖くなって遠くに逃げた。おはまさんが、岩松さんを探しに来て、うちの岩松さんはどこへ行ったのです、なにをしているのでしょう岩松さんは、とおれに訊いた。この一揆の打ち毀しの中で、ただ岩松さんのことだけを心配してかけずり廻っているおはまさんの顔は緊迫感を通り越して異様な美しさに輝いて見えた。おれは、はじめておはまさんを見たときからおはまさんが好きだった。岩松さんのお内儀《かみ》さんだからどうにもならなかっただけのことで、心ではひそかにおはまさんを慕っていたのだ。そのおはまさんが、あの騒動の中で岩松さん、岩松さんといいながらお前さんを探しているのを見て、おれはいささか、腹を立てた、嫉妬《やきもち》をやいたのだ。——知らねえよ——おれはそういった」

弥三郎はひといきついた。

「おい、聞いているだろうな岩松さん、ぜひ聞いてくれなければ困るのだよ、岩松さん」

播隆の眼は開いてはいるが、動かなかった。うつろな眼であった。呼吸はごくかすかであったがつづいていた。

「おれは、おはまさんが、岩松さんの名を呼びながら歩いていく後姿を見ているうち、ふと、もし岩松さんが死んだら、おはまさんをおれの女房にすることができるのだと考えたのだ。なぜ、あんなときに、そんなことを考えたのか分らないが、おれの心の中の悪魔が、そう囁いたことには間違いない。鉄砲を持った足軽が、私の腕をつかまえたのはそのときだった。きさまも一揆の仲間かと足軽がいうので、とんでもございません、私は玉生屋の手代でございます。一揆の仲間は米蔵の前で、お役人の槍を奪い取ってあばれております。おい岩松さん、おれはそのとき、そう云ってしまったのだ。するとその鉄砲足軽は、おれの利き腕を取って、そっちへ案内しろというのだ。おれは、そのときになって、とんだことを云ってしまったと思ったがもうおそかった」

弥三郎は播隆の身体にかぶさりかかるようにして話しこんだ。播隆の顔には、なんの反応も起らなかった。

「おれは鉄砲を持った足軽を案内して、岩松さんがあばれている蔵の方へ行ったのだ。ほら、あそこに、と岩松さんの所在を鉄砲足軽にゆびさしているところへ、蔵のかげからおはまさんが現われた。一瞬おはまさんは、とがめるような眼をおれに向けた。足軽はすぐ膝射ちのかまえで、岩松さんの背中を狙った。おはまさんが叫び声を上げようとした。岩松さん、うしろがあぶないと、屋根の上で徳市郎さんが叫んだ。岩松さんが、背をかがめると同時に鉄砲の音がした。岩松さんはうしろをふりむいて、鉄砲足軽に向って突込んで来た。おれは逃げた。岩松さんに、このおれが裏切ったことを見抜かれたように思ったのだ。おれは岩松さんに殺されると思った。だが、岩松さんの狙っているのは、おれではなく鉄砲足軽だった。鉄砲足軽は、岩松さんの剣幕におそれをなして逃げ廻った。次の弾丸をこめるすきはなかった。岩松さんはその足軽をとうとう蔵の壁のところに追いつめた」

弥三郎は言葉を切って、呼吸を整えた。播隆が聞いていようがいまいが、どうでもよかった。播隆が生きてさえいたら、それでいいような気がした。弥三郎は播隆がまだ生きている確証をつかもうとするかのように、彼の口もとに耳をやった。かすかながらまだ、呼吸が感じられた。

「岩松さんが、足軽の胸に槍を突き出そうとしたとき、おれは岩松さんのうしろにいた。おれは岩松さんの肩ごしに、おはまさんが、足軽の前に飛び出したのを見ていたのだ。岩松さんの突き出した槍がおはまさんを突いた。おはまさんは足軽を助けようとしたのではない。岩松さんの槍に傷ついてもいいから、岩松さんに殺人の罪を犯させてはならないと咄嗟《とっさ》に判断したのだ。おはまさんだって、まさかお前さんが自分の女房の胸を突き刺すほど、気が動転しているとは思っていなかったに違いない。だが、岩松さんは突き出した槍を途中で止めることはできなかった。おはまさんは槍を胸に受けた。おはまさんは、突いた岩松さんの顔をとがめるように見て、そしてすぐお前さんの肩越しに、おれを見た。瞬間おはまさんは、そうなった原因がすべて、このおれにあることを、見て取ったようだった。鉄砲足軽をつれて来て岩松さんを撃たせようとしたのも、下心があってのことだと分ったのだ。おはまさんはおれを睨んだ。おそろしい眼で責めた。ありとあらゆる憎悪を投げつけて来たおそろしい眼の輝きだった」

播隆はかすかに首を動かした。眼が動いたように見えた。それは弥三郎の言葉を理解した意思表示ではなかった。死に密接した彼の身体の生理的な動きであったが、弥三郎は、播隆がわずかでも動いただけで、その先を云う力を感じた。

「おい聞いてくれているのか、岩松さん」

弥三郎は播隆の耳元で叫んだ。呼吸はしていなかった。眼から光が失われつつあった。

「待ってくれ岩松さん、もうひとことおれに云わせてくれないか岩松さん、おれはそのときの罪のつぐないを、おれなりに精いっぱいやって来たのだ。死んだおはまさんには墓を建ててやることぐらいしかできないが、生きている岩松さんには、できるかぎりのことをした。おれは、おはまさんが好きだった。だからおはまさんに似たてるを、一目見たときから好きになった。だが、おれはそのてるを岩松さんに譲ろうとした。岩松さんがその気になれば、還俗《げんぞく》しててると一緒に暮して行けるように準備していた。てるの妹の柏巌尼を岩松さんのそばにやったのも、出家のあなたを苦しめるためではなかった。岩松さんが求めているおはまさんに、もっとも近い人を置いてやりたかっただけだ。おれはね、岩松さん、坊主は嫌いだった。たいていの坊主は口と腹とは違っていた。おれは岩松さんも、ごくあたり前の坊主だと思った。つまり、ごく普通の人間らしいつぐないをしようとしたのだ。しかし、おれの見込みは違っていた。岩松さんはほんとうに偉い坊主だった。ゆるしてくれ、なあ岩松さん、おれは結局、岩松さんにつぐないをすることはできなかった。だがおれは、岩松さんにゆるして貰いたいのだ。ひとことでいいからゆるすと云ってくれ、口で云えなかったら、それを身ぶりで示してくれないか」

弥三郎は播隆にすがりついて叫んだ。

播隆の眼はあらぬところを見ていた。弥三郎がなにを叫ぼうが耳には入らないようであった。臨終がさしせまった顔だった。弥三郎は、播隆に臨終がせまったことを、椿宗和尚や海音和尚に報らせねばならないと思った。弥三郎はあきらめた顔で立上がった。弥三郎は部屋から出ようとして、もう一度播隆のほうを見た。あらぬところにあった播隆の視線が、弥三郎の動きを追ったように見えた。光を失いつつあった播隆の眼が、一瞬よみがえって動く人影をとらえたようだった。

「おはま……」

と播隆がいった。はっきりと播隆はおはまという名を口にした。叫びに似た声だったが、弥三郎にはそう聞えた。

「岩松さん聞いていてくれたのだね、岩松さん」

播隆の眼に感情が動いていた。喜びの表情とまではいかなかったが、彼が、いま、なにかを見て、それに話しかけようとしていることだけは確かであった。おはま、ということばが断片的に聞えた。播隆は死に臨んで、おはまと話しているのだなと弥三郎は思った。

弥三郎はもうなにも云わなかった。人を呼びに立とうともしなかった。このまま静かに、播隆を死なせてやりたいと思った。播隆が、もし、聞く耳を持っていたならば、柏巌尼と徳念が、弥三郎をたよって、鳥羽へやって来たことを告げてやりたかった。あのふたりを近いうち還俗させて、夫婦にしてやるのだということを播隆に告げたかったが、それはもう云っても無駄なことであった。

弥三郎はもはや微動だにしない播隆に向って、合掌して、南無阿弥陀仏を唱えた。生れてはじめて、彼が口にした名号であった。

播隆の顔に安らぎの色が浮び、光明が、涅槃の霧の中にただよっていた。

播隆の入寂《にゅうじゃく》は天保十一年（一八四〇年）十月二十一日未明であった。

取材ノートより

播隆上人の遺体は火葬に付された。祐泉寺で盛大な葬儀が行われ、信者の焼香の行列は三日間あとを断たなかった。祐泉寺の記録によると、この時の涅槃金《ねはんきん》（香奠）合計五十余両、びた銭は叺《かます》に三ばいあった。遺骨は分骨されて、それぞれゆかりの地に埋葬された。

現在歴然としている墓は、揖斐町城台山一心寺（阿弥陀寺は明治になってから、落差約二十メートルほど下ったところに移転増築され、一心寺と改称された）、美濃太田祐泉寺、富山県新川郡河内村の播隆上人生家の三カ所である。越中八尾にも墓があると聞いたが探し出すことはできなかった。

播隆上人の故郷の河内村は現在（昭和四十二年一月）は一村をあげて離村し、無人村となっていた。播隆上人の生家のあとを継いでいる中村俊隆氏は、富山市稲荷町に住んでいた。

播隆上人が見仏上人の教えを受けた宝泉寺（大阪市天王寺区生玉町）のあったあたりは、駐車場になってしまったが、京都市伏見区下鳥羽の一念寺は現存している。

事業僧椿宗和尚のいた本覚寺（岐阜県吉城郡上宝村本郷）はその後改築されてはいるが、当時の面影は残っている。本覚寺からそう遠くないところの岩井戸村の杓子窟《しゃくしいわ》はそのまま現存しており、播隆上人が修行中、いろいろ世話をしたという、名主大宅《おおたく》善右衛門の後裔《こうえい》大宅一俊氏が播隆上人に関するいい伝えを話してくれた。笠ヶ岳の登山基地となった笹島村は、当時のままの姿であり、播隆上人が笠ヶ岳再興を終ったあとで籠《こも》った観音堂も高原川を見おろすところにあったが、播隆上人のために切り開かれた登山道は、ほとんどその跡をたどることはできない。

播隆上人と非常につながりが深かった祐泉寺（岐阜県美濃太田町）は、本覚寺とともに播隆上人に関する資料や遺品を数多く保有している寺で、木曾川を見おろす景勝の地にある。柏巌尼が弥勒寺《みろくじ》を去るとき置いて行った播隆上人の肖像画はこの寺に保管されている。播隆上人の風貌をしのぶ唯一のものである。

柏巌尼がいた弥勒寺はその後取りこわされて、そのあたりだったと云われるところは葱《ねぎ》畑になっていた。そこから歩いて五分ほどの、中仙道に面している往時の脇本陣、林伊左衛門宅はそのまま現存しており、播隆上人の臨終の間には新婚夫妻が住んでいた。

揖斐町城台山阿弥陀寺は一心寺と改名された後も信者たちによって維持されて来て、現在ここには、播隆上人の遺品を守って第十三代目庵主安田成隆尼のほか、美しい尼僧二人がいた。

松本の玄向寺は、昔のままである。ここにも播隆上人の遺品が多い。赤松林を背にした静かな寺である。

播隆上人が泊った小倉村の中田九左衛門宅はその後改築されたけれど、三つの鷹蔵のうち一つだけが残っている。邸内は広く、石垣もしっかりしていて、当時の鷹庄屋の貫禄を偲ぶのに充分である。

小倉村から鍋冠山へ登る飛驒新道の跡はほとんど残っていなかった。

槍ヶ岳はその後信仰の対象となって多くの人が播隆上人の歩いた道を通り、鎖にすがって、その絶頂に立った。少なくとも彼の死後三十年間は槍ヶ岳は平穏無事であった。播隆上人が情熱をかけて懸下した鎖の一部は、明治の初年梓川村花見《けみ》の猟師、奥原某なる者が盗んで持ち帰り、古鉄として売却したと伝えられ、その残余の鎖も明治三十年ごろまでの間に岩壁から姿を消した。

鎖は盗まれたが、頂上に安置された仏像は明治の末期までは現存したそうである。

現在槍ヶ岳の一部に懸けられてある鎖三本及び頂上の祠等は、昭和六年七月に松本玄向寺住職蟹江隆弁氏が発起人となって、播隆上人奉賛会を結成し、その会によって取りつけられたものである。

槍ヶ岳は播隆上人と中田又重郎によって百四十年も前に初登攀がなされているにもかかわらず、播隆上人のことを知っている人は意外に少ない。数年前の夏のこと、槍ヶ岳登山中の十人の若い人に槍ヶ岳に初登攀したのは誰かと聞いたら、三人はウェストンと答え、あとの七人は知らないと答えた。

ウェストンについて、いまさらここで書くこともあるまいが、毎年六月上旬にウェストン祭が上高地で行われている。これに対して、播隆祭は岐阜県吉城郡新平湯温泉村上神社播隆塔で五月十日に行われている。

播隆上人の偉業は初登攀したということより、綱を懸け、更に鎖を懸けて安全登山を庶民に呼びかけたところにある。彼が初登攀した文政十一年（一八二八年）七月二十八日（新暦の九月七日）を記念して播隆祭をやったらどうかという人がある。それならば、ウェストン祭が山開きにふさわしい行事であるから、播隆祭のほうは山じまい行事として行ったらどうだろうか。

上高地の名称が出て来たから、ちょっとこの地名の起りについて触れてみたい。上高地の名称について徹底的に研究した人は安曇《あずみ》村の横山篤美氏であり、横山氏の「上高地開発史」によると寛政、享和（一八〇〇年前後）まではあらゆる文書に例外なく上河内と記され、文政以後は、上口《かみぐち》、上口《かみぐ》地《ち》、上高地等が使われ、大正の初期までは、地元の人は「かみこうち」とは呼ばず「かみぐち」又は「かみうち」と呼んでいたということである。小島烏水《うすい》氏が、古来の呼称としては「神河内のほうが正しい」と書いたのは、小島烏水氏がたまたま掘り出した、幕末の出版物「善光寺道名所図会」の中に神河内という文字を発見して、これが文人の好みに合ったということであり、歴史的根拠はないと説いている。私も横山氏と同感である。安曇郡岩岡村伴次郎が松本藩に出した飛騨新道開発の願書の中にも、「信州安曇郡上口地《かみぐち》三里の間切開《あ》け候へば……」と書いてある。当時、この辺は材木の切り出し口であり、その材木の梓川への落し場でもあって、このような名称が出たのかもしれない。

「槍ヶ岳開山」執筆に当ってもっとも有力な文献となったのは故穂苅三寿雄氏著「播隆」であった。この本がなかったら資料集めに更に数年を要したであろう。

この小説を書くについて、仏教的解釈は佐藤得二氏著「仏教の日本的展開」、渡辺照宏氏著「仏教」、同じく渡辺照宏氏著「日本の仏教」の三冊を主として参考とし、宗教的用語、作法、習慣等については、文友・寺内大吉氏（浄土宗大吉寺住職）の教えを乞うた。浄土真宗の血脈相承については丹羽文雄先生に教えていただいた。

「柴山氏」に関しては、谷有二著「柴山氏に関する研究」を参考にさせていただいた。

富山の農民の言葉については、当地方に出張したとき、山田茂七郎先生に教えていただき、飛驒言葉は、神岡出身の閨秀作家江夏美好さんに教わった。御援助いただいた皆様に厚くお礼を申上げる。

播隆上人が何度か通った飛驒新道はその後廃道になった。小倉村から大岳（大滝山）までの道はその跡を全く残していない。上口地（上高地）から中尾までの道のうち一部が登山路となって残っているだけである。

播隆上人が槍ヶ岳登山に際して通過したところで、もっとも当時に近いものは、蝶ヶ岳から山葵沢《わさびざわ》へかけての一帯であろう。ここには道はない。夏になると、天然山葵が白い花を咲かせ、羚羊《かもしか》が水を飲みに来る、静かな清らかな沢である。

（昭和四十三年一月）

最近、穂刈貞雄氏（槍ヶ岳山荘主人）の手紙によると、近く松本駅前に播隆上人像が建立されることになったそうである。

（昭和五十二年三月）

文春文庫

槍《やり》ヶ《が》岳《たけ》開《かい》山《ざん》

定価はカバーに
表示してあります

2010年3月10日　新装版第1刷
2023年9月25日　　　　　第8刷

著　者　新《にっ》田《た》次《じ》郎《ろう》

発行者　大沼貴之
発行所　株式会社 文藝春秋

東京都千代田区紀尾井町 3-23　〒102-8008
TEL 03・3265・1211㈹
文藝春秋ホームページ　http://www.bunshun.co.jp

落丁、乱丁本は、お手数ですが小社製作部宛お送り下さい。送料小社負担でお取替致します。

印刷製本・凸版印刷

Printed in Japan
ISBN978-4-16-711238-7